Manuela de Seltz

Tropique du Capricorne

Roman

éditions Les Nouveaux Auteurs

Éditions Les Nouveaux Auteurs

16, rue d'Orchampt 75018 Paris
www.lesnouveauxauteurs.com

ÉDITIONS PRISMA

13, rue Henri-Barbusse 92624 Gennevilliers Cedex
www.prismamedia.com

ISBN : 978 2 81950 2838

À mon papa.

20 juin 2003.

— Papa, papa, regarde le beau bateau ! lui cria Salomé en désignant la mer scintillante par la vitre de la voiture. Tu vois, tu vois, papa ? cria-t-elle encore plus fort.

— Oui, Salomé, papa voit très bien le bateau, mais il conduit et il doit être très prudent, d'accord, ma puce ? Alors parle un peu moins fort, s'il te plaît, lui répondit Ève tout en posant très affectueusement sa main sur la cuisse de Paul et en poursuivant :

— Ah ! je me demande bien de qui elle tient cette grande bouche et ce débit de paroles ?

Elle le surveillait du coin de l'œil et partit d'un grand éclat de rire en voyant son sourcil se lever d'un air interrogateur.

L'ambiance était détendue dans la voiture. Ils étaient enfin tous les trois partis pour un week-end inoubliable le long de la côte méditerranéenne. Paul avait fait la surprise aux filles le vendredi soir en les récupérant à la maison pour les emmener direction l'aéroport. Il avait même préparé les valises et acheté un petit guide, entourant de rouge les trois hôtels réservés pour ce week-end en famille afin de fêter l'anniversaire d'Ève.

Ils étaient arrivés deux jours plus tôt et, ce jour-là, sur la corniche monégasque, ils filaient cheveux au vent dans ce superbe cabriolet loué pour l'occasion. Le temps les gâtait et le soleil était lui aussi au rendez-vous. En ce mois de juin, il y avait déjà quelques touristes, mais ce n'était pas encore le rush de juillet et d'août.

—Ouah ! papa, on va aller sur un bateau aussi grand, nous ? lui demanda encore Salomé d'une voix très forte.

—Non, ma puce, pas cette fois-ci, mais la prochaine fois c'est promis, lui répondit Paul en regrettant lui-même d'avoir si peu de temps à lui consacrer. Sa société lui prenait tellement d'énergie. Il voyait à peine sa puce grandir ! Déjà quatre ans !

Plongé dans ses pensées, c'est trop tard qu'il vit le camion qui déboucha au bout du virage, juste en face de lui.

Il le percuta de plein fouet.

10 janvier 2009.

L'avion commençait sa descente vers New York. Malgré les huit heures du vol, il ne se sentait pas fatigué. Confortablement installé dans un siège de *business class*, Paul regardait l'hôtesse d'Air France lui faire des avances.

Durant tout le vol, il avait pu apprécier un service bien plus que personnel, des sourires appuyés et même une proposition loin d'être sous-entendue.

Elle était jolie ; blonde, mince et élancée, pas du tout guindée mais au contraire très agréable, décontractée et sûre d'elle. Comme d'habitude, il ne répondit pas. Il n'avait absolument pas envie de s'embarrasser d'une relation quelle qu'elle soit, d'un jour ou de plusieurs semaines.

C'est avec une note de dépit dans la voix qu'elle lui souhaita un agréable séjour à New York.

Il se dirigea vers la sortie de l'avion en se hâtant, sachant qu'il perdrait bien assez de temps à passer les formalités de police.

Après avoir récupéré sa valise et passé la douane, Paul prit un taxi direction l'hôtel Waldorf- Astoria, situé à côté de Central Park et de la Cinquième Avenue.

New York, *la* ville, *sa* ville. Celle dans laquelle il était toujours bien, se sentait un peu vivre, oubliait tout, rechargeait ses batteries.

New York était vraiment hors du commun, adorée ou détestée, cosmopolite par excellence, où l'on sentait toutes les odeurs, où l'on pouvait s'imprégner de toutes les cultures du monde.

Paul aimait s'y retrouver, seul au milieu de la foule, anonyme. Il aimait courir le matin à Central Park, faire de longues balades le long de l'océan à Long Island, manger des nouilles vendues dans une petite baraque ambulante à Chinatown puis passer à la glace italienne quelques mètres plus loin dans Little Italy.

Le taxi s'arrêta devant le Waldorf et Steven vint l'accueillir : « *Hello ! Mister Caleb*. Nous sommes ravis de vous retrouver parmi nous. Bon séjour à New York ! » Voilà quatre ans que Paul venait régulièrement ici, environ une fois par mois, et s'y sentait comme chez lui. Chaque employé était aux petits soins et prêt à satisfaire chacune de ses envies, la plus incongrue soit-elle. Comme d'habitude, il avait réservé la suite occupant la totalité du quarante-deuxième étage. Assez grande pour loger toute une dynastie autrichienne, mais il avait ses raisons. Sentimentales.

Il se posta devant l'immense baie vitrée du petit salon afin de mieux s'imprégner de cette ville. La vue était merveilleuse, le ciel azur et les rues grouillantes de monde. Touristes avec leur appareil photo autour du cou, joggers, hommes et femmes d'affaires filant à toute allure, dessinateurs ou vendeurs à la sauvette se partageant les rues de Manhattan. Chaque fois, il ressentait la même impression de calme et de sérénité. Chaque fois, il éprouvait la sensation de rentrer chez lui, de se retrouver dans son nid, dans son cocon.

C'est ici qu'ils avaient fait l'amour pour la première fois. C'était il y a seize ans, mais il lui semblait que c'était hier.

Il y avait seize ans, elle était couchée sur ce lit, nue et si belle. Le soleil se levait et, assis sur le fauteuil près de la baie vitrée, Paul la contemplait. Grande, mince, elle dormait, allongée sur le côté, une jambe sous le drap, un bras sous l'oreiller qu'elle serrait contre elle. On aurait dit une enfant. Une femme enfant. Elle était magnifique et le soleil naissant donnait à ses cheveux blonds une teinte dorée. Ses lèvres pulpeuses qui l'avaient embrassé si souvent étaient entrouvertes et il entendait son souffle régulier. Elle avait ouvert les yeux et, l'apercevant, elle lui avait souri. Ses yeux brillaient encore de la nuit d'amour qu'ils venaient de passer. Elle lui avait fait signe de s'approcher d'elle et il était retourné sur le lit, lui faire l'amour encore et encore.

La sonnerie de son portable le sortit de sa rêverie assez brutalement.

—Ouais, quoi ? s'entendit-il dire de façon assez agressive.

—Hé ! ne me mords pas ! Ce n'est que ton pauvre frère resté en France... Alors, comment ça va ?

—Ma foi, ça va. J'arrive à l'instant à l'hôtel et j'allais descendre faire un petit tour dans Central Park, histoire de réfléchir un peu à la réunion de demain, lui répondit Paul en ouvrant sa valise.

—T'en fais pas, tout est fin prêt comme d'habitude. Sloane ne pourra que dire oui et amen à notre proposition en or. Et de toute façon, je compte bien sur ton pouvoir de persuasion et ton charme légendaire en cas de problème! renchérit Vincent.

—Ouais, ouais, c'est ça, allez ! retourne un peu à ton tablier et tes fourneaux... Qu'est-ce que tu fais de bon pour le dîner ? J'en ai l'eau à la bouche rien que d'imaginer, lui dit Paul en salivant.

—Sushis maison, *man*, et je peux te dire qu'ils sont terribles! répondit Vincent en rigolant.

—Allez, à demain, j'te tiens au courant. Embrasse Lilly et les monstres pour moi. Et Paul raccrocha.

Vincent. De deux ans son aîné. Vincent le feu, Paul la glace. Les contraires en tout. Caractères, envies, volontés, plaisirs, situations : tout les opposait mais les réunissait en même temps. Ils se complétaient à merveille.

Attablé à la terrasse d'un bar sur la Cinquième Avenue devant un bon verre de whisky à 18 h, Paul pensait au rendez-vous du lendemain. Bien entendu, c'était une affaire déjà pliée comme le disait Vincent, car Caleb MP était en passe de devenir le leader mondial du microprocesseur. Les prix ainsi que la qualité des produits leur permettaient de rafler les plus grands marchés. Travailler n'était de loin plus une nécessité pour Paul, mais restait en fait son unique plaisir et surtout lui permettait d'oublier, de remplir sa vie. Il pouvait ainsi parcourir le globe, rencontrer des gens de cultures différentes et surtout occuper son temps, courir, fuir la réalité.

L'alcool et le travail étaient devenus sa famille, ses meilleurs amis et ses meilleurs ennemis.

Deux minutes de libre dans son emploi du temps et Paul pensait, réfléchissait ou se rappelait. Il se devait d'être toujours en mouvement. Le pire était d'en être conscient.

Il brûlait la chandelle par deux bouts : son travail et ses vices. Par vices, il fallait comprendre l'alcool, un peu de coke de temps en temps, les somnifères qui lui permettaient de dormir, la cigarette, un petit pétard qui, d'occasionnel, devenait de plus en plus régulier. Bref, un mélange détonant, mais qui l'aidait à résister chaque matin à son envie de se foutre en l'air.

Il allait avoir trente-cinq ans dans quelques jours, deux en vérité. Mais il se sentait vieux, seul, aigri, malheureux. Il avait le sentiment d'avoir une vie vide, sans intérêt et surtout d'en avoir perdu tout le sens cinq ans auparavant, sur une petite route de la corniche monégasque quand un chauffard avait tué ses amours.

Il avait l'impression d'avoir tant vieilli durant ces années traversées dans le brouillard le plus absolu. Au radar, comme on dit.

Paul n'avait pas encore retrouvé l'envie et la force de se réveiller et de revivre.

Le rendez-vous avec Sloane s'était très bien déroulé et le marché avec la firme américaine était dans la poche. Quelques millions de dollars sur le compte de la boîte, ça faisait toujours du bien.

Le soir suivant, Paul arrosa ce contrat dans divers clubs de Manhattan. Il se coucha à une heure très avancée le matin de son anniversaire et c'est avec un mal de crâne certain qu'il se réveilla cet après-midi-là vers 14 h. Il avança péniblement vers la salle de bains et avala deux Doliprane sans même un verre d'eau. Son reflet dans le miroir n'avait rien de glorieux. Yeux bleus cernés de violet, barbe de deux jours, joues qui s'affaissaient et rides de plus en plus présentes autour des yeux et de la bouche. Bilan auquel il fallait ajouter l'odeur fétide d'alcool et de tabac qui l'imbibait.

Il passa sous une douche brûlante et se dirigea vers le téléphone pour appeler le *room service* et commander des œufs, des bagels et du bacon, sans oublier un triple café serré.

Là, il aperçut un bouquet de roses blanches posé sur le guéridon ainsi qu'une enveloppe.

Carrée, beige et brillante, du papier d'excellente qualité. Il n'y avait pas de nom dessus. Sûrement un petit mot du directeur de l'hôtel qui lui souhaitait un bon anniversaire. Il l'ouvrit. À l'intérieur, le papier carré était de couleur bordeaux. Une écriture très féminine en lettres dorées :

Vos trente-cinq ans vous ne fêterez pas esseulé
À 21 h venez me retrouver
Dans le grand parc gelé
Devant John Lennon je vous attendrai

Paul rêvait tout éveillé. Mais qui avait bien pu écrire ce message ? C'était une blague ou quoi ? Qui savait qu'aujourd'hui il fêtait son anniversaire ? Qui savait qu'il descendait ici et surtout qui avait le toupet de lui envoyer ces fleurs et de lui donner un rendez-vous sans même le connaître ?

Sûrement une folle.

Un peu furieux, il remit la lettre à sa place, engloutit son petit déjeuner et prit le parti de sortir un peu s'aérer les idées… Au passage, impulsivement, il fourra la lettre dans la poche de son manteau.

Comme il n'avait rien prévu de particulier ce jour-là, Paul décida de flâner dans les boutiques et de rapporter quelques cadeaux à Valentine et Jules, les enfants de Vincent. Il savait que les monstres seraient bien contents de trouver des présents dans les poches de son manteau à son arrivée à Paris. Ils avaient instauré un rituel bien rodé à chacun de ses retours.

Il sonnait à la porte et les deux enfants lui ouvraient en lui sautant dans les bras et en criant : « Tonton ! Tonton ! » Ils lui plantaient un gros *smack* sonore sur chaque joue et repartaient en courant aussi vite qu'ils étaient arrivés. Il accrochait son manteau ou sa veste dans le vestibule et pendant qu'il disparaissait dans le salon, les monstres sautaient sur ses poches pour voir ce qui se trouvait à l'intérieur. À chaque fois, ils avaient un paquet marqué à leur prénom, une bricole, un souvenir de chacun de ses voyages. Paul avait ainsi rapporté une ministatue de la Liberté, des maracas, des tee-shirts vert et jaune, des bandeaux de samouraï, des boomerangs. Et leur joie était à chaque fois la même… Elle était pour lui le plus beau des cadeaux.

Cette fois-ci, Paul n'avait pas encore d'idée sur le cadeau qu'il leur offrirait. Allant souvent à New York, il finissait par sécher un peu.

Il commença par flâner autour du Rockefeller Center. La patinoire en plein air avait ouvert aux plus courageux et des dizaines de personnes, adultes comme enfants, glissaient sur la glace, bien emmitouflés dans leurs doudounes, écharpes et bonnets. La température devait avoisiner les moins dix ce jour-là, malgré un grand soleil.

Il s'arrêta devant la Librairie française, une institution de la langue française dans cette ville. Il aimait s'y attarder. Il aimait l'odeur des vieux ouvrages, le silence quasi religieux qui les entourait, un peu comme dans un sanctuaire.

Il aimait y acheter un livre à chacun de ses passages ; une édition rare des *Fleurs du mal*, un vingtième exemplaire des tribulations de Candide qu'il affectionnait particulièrement, des reliures ou un ouvrage d'un nouvel auteur français qui, de passage dans « la grosse pomme », avait dédicacé un certain nombre d'exemplaires de ses livres.

Il trouverait bien un cadeau fabuleux dans cette caverne d'Ali Baba.

Il en ressortit une heure plus tard, après avoir bu un café avec le propriétaire qui lui conseilla un exemplaire du *Grand Meaulnes* pour Valentine et une BD numérotée de *Tintin* pour Jules. Les deux livres étaient dédicacés et offerts par le libraire qui lui fit ses adieux, car, malheureusement, il allait bientôt devoir baisser le rideau de fer de son établissement. Pas assez rentable. Loyer trop cher. Concurrence d'Internet. Désintérêt pour les livres. Tant de raisons pour le vieil homme de se séparer de sa boutique… Le cœur brisé.

Paul déambula encore quelques minutes le long des vitrines, mais son esprit était constamment rattrapé par la lettre fourrée dans sa poche. Il la sortit et la relut. La colère avait laissé place à la curiosité.

Mais qui pouvait bien connaître sa date d'anniversaire et lui envoyer une invitation si bizarre ? Qui voulait lui donner rendez-vous dans un parc à une heure si tardive ?

Était-ce un guet-apens ?

Un homme ? Sûrement pas. L'écriture était typiquement féminine, gracieuse, arrondie, déliée.

Il décida de retourner à l'hôtel et de questionner le réceptionniste et le concierge. Ils avaient peut-être vu quelqu'un.

« Personne », lui répondirent-ils.

Paul retourna dans sa chambre et s'allongea sur l'énorme lit *king size*. Il décida simplement de se rendre le soir même au rendez-vous indiqué sur la lettre qu'il relisait pour la centième fois. De toute façon, il n'avait rien de prévu et ne rentrait à Paris que deux jours plus tard.

Les questions se bousculaient dans sa tête, mais il fut vite rattrapé par le sommeil et s'endormit, la lettre posée sur son torse.

À son réveil, il était déjà 19 h. Il lui restait deux heures avant le rendez-vous. Un bon bain chaud, un album de Coldplay ; rien de tel pour se relaxer avant de se jeter dans la gueule du loup.

Ainsi, il sortit de l'hôtel à 20 h 45 et n'eut qu'à traverser une petite partie du parc pour se rendre sur le lieu souvenir érigé par Yoko Ono et la ville de New York en l'honneur de John Lennon, nommé *Strawberry Fields*. Ce mémorial avait la forme d'un triangle dont le cœur était constitué d'un symbole *Peace and Love* en mosaïque. Comme c'était le cas ce soir, il n'était pas rare que des fans y déposent des fleurs, des bougies, des peluches ou autres objets à la gloire d'un homme qui s'était battu pour la liberté et avait sûrement été un des plus grands artistes de sa génération.

Il était 21 h quand il arriva sur place.

Personne.

21 h 05. Personne.

21 h 10. Personne.

21 h 15. Personne.

Il commençait sérieusement à se demander s'il ne s'agissait pas tout simplement de quelqu'un qui voulait se payer sa tête! Et en plus, il détestait attendre!

21 h 20. Personne.

Il regardait la mosaïque quand tout à coup il vit l'enveloppe. La même que celle du matin.

Il la saisit, l'ouvrait quand une clé en tomba. Il la ramassa et la mit dans sa poche, puis lut la lettre :

Si vous avez eu la curiosité de venir
Et que vous avez trouvé la clé
Rendez-vous au club privé St. John
Il vous faut environ trente min
Le mot de passe est « Belle de nuit »
La clé ouvre le troisième salon
Je vous y attends pour 22 h

Paul connaissait le club St. John de réputation. Il s'agissait d'un club privé, très privé même. Selon la légende urbaine, seuls certains personnages de la jet-set, de la politique, ou des hommes d'affaires influents pouvaient s'y retrouver... En galante compagnie !

Ce nom évoquait la sensualité, l'érotisme et l'inconnu.

Il regarda sa montre. 21 h 25. Juste le temps d'y aller tranquillement. Il se surprit à se dire que, finalement, il ne se posait même pas la question de s'y rendre ou non. L'auteure des messages commençait à aiguiser sa curiosité.

Il arriva donc devant le club à 22 h précises. La porte en acajou ciselé, imposante, magnifique, possédait une petite ouverture en son centre, permettant au portier de jauger et d'évaluer à sa guise le visiteur.

Il appuya sur la petite sonnette et, quelques secondes plus tard, entendit une voix : « Oui ? »

« Belle de nuit », répondit-il avec une certaine appréhension au creux de l'estomac. Il se sentait comme un petit garçon devant une boulangerie dans laquelle il projetait de commettre un menu larcin, comme un vol de Dragibus ou de fraises Tagada. Lui, l'homme d'affaires réputé pour son intransigeance et sa poigne de fer, se sentait à la fois désarçonné, curieux, impatient.

La porte s'ouvrit brutalement et il pénétra dans le club. Le vestibule était sombre, à peine éclairé par des flambeaux accrochés aux murs. Le sol était recouvert d'une épaisse moquette noire, les murs de tentures bordeaux et or, décorés d'immenses miroirs noirs ou dorés à l'ancienne. Une femme dont le visage était caché par un loup noir surgit de la pénombre et lui susurra d'une voix sensuelle : « Bonsoir, monsieur. Quel salon ? »

Il ne saisit pas tout de suite sa demande, mais repensa à la clé restée dans son manteau. Il la saisit et la montra à la femme, dans la paume de sa main.

« Salon 3, s'il vous plaît. Merci.»

Elle passa devant lui et lui fit signe de la suivre. Elle était élégamment vêtue d'une robe de satin noir qui épousait les courbes d'un corps parfait. Très échancrée dans le bas du dos, elle laissait entrevoir la naissance de ses fesses d'une façon très élégante. Ses cheveux noirs étaient attachés dans un chignon lâche et son seul bijou était une fine chaîne en or à la cheville, portée au-dessus de magnifiques chaussures dorées à talon aiguille.

Elle s'arrêta devant une porte, pria Paul de l'ouvrir et lui souhaita une bonne soirée avec un sourire complice et entendu. Il baragouina un vague merci, un peu gêné par les circonstances et pressé de voir ce que cachait cette porte.

Il l'ouvrit et se retrouva dans une pièce très sombre, meublée d'une méridienne en velours noir, d'une table à opium, de deux narguilés, de coussins de couleur mauve, rouge ou pourpre, posés à même le sol. Le salon était très faiblement éclairé par des bougies disposées sur de petits guéridons dorés ou dans des lampes marocaines, en forme d'étoiles pour certaines. L'ensemble dégageait une impression de calme, de volupté et de sérénité.

Sur un guéridon étaient posés une bouteille de Dom Pérignon et deux coupes, un plateau de fraises et de bonbons, une petite bouteille de chocolat coulant et un pinceau. Sur le suivant, des petites fioles d'huiles de massage et de parfum, des serviettes et un brûle-encens.

La voix sensuelle d'une femme le sortit de sa contemplation.

—Bonsoir, Paul. Je suis heureuse que tu sois venu au rendez-vous. J'avais un peu peur que mon message ne suscite pas chez toi l'intérêt escompté.

Il ouvrit la bouche pour répondre mais elle le devança.

—Je t'en prie, ne pose pas de questions. Je te répondrai en temps voulu, mais ce soir j'aimerais que nous profitions pleinement de ce moment. Cette soirée sera mon cadeau d'anniversaire, mais en échange, j'édicte les règles : pas de questions, pas de conversation personnelle, juste un peu de sensualité et une compagnie agréable. D'accord ?

—O.K., se surprit-il à répondre.

Il ne la voyait toujours pas. Il pouvait distinguer à sa voix qu'elle se tenait sur sa droite, légèrement en retrait.

—Installe-toi sur la méridienne ou sur les coussins par terre, comme tu préfères. Enlève tes chaussures et installe-toi bien confortablement, surtout. J'arrive tout de suite.

Sa voix était grave, chantante, troublante. Il choisit donc la méridienne et s'y allongea sur le côté. Au bout de deux minutes, une coupe de champagne apparut devant ses yeux, portée par une main aux doigts fins et longs. Aucun bijou. Elle se tenait derrière lui à présent. Il pouvait sentir son parfum si particulier.

Un mélange d'odeurs de mer et de sable fin, un parfum charnel et frais.

—À notre soirée, Paul.

Ils trinquèrent. Il porta la coupe à ses lèvres et but. Il se sentait bien, calme, apaisé, légèrement déboussolé mais si peu, en fait. Il ne se posait aucune question. Il décida de remettre cela à plus tard.

Il la sentit se déplacer et, d'un coup, la vit. Grande, très mince, avec une robe bustier noire qui la moulait avantageusement. Elle s'arrêtait au-dessus des genoux, laissant entrevoir des jambes longues et minces, musclées, bronzées. Elle était pieds nus. Sa taille était fine mais bien marquée. La peau de son dos et de ses épaules avait l'air douce, chaude, et un tatouage très discret disparaissait dans son dos, sous ses cheveux roux foncés, bouclés. Elle lui tournait le dos. De tout son corps émanait une sensualité exacerbée, une certaine langueur, une beauté sophistiquée.

Cinq ans que Paul n'avait pas posé des yeux intéressés sur une femme, et voilà qu'il en avait une magnifique juste pour lui, qui le cherchait et avait pris les devants pour le séduire !

La musique se fit entendre et elle se mit à danser. *Sexual healing*. La version de Ben Harper. Une de ses chansons préférées. Son corps se mit à ondoyer, elle bougeait comme un serpent. L'estomac de Paul se noua sur une sensation jusqu'alors oubliée. Il éprouvait du plaisir à la regarder danser et bouger pour lui. Elle faisait courir ses mains sur ses seins, son ventre, ses jambes. Doucement, elle ôta sa robe. Mon Dieu ! que son corps était magnifique, parfait ! Sa peau était dorée et veloutée, ses courbes sensuelles. Il ne restait plus sur elle qu'un string de dentelle noire. Paul éprouvait de plus en plus l'envie de la toucher. Il la désirait et pourtant il n'avait toujours pas vu son visage. Elle se cachait de lui. Il ne voyait que son corps.

Une autre chanson. Puis encore une autre. Elle dansa et dansa encore pour lui qui avait l'impression d'être dans un monde irréel. Impossible de dire combien de temps cela avait duré ni quelles chansons étaient passées.

Elle s'arrêta à la fin d'une énième musique et disparut de sa vue. Il avait dû boire pas mal de champagne et se resservir souvent car sa tête tournait un peu. Mais il se sentait bien.

—Enlève ton pull et allonge-toi par terre, sur le ventre, lui dit-elle.

Il s'exécuta sans attendre. Il la sentit alors s'asseoir sur lui, sur ses fesses précisément, et poser ses mains fines et longues sur son dos. Elle les avait enduites d'huile à l'odeur de fleur d'oranger et les promenait sur ses épaules, sur son dos, sur ses reins, appuyant sur certains points précis, moins sur d'autres. Bientôt, ses mains furent remplacées par ses seins qu'elle frottait délicatement contre son dos, puis plus fortement.

Il se sentait très bien. Il ne ressentait pas le besoin de parler. Il avait juste envie de savourer l'instant présent et de se laisser masser. L'envie montait en lui petit à petit pendant que ses scrupules désertaient les lieux.

Il se réveilla, totalement déboussolé, ne sachant ni l'heure qu'il était ni le lieu où il se trouvait.

Il regarda autour de lui, à travers le brouillard, et vit un réveil indiquer 11 : 40. Sa tête le faisait souffrir horriblement. Il avait l'impression qu'un train lui était passé dessus. Bizarre. Lui qui avait pourtant l'habitude de boire, il n'avait pas la gueule de bois facile.

Et, encore plus bizarrement, il n'avait aucun souvenir de la façon dont s'était terminée la soirée, ni du moyen par lequel il était rentré à l'hôtel ou encore de comment il s'était déshabillé et couché.

Il commanda rapidement un double expresso, deux croissants et deux Doliprane et resta dans son lit à essayer de rassembler ses souvenirs concernant la soirée de la veille.

À la seule évocation de la danse lascive et des massages, il sentit son désir revenir. Embarrassé, il chassa vite ces images de son esprit pour se concentrer sur toutes les questions qu'il se posait. Qui était cette femme étrange et sensuelle ? Comment savait-elle pour son anniversaire, son champagne et sa musique préférés ? Comment connaissait-elle son prénom, l'hôtel où il descendait ? La soirée ne lui avait apporté aucune réponse.

Il se leva rapidement, et, impulsivement, vérifia dans ses poches si elle n'avait pas glissé un mot ou un numéro de téléphone. Rien. Il se surprit à être déçu et surtout de plus en plus intrigué par toute cette histoire. Il imaginait aussi son visage, ses yeux, ses lèvres.

Quand le petit déjeuner arriva, il décida d'oublier cette soirée, ayant le sentiment honteux de tromper Ève. En cinq ans, il n'avait pas même daigné regarder une autre femme, et voilà qu'il fantasmait sur une danseuse dont il ignorait tout.

Allez ! Il fallait se reprendre vite fait, boucler ses affaires et partir de New York où il laisserait cet épisode loin derrière lui.

Paul rentra donc à Paris le lendemain et se rendit directement chez Vincent pour l'embrasser et le tenir au courant des détails du contrat négocié ces derniers jours. Dans la société Caleb MP, Vincent s'occupait de superviser les équipes d'informaticiens et de chercheurs et Paul gérait les contrats à travers le monde. Cela permettait à Vincent de travailler à la maison, de profiter de sa famille.

Comme à chaque fois, à peine avait-il appuyé sur la sonnette que les deux enfants lui ouvrirent la porte et lui sautèrent dans les bras en criant « Tonton ! Tonton ! » Ils l'embrassèrent sur la joue et repartirent en courant. Il se dirigea vers le salon pour rejoindre Vincent et Lilly et vit du coin de l'œil les enfants cachés sous l'escalier, qui attendaient avec impatience de le voir disparaître. Il sourit de leur petit manège.

« Hello les amoureux ! » leur dit Paul en entrant dans la pièce et les embrassant tour à tour.

Vincent était penché sur son ordinateur, en plein travail, et Lilly mettait la table du déjeuner. Cinq couverts. Toujours aussi prévenante, la belle Lilly.

Elle et Vincent s'étaient connus il y avait près de quinze ans, au lycée, et s'étaient mariés très rapidement. Elle devenait de plus en plus belle avec l'âge. Petite, fine, les cheveux noirs et les yeux bruns, elle pétillait de malice et de vitalité. Elle avait un caractère bien trempé et élevait ses enfants d'une manière très originale. Elle avait décidé depuis des années de les sortir du système scolaire français traditionnel qu'elle jugeait « nivelant par le bas », pas assez adapté à chaque personnalité et modelant les enfants. Elle imaginait plutôt que l'enseignement contribuait à l'épanouissement personnel de chaque enfant et développait le caractère de chacun, son esprit critique, en insistant sur ses points forts, le poussant à expérimenter et découvrir par lui-même.

Or, le système d'éducation qu'elle avait découvert dans les écoles était tout simplement le contraire! Elle avait constaté avec effarement qu'un bulletin de notes arrivait dès les six premiers mois de maternelle de Valentine et n'en revenait pas que son enfant soit évalué si tôt, alors qu'il avait encore vingt ans d'études devant lui. Elle décida donc de leur faire la classe à la maison, avec le total soutien de Vincent.

Elle fit parvenir à l'académie un planning digne d'une grande école pour toute l'année scolaire.

Cela pouvait se résumer ainsi : maths et français chaque jour de 8 h à 13 h, avec vingt minutes de détente. Chaque après-midi, deux heures de sciences, géographie, histoire ou activité manuelle.

Deux fois par semaine du sport et également de la musique.

Elle les emmenait régulièrement voir des expositions, découvrir des musées, ils allaient au théâtre, au cinéma…

Et toute la famille s'épanouissait ainsi. Ils étaient réunis dans toutes leurs activités extrascolaires, sachant que Vincent travaillait de 7 h à 14 h chaque jour, puis partageait l'après-midi et la soirée avec sa femme et ses enfants.

Lilly avait des journées bien remplies, mais elle trouvait toujours le temps d'aller au marché en emmenant les enfants et de leur concocter de bons repas. L'ambiance au sein de ce foyer inspirait à chaque visiteur un bonheur simple.

Il arrivait parfois à Paul d'être triste en arrivant chez eux, ressassant tout ce qu'il avait perdu, pensant à la tristesse de son appartement vide, mais rapidement il se laissait envahir par ce bonheur communicatif et ces moments partagés étaient magiques. Chaque fois, il repartait de leur nid douillet du 16e plein de vitalité et de peps.

—Alors, quoi de neuf, mon frère ? le questionna Vincent.

—Bah ! écoute, tout s'est bien passé avec Sloane, comme prévu. Le contrat est signé et nous commençons à leur fournir les processeurs à compter de mai prochain. Cinq cent mille exemplaires le premier mois, puis autant le second, et ensuite cent mille par mois durant un an. Bingo pour le chiffre d'affaires ! lui répondit Paul avec un sourire satisfait.

—Super ! Ça se fête, ça ! Et en parlant de fête, qu'as-tu fait pour ton anniversaire ?

Paul sursauta, surpris par la question. Se pouvait-il qu'il soit au courant ? Non, c'était impossible. Il était juste parano.

—Bah ! rien. Je suis resté à l'hôtel.

—C'est dommage, répondit Lilly. Il y a tant de choses à faire à Manhattan. Tu n'avais pas envie de voir un spectacle à Broadway ?

—Non, seul, ce n'est vraiment pas drôle.

—Oui, mais si tu ne veux plus être seul, il faudrait peut-être te bouger un peu non ? dit-elle de façon catégorique et sans appel.

Un point pour elle.

Il était vrai qu'il n'avait fait aucun effort pour rencontrer quelqu'un. Il savait qu'au fond de lui, jamais il ne se remettrait de la mort d'Ève et de Salomé et qu'il paierait à vie. Parce que ce jour- là, elles étaient mortes et pas lui. Parce que ce week-end-là, il avait essayé de compenser ses multiples absences professionnelles et les avait entraînées sur le lieu de leur mort. Parce qu'il avait eu le besoin de frimer et de louer un cabriolet. Parce qu'il se sentait responsable.

Lilly savait tout ça. Elle était très proche d'Ève et elles se parlaient souvent. Elle lui avait dit qu'Ève ne lui en voulait pas pour ses absences, car elle savait qu'il le faisait pour leur offrir une belle vie. Elle avait aussi essayé de le déculpabiliser.

Mais tous ces mots ne lui avaient jamais enlevé le poids permanent avec lequel il se levait le matin et se couchait le soir, accompagné de ses deux meilleurs amis, Valium et Whisky.

Il vivait comme un ermite, donnait le change en souriant, voyageait autour de la terre. L'appartement acheté porte de Montreuil n'abritait en tout et pour tout qu'un lit, un canapé et un écran plat, un frigo et une armoire.

Après le repas, il prit un taxi pour rejoindre son loft de style contemporain dépouillé. Il retrouvait Paris sous la grisaille, triste et froide. Paul aimait cette ville pourtant. Elle était un peu le point d'ancrage auquel il revenait comme un marin échoué. À chaque retour, il s'enivrait comme un touriste. Il y avait ses habitudes de petit-bourgeois parvenu.

Il aimait boire un chocolat chaud et manger un macaron Ladurée, savourer un cocktail au bar de l'hôtel Fouquet's, voir une expo au Grand Palais, se promener au Père-Lachaise.

En rentrant ce jour-là, il décida de faire quelques courses pour remplir un minimum son frigo de fromage, de yaourts et de fruits. Et, surtout, son petit placard abritant Jack Daniel's, son *coloc'*, était vide. Il ne mangeait que rarement chez lui et quand c'était le cas, il se faisait plutôt livrer des sushis, son péché mignon, ou encore des pizzas.

Le soir même, il s'installa donc avec une bonne pizza devant un match amical France-Argentine, sachant déjà pertinemment que l'équipe nationale allait se prendre une belle raclée ! Ah ! elle n'avait plus le lustre de 1998. Une époque fantastique pour le foot et toute la France. Paul se souvenait encore de cette finale du 12 juillet. Il avait réussi à se procurer deux billets au marché noir, payés une petite fortune, mais cela valut le coup quand il vit les yeux d'Ève briller lorsqu'il lui fit la surprise de l'emmener ce soir-là au stade de France. Elle était fan de foot et avait suivi avec passion toute la Coupe du monde et le parcours de l'équipe de France. Chaque soir de match, elle invitait leurs amis dans leur minuscule appartement du Marais, préparait un somptueux buffet froid, des pizzas, des bières. Elle s'enthousiasmait à chaque action, se levait, criait, rugissait et même parfois lançait des injures, avant de pouffer de rire et de se cacher la bouche avec les mains. Paul la regardait avec un amusement certain, s'étonnant de toutes les facettes qu'elle pouvait bien lui livrer. Très féminine, douce, sensuelle, tendre, elle jurait comme un charretier devant vingt-deux joueurs et un ballon !

Ce soir-là, ils avaient vibré sur les buts de Zizou et passé une nuit fantastique dans les rues de la capitale, embrassant des inconnus, dansant sur des airs de samba improvisée. Ils étaient rentrés à 7 h du matin, les mains chargées de croissants et les cœurs vibrant d'émotion.

Mais ce temps était loin et bien sûr, ce soir, l'équipe de France avait livré un match pitoyable qui lui avait même permis de s'endormir sur son canapé avant 22 h !

Les jours passèrent, rythmés par le travail, quelques visites chez Vincent, quelques balades solitaires à Paris. Paul repensait parfois à cette soirée new-yorkaise et à cette belle inconnue, se demandant qui elle pouvait être, ce qu'elle pouvait bien faire.

C'est dix jours plus tard qu'il obtint un début de réponse.

Il rentra du travail vers 16 h et prenait son courrier chez son concierge quand il vit l'enveloppe. La même que celle du Waldorf. Il l'ouvrit à la hâte dans l'ascenseur, curieux et excité comme un enfant.

L'écriture dorée était la même :

De New York à Paris
Comme Amélie je vous poursuis
51 rue Quincampoix
À 19 h 30 lundi,
Dans le noir, rejoignez-moi

Pas de timbre. Elle connaissait donc son adresse et, bizarrement, il n'en était pas surpris.

Il avait imaginé de bien des façons son visage, créé la forme de ses yeux, leur couleur, son nez, sa bouche. Demain soir, il saurait.

Toutes les questions déjà posées à New York lui revenaient. Elle savait pour son adresse, son emploi du temps. Mais elle savait aussi raviver sa curiosité.

Demain soir, il la verrait.

Ève avait été une grande fan du film de Jeunet et l'allusion à la poursuite de Nino Quincampoix le fit sourire. L'inconnue avait décidément bon goût.

Il ne connaissait pas précisément l'immeuble qui se trouvait au 51 de ladite rue, dans le 4e arrondissement de Paris, mais se laisserait surprendre demain, amusé par l'originalité du message.

Il allait passer la soirée à se poser mille questions. Il se demandait même s'il n'allait pas en parler à Vincent. Mais que penserait-il de cette situation farfelue ? Mieux valait garder ça pour soi pour le moment, s'il ne voulait pas passer pour un hurluberlu.

Le lendemain soir, il se présenta donc à 19 h 30 précises devant l'adresse qui se trouvait être un restaurant appelé *Dans le noir*. Il arrivait à l'entrée quand un serveur s'approcha de lui.

—Bonsoir. Vous êtes Monsieur ? lui demanda-t-il.

—Bonsoir, je suis monsieur Caleb. Je suis sûrement attendu, lui répondit Paul, le ventre noué.

—Ah ! oui, monsieur. Je me présente, je m'appelle Sylvain et c'est moi qui vais m'occuper de votre table ce soir. Madame est déjà arrivée et elle vous attend dans la salle. Si vous voulez bien me donner votre manteau.

Paul s'exécuta, lui donnant son manteau que Sylvain rangea au vestiaire. Lorsqu'il revint, Paul se rendit compte qu'il portait des lunettes noires non pour se protéger du soleil, mais parce qu'il était non-voyant !

Au moment même où il fit cette constatation, Sylvain lui dit :

—Monsieur, si vous voulez bien me donner votre montre, votre briquet et votre téléphone portable, ou tout objet pouvant émettre de la lumière. Je vous les rendrai bien entendu à la fin du repas.

Et à ce moment-là, Paul comprit. Bien sûr, il avait entendu parler de ce restaurant. On y mangeait dans le noir absolu !

10 décembre 1995.

Huit heures de train, un changement, deux heures de train puis deux heures de bus. C'est ce qu'il fallut à Cali pour arriver à Tignes, station de ski réputée du domaine Killy, Alpes françaises. C'était la première fois qu'elle quittait ses parents, sa famille et ses amis pour une période aussi longue. Des vacances, paraît-il. En fait, il s'agissait surtout de son premier vrai job. Fraîchement auréolée d'un BTS tourisme, elle avait postulé sans grande conviction chez le numéro un des clubs de vacances en France et avait été prise. Son premier employeur avait une réputation sulfureuse de club de rencontres et était aussi connu pour ses buffets que pour ses pastiches des *Bronzés*, tantôt au ski, tantôt à la mer.

Vingt ans, toute la vie devant elle, elle sentait que cette année serait la sienne. Elle allait passer six mois à la réception, jonglant entre ses heures de réceptionniste, l'accueil au restaurant, les réunions, les répétitions pour les spectacles, le temps passé à discuter avec les clients et à les inciter à consommer au bar, les danses obligatoires en boîte de nuit. Pas vraiment des vacances, mais il y avait pire comme boulot, non ?

Elle arriva au club et fut accueillie chaleureusement par celle qui serait sa responsable pour les prochains mois, Marielle. Jeune, dynamique, souriante, elle lui dicta brièvement les règles du club :

« Ici, tout le monde se tutoie, c'est ambiance festive. Tu te maquilles, tu souris, tu plaisantes, tu ne dis jamais non, mais tu ne consommes pas, ou alors très discrètement », lui dit-elle avec un sourire entendu.

Cali sentait que cet endroit allait lui plaire.

Elle avait une chambre qu'elle partagerait avec une fille de la réception également. Un lit et une petite table de chevet, une armoire, un bureau et une belle salle de bains avec baignoire.

Elle ouvrit les rideaux et fut tout de suite saisie par la magie du lieu : vue sur les pistes de la station.

C'était tout simplement magnifique !

Cali n'avait jamais beaucoup voyagé. Hormis un très court séjour en Guadeloupe lors de sa seconde année de BTS deux ans plus tôt, elle n'avait même jamais quitté la France métropolitaine. Elle avait bien sûr découvert la France, avec ses parents, durant sa jeunesse et son adolescence, mais elle rêvait de parcourir le monde. Ce club ne serait que la première étape, elle en était certaine !

Les premiers jours de son premier job furent consacrés à l'inventaire des lieux. Compter les petits chevaux des jeux de société ou ranger les clés, parcourir les chambres et compter les draps, les serviettes et les savons. Apprendre à connaître par cœur les différents recoins du club, l'emplacement des chambres. Faire les essayages pour les costumes des futurs spectacles. Apprendre le trombinoscope des collègues (juste la bagatelle de cent cinquante !). Se familiariser avec la réception. Vendre des cigarettes, des carnets bar, sourire, parler, sourire, parler. Tout cela était dans ses cordes.

Cinq jours plus tard, elle se sentait déjà comme un poisson dans l'eau dans son nouvel environnement. Elle avait des journées très chargées, mais pour l'instant ce n'était encore que de la rigolade, car la clientèle n'arrivait que dans deux jours. Le grand rush, lui promit Marielle.

Elle était à la réception en train de préparer le planning quand il arriva. Il portait une grande malle grise, apparemment très lourde, qui n'était pas la sienne, car une femme qui l'accompagnait le remercia chaleureusement pour son aide. Il regarda autour de lui et, apercevant la réception, il vint vers elle en souriant : « Bonjour, je m'appelle Sacha. Je suis serveur au restaurant et je viens d'arriver. »

Cali ne voyait que ses yeux et son sourire, et c'est un peu dans un état second qu'elle décrocha le téléphone pour prévenir son futur responsable.

Elle avait vu juste : cette année serait la sienne.

9 janvier 2009.

Elle fut réveillée en pleine nuit par des pleurs déchirants provenant de la chambre de Benjamin qui, malade, n'arrivait pas à dormir. Depuis deux jours, il avait un virus, dormait mal, mangeait mal et pleurait beaucoup la nuit. Cali regarda le réveil : 2 h 40. Elle se leva et se dirigea vers la chambre du petit dernier. Elle ouvrit la porte et le trouva assis dans son lit, pleurant à chaudes larmes. À l'odeur qui régnait dans la pièce, elle pouvait déduire qu'il avait sûrement une grosse boule puante dans sa couche. Merci, mon fils. En pleine nuit, c'était toujours très agréable. Quand il la vit, Benjamin lui sourit et elle retrouva d'un coup tout son entrain habituel. Un sourire de ses fils et elle fondait.

Benjamin était un petit chou d'un an adorable, toujours souriant, le rire facile, qui captait tout ce qui se passait autour de lui et surtout qui n'en avait que pour sa « Maman ! Maman ! Maman ! »

Il avait un visage de poupon, tout rond, une fossette au creux du menton, deux billes toutes bleues entourées de longs cils blonds, des cheveux blonds cendrés qui bouclaient et une bouche ourlée. Il était littéralement à croquer et elle ne se gênait pas pour ça !

Elle lui changea donc sa couche, le berça un moment et le recoucha. Il se rendormit sans problème, couché sur le ventre et les fesses en l'air. Elle sourit de le voir ainsi et s'attendrit à nouveau devant son petit dernier.

Elle passa dans la chambre de Luka, le second de la fratrie. Quatre ans. Blond comme son frère, les yeux bleus et le teint très clair. Un amour de fils, remuant, plein de vie, intéressé par tout, vif, qui posait sans cesse des questions sur tout et rien. Il était en pleine période d'apprentissage de propreté la nuit et c'était loin d'être gagné. Cali avait scotché sur la porte de sa chambre un calendrier fait maison où chaque matin Luka pouvait dessiner un nuage ou un soleil, selon le pipi au lit ou non de la nuit. Et ainsi, sur dix jours, huit soleils entraînaient un cadeau.

Elle passa une main sur son matelas ; sec. Elle remit la couette sur son petit corps fluet, l'embrassa et referma la porte.

Durant tout ce temps, Sacha était resté couché et ronflait. À chaque fois, elle s'étonnait de cette capacité masculine à ne pas entendre leur progéniture pleurer la nuit! Voilà un gène XY !

Le réveil indiquait 3 h 15. Pas la peine de se recoucher, puisqu'elle se levait quatre matins sur sept à cette heure-là pour aller travailler. Et aujourd'hui, justement, elle travaillait.

Le rituel était bien rodé et chaque action chronométrée pour ne pas perdre de temps.

3 h 15 : réveil, douche et Brushing jusqu'à 3 h 25.

Maquillage pendant cinq minutes.

Habillage, préparation du sac à provisions (petit déjeuner et déjeuner) et il était déjà l'heure d'y aller.

Cali adorait travailler le matin. Elle était bien dans sa petite Polo noire. Elle mettait un CD, souvent à fond, ouvrait un peu la fenêtre et chantait, pensant à la journée qui l'attendait.

Bien sûr, l'hiver, c'était moins agréable que l'été. Dans le Sud-Ouest, l'hiver était humide et le froid transperçait les os, mais venant de l'Est, elle ne craignait rien !

De sa campagne profonde, elle mettait trente-cinq minutes pour rejoindre l'aéroport de Bordeaux-Mérignac où elle travaillait depuis trois ans. Garer sa voiture, rejoindre l'aérogare, ouvrir son bureau, faire son café, saluer ses collègues et préparer ses vols constituaient la suite du rituel.

Le travail était un peu son havre de paix.

Elle aimait chaque jour rencontrer des personnes différentes, assister ses clients qui partaient au bout du monde et cherchaient un peu de chaleur humaine avant de s'enfermer dans un oiseau d'acier.

Elle aimait distribuer un sourire, un conseil, une parole réconfortante.

Elle s'éclatait dans son travail même si, certains jours, il était pénible, fatigant, avec des horaires de fou et une pression constante.

Cali avait un rythme de vie effréné.

Chaque jour, elle partait travailler à 3 h 40, rentrait à 14 h si tout allait bien. Elle allait chercher Benji chez sa nounou puis s'octroyait une petite sieste de trente minutes à une heure selon ce que Benji lui offrait.

Puis elle allait chercher Luka à l'école maternelle et Soheil à l'élémentaire. Ensuite, elle enchaînait les goûters, les devoirs, les jeux, les bains, la préparation du repas du soir. Sacha rentrait à 19 h 30, parfois 20 h, se servait son petit jaune avant de prendre un mini-relais qui consistait à coucher les enfants.

La meilleure amie de Cali était sa montre. Elle la regardait sans cesse. Sa vie ne laissait que peu de place à l'improvisation et encore moins au temps libre.

Ses jours de repos étaient rythmés par les courses, le ménage, les lessives, le repassage, etc.

Pas de temps pour elle, aucune activité, pas de copines non plus.

Cali s'était oubliée depuis sept ans et trois enfants.

Aujourd'hui était un jour spécial. L'anniversaire de Benjamin. Elle n'avait pas prévu de fête particulière, car toute sa famille était à Strasbourg et celle de Sacha à Paris. Mais elle voulait quand même marquer l'événement et avait prévu de faire un beau gâteau pour son petit dernier.

Elle était dans son bureau après le coup de feu de 7 h du matin (huit vols à faire partir à l'heure entre 6 h 10 et 7 h 10, huit cents passagers et cinquante agents à gérer) et finissait sa liste de courses à faire afin de réaliser un beau gâteau Flash Mac Queen, le héros de *Cars*. Alors, faire un cake quatre-quarts, le découper en forme de voiture, le recouvrir de chocolat blanc puis de colorant naturel rouge, faire les finitions avec des M&M's pour les yeux et de la réglisse pour les roues.

Tout un programme.

À 10 h, une réunion de direction, à midi, faire le compte-rendu de sa journée et à 13 h 30 lever les voiles. Elle aurait dû se faire greffer une montre dans la paume de la main et un téléphone portable dans l'oreille !

C'était son quatrième et dernier matin de la semaine, elle était crevée et ne rêvait que d'île déserte, de canapé ou de hamac et surtout de silence.

Cette vie était la sienne ; elle l'aimait, l'avait choisie, mais parfois elle lui pesait.

C'est drôle, pensait Cali, comme, petites, les filles sont préparées à la vie à coup de contes de fées, d'histoires de princesses, de diadèmes et de « Ils vécurent heureux et eurent beaucoup d'enfants » ! Balivernes !

Elles sont élevées pour devenir de bonnes épouses, recevant des dînettes et des minicuisines comme cadeaux de Noël, de faux aspirateurs ou fers à repasser, des poussettes et des poupons. Tout ça pour qu'à l'âge adulte leur condition de future femme (ou bonniche) leur soit devenue aussi naturelle que de respirer !

Surtout ne pas réclamer du temps pour soi.

Surtout ne pas demander de l'aide à son mari qui a bien assez à faire, le pauvre, avec le nettoyage de sa piscine et la tonte de ses trois mille sept cents mètres carrés de terrain.

Surtout ne pas attendre que, spontanément, il mette la main à la pâte.

Ne pas croire qu'après avoir mis l'assiette dans l'évier, il va la laver ! Elle trempe bien toute seule, non ? Bien sûr ! Et puis elle va aussi se laver seule, sécher seule et même sauter dans le placard toute seule !

Surtout ne pas oublier de lui rappeler, chaque lundi soir depuis deux ans, de sortir les poubelles… ses gênes XY n'intégrant pas ce genre d'information à long terme.

Bref, chaque jour il fallait savoir rester à sa place et ne rien demander !

Et, sous un toit abritant quatre hommes, il ne fallait attendre ni douceur, ni compassion.

« Maman, j'ai faim ! Maman, j'ai soif ! Maman, n'oublie pas mon pique-nique de l'école ! Maman, emmène-moi au foot ! Maman, c'est l'anniversaire de Joachim mercredi, faut que tu m'emmènes ! » Tout ça juste pour le grand.

Pour celui du milieu c'était « Maman, et pourquoi le ciel il est bleu ? Et pourquoi Benji il marche pas ? Et pourquoi tu dois aller travailler ? »

Pour le petit, des cris, des colères et un petit doigt qui se lève pour désigner l'objet de son attente.

Jamais de « Maman, t'es fatiguée? Maman, ça va? »

La vie de femme et de maman était ainsi faite, se disait-elle, même si la situation lui pesait davantage de jour en jour. Elle n'attendait pas grand-chose en retour, juste un peu de reconnaissance qui tardait à venir. « Un jour, il faudra que je pense à moi. » Elle ruminait cette pensée depuis longtemps et de plus en plus souvent.

Elle voyait chaque jour ses clients partir et elle restait un peu enchaînée à sa vie.

São Paulo, Amman, Sydney, Johannesburg, Helsinki, Le Caire. Autant de lieux qu'elle aimerait explorer.

« Un jour… »

La soirée se passa très bien. Attablés tous les cinq autour du gâteau de Benji qui s'était fait souffler les bougies par ses frères, tout le monde discutait et riait joyeusement. Luka racontait comment il allait se déguiser en « torture » pour le spectacle de Pâques à l'école (veuillez comprendre « tortue », mais Luka était fâché avec les R); Soheil racontait son dernier dix sur dix à la dictée de la veille. Soheil, sept ans, grand, blond, les yeux verts (le seul de la famille), intellectuel et artiste. À cinq ans, il pouvait rester en extase devant un tableau de Klimt ou de Picasso ; ayant déjà une préférence bien marquée pour certains peintres. Il écoutait des concerts de deux heures des Rolling Stones ou de Moby qu'il aimait imiter en enlevant son tee-shirt et en jouant de la guitare dont Cali avait, heureusement pour ses oreilles, ôté les piles.

Elle aimait ces moments où la famille était réunie, où elle pouvait profiter de ses enfants sans être continuellement pressée par le temps, sans avoir besoin d'élever la voix pour qu'on se presse ou qu'on l'écoute.

Les enfants étaient ravis du gâteau et bientôt il n'en resta plus du tout. Ils avaient mangé comme des goinfres. Elle les soupçonnait d'attendre les cadeaux ; un peu comme si c'était leur anniversaire à tous. Ils savaient bien que, même si c'était l'anniversaire de Benjamin, ils auraient chacun un petit quelque chose.

Benjamin reçut donc un jeu de Duplo de Cali et Sacha, un dessin de chacun de ses frères, une enveloppe des papis et mamies restés loin, un *Mr Patate* de marraine et une gourmette de parrain. Il s'amusa comme un petit fou avec le papier cadeau avant de commencer à se frotter les yeux, ce qui était le signal de départ pour le lit.

Soheil reçut un livre sur le rock expliqué aux enfants et Luka un DVD de *Dora l'exploratrice.*

Ils se couchèrent tous les deux enchantés de la soirée d'anniversaire de leur frère, après avoir fait les pitres pour les photos souvenirs.

« Enfin un peu de répit », se disait Cali en s'écroulant sur le canapé devant un bon épisode des *Experts : Miami*. Elle aimait ce moment de la journée où elle avait quelques minutes pour discuter avec Sacha de tout et de rien ; des enfants, de leur travail respectif, des travaux de la maison ou encore des vacances.

Ce soir-là, elle mit sur le tapis le sujet dont ils repoussaient l'échéance depuis plusieurs mois, justement, les vacances.

—Alors, chéri, on fait quoi cette année ? hasarda-t-elle.

Ils n'étaient plus partis en vacances depuis cinq ans maintenant. Il y a cinq ans, elle était enceinte de Luka. Il y a quatre ans, Luka était né. Il y a trois ans, il était trop petit pour voyager. Il y a deux ans, elle était enceinte de Benjamin et il y a un an Benjamin était né.

Elle attendait de savoir quelle serait l'excuse cette fois-ci. En général, c'était les enfants, parfois les travaux, parfois les finances ou le boulot. Elle avait surtout l'impression que Sacha était devenu très casanier et qu'il ne voulait pas partir. Il appréciait de passer des vacances dans leur maison, à s'occuper du jardin, des enfants, à faire des barbecues avec ses amis qui prenaient des vacances… chez eux ! La piscine lui suffisait, le calme de la campagne aussi. Au fil des années, son esprit aventurier avait disparu et il n'aspirait plus qu'à la quiétude d'une petite vie campagnarde pépère !

Cali, au contraire, avait de plus en plus envie de voyager, de découvrir le monde. Elle qui envoyait chaque jour des centaines de personnes prendre l'avion, elle rêvait de faire comme eux. Sortir de son train-train quotidien devenait vital pour elle. Elle étouffait dans son rôle de mère.

—Rien, chérie. Nous n'avons pas les moyens et Benjamin est trop petit pour voyager. Tu sais bien qu'il est désagréable en avion pour aller à Paris en une heure, alors imagine dix pour aller je ne sais où. En plus, à chaque voyage avec les trois, c'est toujours la croix et la bannière avec les valises, les poussettes, les sièges autos. Non merci ! lui répondit-il sans surprise.

—Et moi, ce dont j'ai envie, tu t'en fiches ?

—Mais non, mon cœur, on a tout le temps pour voyager ! Toi, tu ne penses qu'à ça. Y a autre chose dans la vie que les vacances, non ?

—Mais ça nous ferait du bien. On pourrait prendre une formule avec miniclub pour les enfants et les y laisser en demi-journées. Moi, ça me fait rêver qu'on se retrouve un peu tous les deux, non ? essayait-elle en vain de le convaincre.

— On se voit assez toute l'année ! Moi, en vacances, j'ai envie de profiter de mes enfants !

répondit-il sur un ton qui n'autorisait plus aucune réplique.

Bien sûr, comme d'habitude, il fallait qu'il ramène tout à lui. Qu'elle s'occupe des enfants toute l'année et ait envie de souffler un peu ne lui effleurait même pas l'esprit.

Elle décida de ne pas alimenter la polémique. Comme d'habitude.

Le lendemain marquait le premier jour des soldes. Ce jour-là, Cali ne travaillait pas. Elle avait prévu de laisser ses enfants à l'école et chez la nounou et de se faire sa petite journée : magasins dans des centres commerciaux et au centre de Bordeaux, petit restaurant à midi et cinéma l'après-midi.

La journée commençait bien. Sacha avait déposé les enfants à droite et à gauche. L'école et la nounou étaient sur le chemin de son travail. Il faisait un petit détour de dix minutes puis partait sur Saint-Émilion où il travaillait chez un grand viticulteur. Sacha s'occupait de la promotion et de la communication d'un très grand château.

Le ciel était exempt de nuages, ce qui arrivait très rarement dans cette région. Le soleil brillait et Cali prenait son café tranquillement dans sa cuisine. Elle écoutait religieusement RTL comme chaque matin quand elle ne travaillait pas, mangeait une tartine de pain et de fromage. Elle surveillait sa ligne. Elle surveillait constamment sa ligne. Rien que de regarder un gâteau et elle prenait illico un kilo ! En sachant que son vice (non caché) était la nourriture, elle avait bien du mal à garder un semblant de silhouette agréable. Cinquante-cinq kilos pour un mètre soixante. Quelques petits bourrelets autour de la taille, souvenirs de trois grossesses et d'un manque flagrant de sport.

Elle s'assit ensuite devant son ordinateur et se connecta à son forum préféré.

Elle y passait un temps considérable et s'y était fait des copines, virtuelles mais toujours présentes. Elle y avait rencontré de la gentillesse, de l'humour, des coups de gueule, des coups de cœur. Elle avait partagé ses doutes pendant ses grossesses, ses envies, ses moments de cafard aussi, ses soucis de couple et ses ras-le-bol.

Grâce à ses copines virtuelles, elle avait développé un esprit écolo et bio. Chassés, les produits au paraben, les biberons au bisphenol, *exit* les crèmes pour les fesses et vive le liniment ! Elle avait mis une bouteille d'eau pleine dans son bac de chasse d'eau pour économiser, elle triait ses déchets et faisait son compost.

Après avoir posté quelques messages, elle prit son sac à main, les clés de sa voiture et direction la ville ! Le centre de Bordeaux était à quinze minutes de sa maison, mais la rocade bordelaise étant sans cesse saturée, elle mit près d'une heure pour y arriver. Trouver une place pour se garer relevait de l'exploit. Heureusement, la ville comptait de multiples parkings souterrains, certes hors de prix, mais finalement très pratiques.

Elle fit la tournée des magasins comme prévu, dépensa une fortune pour les enfants et, les pieds en feu, elle ouvrit la porte d'un restaurant assez cosy, situé près de l'Opéra. Il était déjà pratiquement 13 h 30 et le restaurant du Grand Théâtre, *Chez Greg*, semblait se vider peu à peu. Le serveur s'approcha d'elle en souriant et lui demanda :

— Souhaitez-vous encore déjeuner, madame ?

— Oh ! oui merci, c'est encore possible ?

— Bien sûr, madame. Je vous apporte la carte tout de suite.

Ouf, sauvée ! Elle ne s'imaginait pas une seule seconde sauter le repas de midi, et, comme ses pieds la faisaient vraiment souffrir, elle voulait se poser tranquillement dans un endroit calme et se relaxer.

Elle posa tous les sacs à côté d'elle et s'enfonça dans le siège en cuir bien moelleux.

Elle songeait au programme chargé des prochains jours. Quatre jours de boulot, quatre matins, puis les enfants à gérer et, en fin de semaine, la venue de ses beaux-parents, donc les courses et le ménage à faire… Bref, une belle semaine de repos en perspective !

Elle était plongée dans ses pensées quand un inconnu tira la chaise en face d'elle et s'installa, sans même demander l'autorisation.

« Les Blancs se moquent de la terre, du daim ou de l'ours. Lorsque nous, Indiens, cherchons les racines, nous faisons de petits trous. Lorsque nous édifions nos tipis, nous faisons de petits trous. Nous n'utilisons que le bois mort.

L'homme blanc, lui, retourne le sol, abat les arbres, détruit tout. L'arbre dit : « Arrête, je suis blessé, ne me fais pas mal. » Mais il l'abat et le débite. L'esprit de la terre le hait. Il arrache les arbres et les ébranle jusqu'à leurs racines. Il scie les arbres. Cela leur fait mal. Les Indiens ne font jamais de mal, alors que l'homme blanc démolit tout. Il fait exploser les rochers et les laisse épars sur le sol. La roche dit : « Arrête, tu me fais mal. » Mais l'homme blanc n'y fait pas attention. Quand les Indiens utilisent les pierres, ils les prennent petites et rondes pour y faire leur feu Comment l'esprit de la terre pourrait-il aimer l'homme blanc? Partout où il la touche, il y laisse une plaie. »

Vieille sage Wintu (Indiens de Californie)

Nuit du 11 au 12 octobre 1492.

La nuit était déjà bien avancée. Le ciel était sombre, les étoiles nombreuses et brillantes.

Tout d'un coup, Christophe aperçoit des oiseaux, des oiseaux de terre ; quatre, plus exactement. Il est 2 h 15 quand s'élève la voix du gabier : « Terre ! Terre ! »

Le voyage touche à sa fin. Il vient de faire une des découvertes majeures de l'Histoire. Les Amériques. Il entre dans l'Histoire. Il scelle en même temps le destin de millions d'Indiens.

« Les Indiens sont, à la vérité, gens de cœur excellent, ignorant la cupidité, pleins de douceur ; aussi, puis-assurer à Vos Altesses qu'il n'est au monde ni meilleurs hommes, ni meilleur pays. Ils aiment leur prochain comme eux-mêmes. Ils ont une façon de parler toujours souriante, la plus douce, la plus affable qui se puisse imaginer. Hommes et femmes, à la vérité, vont nus comme au jour de leur naissance, mais Vos Altesses peuvent croire cependant qu'ils ont des mœurs fort pures. Ils servent avec un grand respect leur roi qui, du reste, est aussi continent que digne en tous points. Ils ont, du reste, une très heureuse mémoire et une grande curiosité d'esprit, qui les portent à questionner beaucoup sur toutes choses. »

Lettre de Colomb au roi Ferdinand d'Aragon et à Isabelle de Castille

13 juin 2000.

Marc jeta un dernier regard sur son petit studio de quinze mètres carrés, avant de fermer définitivement la porte derrière lui. Il la verrouilla et déposa la clé chez la concierge.

Voilà dix ans qu'il y vivait. Il en avait hérité à la mort de ses parents. De ça et de quelques millions de francs à l'époque. De tout ça, il s'en fichait comme de sa première culotte. Il avait placé les millions en banque, vendu la propriété familiale des Alpes, la maison secondaire corse et n'avait gardé que cette petite boîte où il vivait presque comme un reclus.

Il passait son temps à lire des récits d'aventuriers, à regarder des films et des documentaires. Il ne voulait pas de tout cet argent. Il ne voulait même pas en entendre parler. Il n'avait pas rencontré son banquier. Il avait gardé celui de ses parents et lui avait demandé de faire ce que bon lui semblait de cet argent.

Voilà déjà deux ans qu'il vivait comme cela. Il ne sortait jamais.

Sa concierge lui faisait ses courses, son ménage et la cuisine, moyennant finances. Il commandait sur Internet les livres et les DVD qui s'entassaient dans les coins et contre les murs. Il ouvrait à peine les fenêtres pour aérer. Il ne voulait avoir aucun contact avec la civilisation. Il n'avait pas d'amis, pas de famille. Il ne savait pas ce qui se passait dans sa rue, dans son quartier, encore moins dans le monde.

Il avait même oublié la couleur du ciel parisien.

Sa vie n'avait aucun sens à ses yeux.

Jusqu'à ce jour où il se décida enfin à partir et à prendre un nouveau départ.

Janvier 2007.

Chaque jour ressemblait aux autres ici. Il se levait avec le soleil, s'étirait et bénissait les dieux de lui avoir permis de vivre ici. Il remontait la peau de bête sur le corps de sa femme et la contemplait avant de sortir de son abri. Il rejoignait les autres hommes au centre du village et partait avec eux à la pêche et à la cueillette.

Chaque matin, les hommes rapportaient de quoi faire manger tout le village. La plupart du temps, la jungle leur donnait largement de quoi subsister. Ils trouvaient des baies à profusion, des fruits, des insectes, des poissons d'eau douce.

Au bout de trois heures de labeur, quand ils rentraient au village, les femmes et les enfants les accueillaient en héros et tout le monde pouvait se préparer au festin autour du feu qui ne s'éteignait jamais.

Au sein de cette tribu, chaque membre vivait sereinement. Marc ne s'était jamais senti aussi heureux. Il avait la sensation d'avoir enfin trouvé sa famille. Il était libre, vivait de peu, n'avait besoin de rien et se réjouissait de chaque petit moment, si insignifiant soit-il.

Il n'avait aucun but, vivait au jour le jour.

Marc était arrivé dans la tribu amazonienne en janvier 2001.

Il réfléchissait depuis des années à ce qu'il allait faire de sa vie. Il savait depuis son plus jeune âge qu'il était différent des autres enfants. Il ne s'intéressait ni aux jeux collectifs comme le foot ou le basket, ni aux jeux de guerre. Il passait son temps à découvrir les lieux dans lesquels il se rendait avec sa nounou ou, rarement, quand ils avaient le temps, avec ses parents.

Chaque promenade en forêt devenait une véritable expédition. Il disséquait l'écosystème des bois. Il jouait avec les fourmis, essayait de les apprivoiser.

À six ans, il savait reconnaître chaque arbre par son nom savant, devinait son âge et savait quelles espèces il pouvait abriter. Il partait à la recherche des oiseaux, se cachait dans les fourrés pour observer les petits lapins ou les hérissons.

Il voulut même construire sa propre cabane à sept ans, et il le fit avec l'aide du petit ami de sa nounou. Là-haut, perché à un mètre du sol, il se couchait et rêvait à une vie sauvage, pendant que sa nounou et son ami se livraient à des jeux bien curieux.

À l'âge où ses amis commencèrent à s'intéresser aux filles, il vivait dans une chambre remplie de terrariums. Il jouait avec des fourmis ou des petits cafards. Il passait ses journées allongé sur son lit à lire des ouvrages sur la nature, *Ça m'intéresse* ou *Sciences et Vie Junior*.

Il ne sortait jamais avec ses copains, n'avait aucune envie d'aller dans les boums ou les soirées de ses amis. Ceux-ci devenaient de moins en moins nombreux d'ailleurs. Les filles, n'en parlons même pas. Il savait à peine ce que c'était. Sûrement une race très particulière, d'ailleurs.

Il devenait en fait l'archétype même de l'intellectuel binoclard, boutonneux et puceau !

En grandissant, il regardait des films documentaires sur l'Amazonie, et son véritable coup de foudre et le détonateur de sa passion fut le film *La Forêt d'émeraude*. Quand il vit ce jeune garçon vivre au sein de cette tribu, dans le plus simple appareil, sans chichis, il réalisa que c'était exactement ce qu'il voulait. Il avait dix-huit ans à l'époque. Il en avait vingt-huit aujourd'hui. Il avait mis dix ans à réaliser son rêve. Dix ans passés à faire semblant de poursuivre des études de droit qui ne l'intéressaient pas du tout, dans un milieu hanté par des personnes superficielles et ternes.

Il ne voulait pas peiner ni décevoir ses parents, alors il faisait semblant. Et même après l'accident d'hélicoptère qui leur coûta la vie, il continua.

Mais petit à petit il se sentit dépérir. Il commença par sécher les cours, de temps en temps. Puis de plus en plus souvent. Il avait du mal à se lever. Il traînait toute la journée en pyjama, tournant en rond comme un ours en cage. Il mangeait peu, buvait peu. Il ne se rasait plus. Petit à petit, il devenait un intrus dans sa propre maison, dans sa propre carcasse.

Dans un coin s'entassaient de vieux cartons de pizzas, dans un autre des livres. Il pouvait à peine bouger dans son petit studio quand la concierge tapa un jour à sa porte, s'inquiétant de ne plus le voir. Il ouvrit et elle recula, prise d'effroi en sentant une odeur de pourri et de renfermé !

—Enfin, monsieur Marc, c'est pas possible de vous laisser aller comme ça ! C'est quoi qu'il vous arrive ? Un chagrin d'amour ?

—Non, non, Josette, ne vous inquiétez pas. C'est juste que je n'ai plus envie de sortir dans ce monde de fous, pollué par le bruit, les produits chimiques, la folie humaine.

—Oh ! là, là ! mais c'est une belle déprime, ça ! Et puis vous mangez quoi au juste ?

—Royal Pizza me livre !

—Tu parles d'un régime ! Vous allez devenir obèse et tout mou en mangeant qu'ça ! Et puis vos artères vont s'boucher et vous aurez tout gagné ! Regardez-moi un peu ce grand gaillard tout blond, avec vos beaux yeux tout tristes ! Ce serait dommage de gâcher tout ça ! Un jour, y a une belle qui voudra en profiter !

—Oh ! les filles, vous savez Josette, moi…

—Oui, oui, tu parles ! Allez ! un peu d'nerfs là ! Un bain, un bon rasage et moi j'pars illico vous remplir le réfrigérateur ! Allez, allez, plus vite que ça !

Il s'exécuta.

À partir de ce jour-là, il essaya de donner à chaque journée un but précis. Il s'était abonné au câble et regardait des documentaires sur Planète ou Odyssée. Il achetait *Géo*, *National Geographic*, *Terre sauvage*, *Terre d'avenir*, *Grands Reportages* et *Ulysse*. Il lut une tonne de livres : *Tristes Tropiques*, tous les Jules Verne, tous les livres ayant trait aux grands explorateurs. Il lut également des ouvrages sur les Indiens d'Amérique et d'Amazonie, sur le taoïsme, le bouddhisme, le chamanisme.

« La terre devient folle. Séismes à répétitions, tsunamis, inondations, crues, tornades… La terre fait payer à l'homme tous ses débordements, ses excès. L'homme rase les forêts, bétonne ses terres, détruit les ressources naturelles. Il rejette ses saletés dans les mers et dans les airs. Et à plus ou moins long terme, il paiera et il a déjà commencé à payer », pensait-il.

Un jour, il essaierait de faire avancer les choses. Il faudrait bien que l'argent que ses parents avaient accumulé serve à quelque chose.

Ils avaient voué leur vie à leur travail, à l'argent. C'était pour lui, disaient-ils. Mais lui avaient-ils seulement une seule fois demandé ce dont il avait envie ? Non, bien sûr. Ils partaient du principe que l'opulence offrait le bonheur. Lui, il aurait simplement aimé passer une journée avec eux, au bord de la plage, à ramasser des coquillages, à jouer dans les vagues.

Ils n'avaient jamais passé de tels moments ensemble. Aussi loin qu'il se souvienne, il n'arrivait pas à retrouver un seul fou rire entre lui et son père ou un seul geste de tendresse de sa mère.

Boulot, boulot. Fric, fric. Ils n'avaient que ces mots-là à la bouche. Tous les deux.

Et leur excuse c'était lui.

Mais il aurait sa revanche en utilisant un jour tout leur argent pour la bonne cause. Il le savait.

Sa vie prit une nouvelle tournure un soir de janvier 2000 quand il lut un article sur le groupe Survival.

10 janvier 1980.

Il faisait sombre et très froid dans la chambre. Il devait être aux environs de minuit et Georges surveillait les bruits provenant du couloir.

Il savait qu'il arriverait bientôt dans sa chambre. Cela durait depuis tellement longtemps qu'il devinait le son de ses pas sur la moquette et les râles de son souffle.

Georges frissonnait dans son lit. Pas de froid mais de peur.

Il avait dix ans aujourd'hui. C'était son anniversaire. Et il savait exactement comment son père allait le lui souhaiter.

À midi, ils avaient tous déjeuné autour de la grande table du salon. Le repas était ponctué de rires, de sourires. Chacun prenait du plaisir à se retrouver, tous. C'était si rare. Tous ses frères et sœurs avaient quitté la maison familiale depuis belle lurette. Il ne restait plus que lui.

Ses parents lui avaient offert une montre. Sa première montre de grand garçon.

Son père l'avait regardé avec intensité et lui avait dit : « Te voilà devenu un homme, mon fils. »

Il n'oublierait jamais ce moment-là.

À cet instant précis, il décida qu'un jour, il tuerait son père !

24 décembre 2008.

Il était presque minuit. Les enfants étaient massés autour du sapin de Noël et entonnaient les chants traditionnels. *Mon Beau Sapin. Petit Papa Noël.* Les petits y croyaient. Les grands jouaient le jeu.

Dans quelques minutes, il allait entrer dans la salle commune de l'orphelinat, caché derrière sa barbe blanche et tout de rouge vêtu.

Il aimait ce moment où leurs yeux allaient s'illuminer en le voyant, où les plus petits allaient se cacher derrière les plus grands, où certains allaient pleurer et d'autres ouvrir très grand la bouche.

Chaque année, c'était son plaisir.

Il posait la hotte par terre et leur remplissait les bras de cadeaux et le cœur de joie.

Pour rien au monde il n'aurait raté ce moment.

Cette année-là, il ferait le père Noël pour la dix-septième fois. Il avait fondé l'orphelinat en 1991 et ne l'avait jamais quitté, pas même pour prendre quelques jours de vacances qui auraient pourtant été bien méritées.

Georges aimait cet endroit. Il représentait sa famille, sa vraie famille.

À la fin de *Douce Nuit*, il était minuit pile quand il ouvrit la porte d'un coup d'épaule en criant très fort : « Oh ! Oh ! Oh! les enfants ! Je vous ai entendus chanter et je me suis dit qu'il était l'heure de vous récompenser pour votre gentillesse. Voici vos cadeaux ! » Il posa sa hotte par terre et continua : « J'espère que vous avez tous été très sages cette année. Merci pour vos listes de jouets. Je n'ai pas pu tout rapporter, mais vous avez chacun droit à deux cadeaux ! »

Un énorme « Ouaaaahhhh ! » s'éleva dans les airs pour ponctuer sa dernière phrase.

Cette année, les habitants du quartier avaient été très généreux et ils avaient récolté assez d'argent et de jouets pour offrir deux paquets à chaque enfant.

L'établissement comptait cinquante enfants âgés de quatre à dix ans, tous orphelins de père et de mère ou abandonnés à la naissance.

Georges avait réussi à réunir les fonds et les subventions pour ouvrir puis maintenir l'orphelinat à flot.

L'État, le département du Bas-Rhin et la Région Alsace participaient à hauteur de quatre-vingts pour cent, et le reste était financé par des particuliers aisés ; de riches industriels alsaciens qui se donnaient bonne conscience en aidant leur prochain avec leurs millions, accumulés sur le dos des enfants d'Asie qui travaillaient quinze heures par jour pour les enrichir.

Il demanda aux enfants de s'asseoir en rond autour du sapin et il les appellerait chacun leur tour afin de leur remettre leurs présents.

Les enfants s'exécutaient tous avec grand plaisir et attendaient leurs cadeaux avec impatience.

La grande salle commune était devenue tout à coup très calme. On entendait tout juste pleurer le petit Lionel, caché derrière son grand frère et mort de peur à l'idée que le père Noël puisse venir lui parler ou pire encore le toucher.

Il avait toujours eu peur de ce grand monsieur gros et tout rouge qui parlait d'une voix très grave et le regardait de ses gros yeux bleus glacés.

—Alors, commençons par Alice. Où est-elle ?

—Ici, susurra une toute petite voix sur sa droite.

Alice était la plus petite et la plus jeune de l'orphelinat. Elle n'avait que quatre ans et était arrivée deux mois plus tôt dans l'établissement. Elle éprouvait encore beaucoup de mal à s'intégrer aux enfants, à comprendre le fonctionnement et les règles souvent tacites de la vie du groupe.

« Viens me voir, Alice. » Et elle s'approcha tout doucement de lui. « Je crois que j'ai bien deux paquets pour toi. Regarde. Voici le premier. » Il lui donna un tout petit paquet entouré de papier cadeau *Dora l'exploratrice*. Il se souvenait avoir lui-même emballé le DVD qui se trouvait à l'intérieur et il sourit en imaginant à l'avance le sourire de la petite se former quand elle ouvrirait son cadeau. Ils avaient tapé en plein dans le mille en achetant celui-ci. Il le savait.

Il avait passé près de cinq heures la semaine précédente à écumer les boutiques de jouets pour trouver les cadeaux appropriés à chaque enfant. Il avait préparé une liste qu'il comptait bien suivre à la lettre. Il connaissait chaque enfant, ses goûts, ses envies, ses rêves.

Pour Alice, tout ce qui touchait à Dora, pour William un instrument de musique, pour Grégory un déguisement de Peter Pan, Julie une tête à coiffer, Vanessa un coffret des Pet Shop…

Il chercha le regard de Lucie, son assistante, bras droit et aussi sa maîtresse. Lucie souriait en voyant Alice sauter de joie devant la jaquette du DVD.

Elle regarda son ami et lui fit un clin d'œil.

Tout le reste de la distribution des cadeaux fut aussi magique. Les enfants étaient tous heureux. Sitôt leurs cadeaux déballés, il fallait les tester. Bientôt, la salle commune ressembla plus à un champ de bataille qu'à autre chose.

Chaque enfant prêtait ses jouets. La vie en communauté leur avait appris à partager. Ici, pas de place pour l'égoïsme. Chacun se souciait de l'autre et Noël était vraiment la période propice à cet état d'esprit.

Bien sûr, il y avait des enfants plus turbulents que d'autres. Bien sûr, il y avait des accrochages et parfois des bagarres, mais, dans l'adversité, la communauté se serrait les coudes contre le reste de la société.

Il était près de 3 h du matin quand les enfants allèrent se coucher. En faisant le tour des chambres, Georges remarqua que tous s'étaient endormis en serrant leurs cadeaux contre eux, un sourire figé sur les lèvres.

Il rejoignit Lucie devant le sapin de Noël et s'écroula sur une chaise.

—Ouf, c'est fini ! J'ai cru que cette soirée ne se terminerait jamais! Enfin deux minutes pour nous, dit Georges.

—Comme tu dis ! Veux-tu que je te fasse un petit café ? lui répondit Lucie avec un sourire bienveillant.

—Oui merci, je veux bien. J'ai cru que j'allais mourir de chaud sous ce déguisement et je ne pouvais rien boire en plus. Enfin, hormis la tasse de lait que les enfants ont posée sur la cheminée pour moi, et je déteste le lait, dit-il en éclatant de rire.

La soirée avait été une réussite en tout point pour les petits, mais pour lui elle relevait plus du marathon que de la promenade de santé.

Enfin, cela n'arrivait qu'une fois par an et il aimait tant voir les enfants heureux.

Quand Lucie revint avec le café, ils s'installèrent tous les deux sur le canapé pour le boire et manger un morceau du fabuleux gâteau de Thérèse. Thérèse était l'employée qui s'occupait de la cuisine à l'orphelinat. Georges lui avait laissé sa soirée du 24 décembre pour qu'elle puisse réveillonner avec ses enfants et son mari.

L'orphelinat comptait cinq employés permanents. Lucie, qui était donc son bras droit et « l'homme » à tout faire, Thérèse, la cuisinière et reine de la plonge, Raymonde, la femme de ménage et pro de la lessive, Pierre, le chauffeur du minibus qui faisait aussi les courses et Samir, qui était polyvalent, jardinier, réparateur de tout et de rien, une sorte de MacGyver strasbourgeois.

Georges avait essayé de donner à l'établissement un caractère familial, une ambiance détendue. Il y logeait, ainsi que Lucie, dans une des chambres situées au milieu de celles des enfants. L'orphelinat était en fait une très grande maison avec quinze chambres (non mixtes) et quatre salles de bains. Les enfants étaient quatre par chambre, regroupés par sexe et par âge. Ils disposaient chacun d'une petite armoire, d'un lit et d'un bureau.

La chambre de Georges était située à l'étage réservé aux garçons.

—Dis-moi, j'ai un petit cadeau pour toi, père Noël ! lui dit tout à coup Lucie en sautant sur le canapé comme si elle avait été foudroyée. Figure-toi qu'encore un peu et je l'oubliais ! continua-t-elle en se levant et en sortant de la pièce très vite.

Elle revint deux minutes plus tard, tenant à la main un petit paquet emballé de papier argenté.

—Tiens, pour toi. J'ai longuement hésité, mais je pense que ce cadeau te convient parfaitement, dit-elle en lui tendant le paquet.

Georges se sentit tout à coup honteux, car lui n'avait même pas pensé à offrir un cadeau à son amie.

Il la regarda intensément et lui dit :

—Non, Lucie, il ne fallait vraiment pas, tu sais. Moi je n'ai pas eu le temps de t'acheter un cadeau.

—Bah ! C'est pas grave, hein ! Tu pourras toujours me faire une petite gâterie plus tard si tu veux.

Et elle éclata de rire, contente de sa petite blague grivoise.

Georges rit lui aussi et l'embrassa sur les lèvres pour la remercier. Il déchira le paquet et découvrit avec émerveillement un livre. Mais pas n'importe quel livre. Il s'agissait d'une édition de luxe du *Petit Prince* de Saint-Exupéry, avec des dessins magnifiques et une couverture en relief représentant le Petit Prince et sa rose. Lucie savait qu'il adorait ce livre.

Georges l'avait découvert à sept ans. Sa mère lui avait offert un vieil exemplaire déniché chez un bouquiniste. À l'époque, ses parents n'avaient pas beaucoup d'argent pour gâter leurs huit enfants. Sa mère ne travaillait pas, enfin du moins elle ne gagnait pas d'argent car laver, récurer, cuisiner, coudre, nettoyer pour dix personnes, c'était bel et bien du travail. Et supporter leur père alcoolique et rustre, c'en était également.

Georges aimait sa mère. Elle avait été belle à ses yeux d'enfant, même si son visage reflétait la tristesse. Elle était douce et gracieuse et ses yeux verts étaient si bienveillants.

Jamais elle ne s'était doutée.

Cette année-là, Georges avait eu la conviction de recevoir le plus beau cadeau de Noël de toute sa vie. Il avait remercié sa mère des centaines de fois, sous le regard moqueur de son père qui savait à peine lire.

Il avait passé la nuit à découvrir ce chef-d'œuvre, à pleurer pour la rose ou le renard.

Du haut de ses sept ans, il avait compris tous les messages de l'auteur.

Aujourd'hui encore, il était marqué par ce livre. À tel point qu'à l'entrée de l'orphelinat, il avait fait graver une plaque pour accueillir les visiteurs, sur laquelle figurait l'inscription suivante : « On ne voit bien qu'avec le cœur. L'essentiel est invisible pour les yeux.»

—Merci, Lucie. C'est vraiment le plus beau cadeau que tu pouvais me faire, lui avoua-t-il, les larmes aux yeux.

Lucie savait que Georges avait perdu son livre un soir, après que son père, bourré comme un coing, l'avait jeté de rage dans le feu de cheminée de leur maison, juste parce que Georges n'avait pas sorti les poubelles à l'heure.

Un sadique, un pervers psychologique. Voilà ce qu'avait été son père.

—Bonjour, Paul. Enfin, on se revoit, si je peux oser l'expression dans un tel lieu, dit-elle en riant.

—Bonjour. Bien joué. Je vais finir par croire que vous ne voulez pas me montrer votre visage, répondit-il en riant autant qu'elle. J'apprécie néanmoins cette surprise. Je dois avouer que vous avez beaucoup d'imagination.

Ils étaient tous les deux installés à la table de ce restaurant, ne se voyaient pas, ne se touchaient pas. Il avait reconnu sa voix, grave et chaude. À vrai dire, c'était une expérience assez spéciale de se retrouver ainsi dans le noir le plus total, en face d'une inconnue qui le poursuivait au-delà des mers. Spécial et un peu euphorisant, à vrai dire.

—J'ai beaucoup pensé à vous, Paul. Je me demandais ce que vous aviez pensé de notre première rencontre au St. John.

—Bien, j'avoue que cela m'a laissé perplexe, mais apparemment ce n'était que le début. Je me pose beaucoup de questions. Je n'ai plus aucun souvenir de la fin de la soirée. S'est-il passé quelque chose de particulier ? demanda-t-il.

—Si vous voulez savoir si nous avons fini la soirée tous les deux dans votre lit, alors c'est non, répondit-elle en éclatant de rire. Par contre, vous avez sûrement dû vous réveiller en compagnie d'un superbe mal de crâne, car vous avez bu presque deux bouteilles de champagne. Avec l'estomac vide, vous comprenez pourquoi vous n'avez pas gardé de souvenir de votre retour à l'hôtel.

—Ceci explique donc cela. Remarquez, vous auriez au moins pu prendre de mes nouvelles en appelant, histoire de savoir si je n'avais pas fait de mauvaise rencontre sur le chemin.

—En termes de mauvaise rencontre, vous n'avez fait que la mienne ! dit-elle en éclatant de rire à nouveau.

Il devait bien avouer que ce rire lui plaisait. Spontané, agréable, il était communicatif. Elle semblait avoir un sacré sens de l'humour en plus d'un corps magnifique, et tout ça risquait fort bien de lui plaire. Il se demanda à ce moment-là s'il devait continuer ou non, se lever et partir, mais il préféra attendre de « voir » ce qui allait se passer et il attendait des réponses à ses questions.

Il voulait savoir à quoi rimait toute cette histoire et lui demanda :

—Bon, venons-en aux choses sérieuses, madame l'inconnue. Avez-vous un prénom ?

—Oui, bien sûr, comme tout le monde ! répondit-elle en riant à nouveau. Je m'appelle Lila. Enchantée.

—Enchanté également, Lila. Je m'appelle Paul, mais ça apparemment, vous le saviez déjà. Donc ma seconde question sera : comment connaissez-vous mon nom ? Mon emploi du temps ? Comment m'avez-vous contacté à New York ? À quoi ça rime, mince ? s'emporta-t-il.

—Holà ! mais ça fait bien quatre questions, ça ! dit-elle en riant toujours autant. Allez, Paul. Laissez-vous aller. Nous avons tout le temps de parler de ça. Ne vous inquiétez pas. Je ne vous veux pas de mal, au contraire. Je vous expliquerai tout bientôt. Déjà, pourrait-on se tutoyer ? Si ça ne vous dérange pas. Je me sentirai plus à l'aise.

—Bien sûr, il me semble qu'après avoir chevauché mon dos et mes fesses, vous pouvez aussi me tutoyer.

Elle rit de plus belle.

L'entrée arriva, annoncée par le serveur qui les fit sursauter : « Alors, voici l'entrée. Bien entendu, je ne vous dis pas de quoi il s'agit, puisque ce sont exclusivement vos sens de l'ouïe et de l'odorat et vos papilles qui vous feront deviner de quels mets est composé le menu-surprise.

Toute l'expérience réside dans le fait de faire confiance à ses sens autres que la vue. Bon appétit. Si vous avez besoin de moi, n'hésitez pas à m'appeler. Je reste juste un peu plus loin. »

Ils essayèrent tant bien que mal de porter la nourriture à leur bouche en essayant de ne pas en maculer leurs vêtements, qui auraient à coup sûr besoin d'un bon pressing à la sortie. Ils partirent dans de grands éclats de rire en faisant des suppositions sur le véritable contenu de leurs assiettes.

—Je dirais que c'est une salade croquante aux rougets avec du vinaigre balsamique et du citron, hasarda Paul.

—Très chic. Je pencherais plutôt pour une salade croquante au flétan et à l'huile d'olive, renchérit Lila.

Le serveur les écoutait en silence, souriant. Au bout de quelques minutes, il leur avoua : « Il s'agit d'une salade iceberg et roquette au filet de merlu et sauce huile d'olive et citron. Bravo, vous n'étiez pas très loin, madame. C'est un excellent premier essai ! »

L'entrée avait bien détendu l'atmosphère et surtout détourné la conversation.

Paul remit au dessert l'explication de toute cette histoire. Il voulait profiter un peu de l'instant présent.

—Alors, Lila, parle-moi un peu de toi. Qui es-tu au juste ?

—Alors, qui suis-je ? Voilà une vaste question. J'ai trente ans, je suis célibataire. Je travaille dans l'événementiel un peu partout en France, principalement sur Paris, Saint-Trop' l'été et Courchevel l'hiver. Parfois, j'organise des soirées à Ibiza et à Saint Barth'. Je gagne bien ma vie, mais plus le temps passe et plus je me rends compte que ça ne me correspond plus. En fait, je me cherche en ce moment. Je tâtonne, j'essaie, je change de voie.

—Hum, je vois. La jet-set pour toi c'est surfait, et tu aimerais passer à quelque chose de plus authentique, c'est ça ? Tu voudrais retrouver les vraies valeurs, construire et trouver un but à ta vie ?

—Exactement. Comment as-tu deviné ?

—Parce que moi aussi, c'est un peu pareil. J'ai réussi, je bosse comme un fou, mais je n'ai pas vraiment goût à la vie. J'aspire à autre chose.

—Oui, mais tu as vécu quelque chose de terrible.

Un grand silence s'installa.

Alors, elle savait pour ça aussi. Mais qui était-elle ?

Au bout de quelques minutes, il rompit le silence.

—Vois-tu, là, tout de suite, j'hésite entre me mettre en colère contre toi et te demander des explications ou bien te confier tout ce que je ressens vraiment.

—T'énerver ne te servira à rien. Au contraire. C'est très simple. Je t'ai croisé un jour, tu m'as plu. J'avais l'impression de retrouver dans tes yeux la même tristesse que dans les miens. J'ai beaucoup de connaissances au bras long et je me suis renseignée sur toi, voilà tout. J'étais à New York en même temps que toi, alors que je vis à Paris, et il m'a semblé sympa de te rencontrer justement là-bas et de poursuivre ici. C'est tout. Tu peux maintenant me raconter tout ce que tu ressens. Je te comprends. Moi aussi j'ai perdu un être cher. Je sais ce qu'est de vivre une douleur immense. Tu peux me parler si tu en as besoin. Parce qu'on en a besoin un jour.

—Et pourquoi ne pas te montrer à moi ?

—Parce que tu aimes le mystère, non ?

—Silence.

—C'est vrai, avoua-t-il en souriant.

Que devait-il faire ? Il avait envie et, c'était vrai, besoin d'en parler à quelqu'un. Si elle avait, elle aussi, connu une immense perte, elle saurait le comprendre.

Les plats arrivèrent à ce moment-là. À croire que le serveur avait l'oreille attentive et s'arrangeait à chaque fois pour tomber à pic.

Ils refirent des supputations sur le contenu des assiettes, mais le cœur y était moins. Elle osa relancer la discussion.

—J'ai perdu mon futur mari il y a dix ans. Nous devions nous marier six mois plus tard, mais il est décédé sur un chantier qu'il devait superviser. Il commençait tout juste dans le métier. Il avait vingt-cinq ans et c'était le premier chantier qu'il dirigeait lui-même. Il stressait un peu, mais au fur et à mesure des jours, il prenait de l'assurance. Sauf qu'un jour, il n'est pas revenu. Tombé d'un échafaudage. Un accident. Bête et méchant. Bref, je sais ce que ça fait, les nuits à pleurer, à ne pas dormir, à boire et à s'endormir ivre morte à côté des toilettes qu'on a maculées de vomi ! Les antidépresseurs, les cachets pour dormir la nuit et les amphétamines le jour. Crois-moi, dix ans après j'ai encore mal. Mais je survis.

Il l'écoutait attentivement. Elle avait osé se livrer à lui sans aucune pudeur, sans retenue, sans farder sa propre histoire.

Il ne savait pas comment lui raconter. Commencer par sa rencontre avec Ève? Par l'accident? Il n'avait jamais parlé de cet épisode avec personne. Vincent l'avait poussé à consulter, car il sentait que Paul était très mal et qu'il partait à la dérive, mais il n'avait pas pu. Il avait pris rendez-vous chez un psychologue. Mais avait annulé. Sous le prétexte d'un voyage d'affaires. Puis il y eut un autre voyage, puis un autre et encore un autre. Il savait bien qu'il esquivait et qu'un jour il devrait faire face à son histoire s'il voulait aller de l'avant. Mais encore fallait-il qu'il le veuille vraiment.

Il pensait que personne ne pouvait le comprendre. Et maintenant, là, il se sentait démuni, nu. Il avait en face de lui quelqu'un qui lui avait parlé si facilement que c'en était indécent. Elle avait réussi à aller de l'avant et à vivre.

—Je ne sais pas si je suis prêt, dit-il simplement

—On n'est jamais vraiment prêt, mais crois-moi,

c'est le premier pas le plus dur. Je suis sûre que les mots viendront seuls une fois que tu te seras lancé. Mais je ne veux pas que tu te forces. Si tu le fais, c'est pour toi, pas pour moi, le poussa-t-elle.

Il savait qu'il devait profiter de l'obscurité. Elle ne le verrait pas pleurer. Il pourrait se laisser aller comme il voulait.

Alors il se lança.

—Bonjour. Je n'ai vraiment pas envie de déjeuner seul. Est-ce que vous accepteriez que je partage votre table durant ce repas? J'aime tellement faire de nouvelles connaissances. Cela remplit ma journée de joie quand j'ai la possibilité de discuter de tout et de rien avec un parfait inconnu. Le monde d'aujourd'hui est tellement froid, impersonnel. Plus personne ne se parle. Chacun est attaché à son téléphone portable ou son ordinateur, mais on n'ose plus vraiment aller vers les autres, les découvrir et lier de vraies amitiés. Je m'appelle Pablo. Enchanté de vous rencontrer, dit-il en lui tendant la main, souriant.

Cali fut scotchée par autant d'aplomb et pouffa de rire en lui répondant :

—Bonjour, moi c'est Cali. Vous avez parlé tellement vite que je n'ai même pas pu dire un mot durant votre tirade !

—C'est normal. J'essaie de parler beaucoup pour que la personne en face ne puisse me refuser sa table.

—Et ça marche?

—Parfois, dit-il en riant. Beaucoup plus souvent avec les femmes qu'avec les hommes, à vrai dire. Mais bon, ce n'est pas non plus mon passe-temps préféré. Et puis, souvent, avant même de m'asseoir, je sais déjà si la personne va me repousser ou non. En l'occurrence, j'ai su tout de suite que vous ne me renverriez pas.

—Vous ne m'avez pas laissé le temps de le faire. Mais je peux encore. Rien n'est joué.

—À ce moment-là, le serveur arriva avec la carte et demanda : « Une seconde carte pour monsieur ? » Et Pablo répondit promptement : « Oui, oui, merci ! »

Cali était à la fois surprise et amusée par le sans-gêne de cet homme, mais elle n'avait rien contre un peu de compagnie pour déjeuner.

Et qui plus est, il était fort agréable à regarder. Il était typé, pas très grand, trapu, les cheveux noirs portés assez longs et retenus par un catogan, les yeux noirs et le teint très bronzé. Il avait des dents d'un blanc éclatant et d'énormes mains qui retenaient toute l'attention de Cali, tant elles étaient larges et carrées.

—Je suis d'origine sud-américaine si vous vous posez la question, dit-il, surprenant son regard interrogateur. Mon papa est brésilien et ma maman mexicaine. Je suis originaire d'une très grande famille qui voyage partout dans le monde. Je ne serais pas étonné d'avoir quelques frères et sœurs perdus et inconnus, dispersés de par le globe ! Je suis à Bordeaux uniquement en transit pour quelques mois. Je suis venu voir une cousine qui habite ici, puis je repartirai chez moi, à Salvador de Bahia. Vous connaissez un peu ?

—Non, pas du tout. J'ai toujours rêvé de me rendre en Amérique du Sud, comme sûrement beaucoup de monde.

— Oui, sûrement. C'est bien dommage de ne pas aller au bout de ses rêves, non ?

— Pas forcément, non. Un rêve doit rester un rêve. J'ai peur de réaliser les miens. Ils risquent de ne pas être à la hauteur que je leur ai donnée. J'ai peur qu'ils soient décevants, vides, creux. Et puis, si je réalise mes rêves, que me restera-t-il ensuite ?

— D'autres rêves, Cali. Il faut toujours en vouloir plus. Encore et encore. C'est comme ça qu'on avance.

— Vous n'avez pas d'enfants. Si vous parlez comme ça, c'est que forcément vous n'avez pas d'enfants. Ils vous laissent à peine le temps d'avoir des rêves, alors encore moins de les réaliser !

— Non, je n'ai pas d'enfants, Dieu merci ! Ma vie est bien assez compliquée et marginale comme cela. Je ne veux ni port ni attache. Je veux rester libre comme l'air, n'avoir ni prison ni boulet.

— Oh ! les enfants ne sont pas des boulets.

— Mais ils vous empêchent de vivre votre vie.

— Non. Ils vivent la leur et c'est nous qui faisons ce choix-là en leur donnant la vie justement. Eux n'ont rien demandé.

— Peut-être, peut-être pas. Cali, quel est votre rêve le plus secret ? osa-t-il demander.

Le serveur tomba à pic. Il prit les commandes et quand il repartit, Pablo n'osa pas lui reposer la question.

Cali aurait eu bien du mal à lui répondre. Des rêves, comme beaucoup de monde, elle en avait plein la tête. Certains réalisables, d'autres non. Elle voulait nager avec les dauphins, voler dans un Mirage 2000, gagner au Loto et pouvoir s'exiler sur une île déserte, avoir six enfants et autant de baby-sitters, manger du chocolat sans jamais grossir, se payer une femme de ménage.

Elle rêvait d'être *Pretty Woman*, Evita Perón ou Camille Claudel. Elle aurait aimé avoir un destin extraordinaire, faire bouger des foules, remuer des tripes, changer la face de la terre. Elle rêvait de Marie Curie, de Madonna, de Cléopâtre, Marie-Antoinette ou Jacqueline Auriol.

Elle rêvait d'un harem masculin dans lequel elle entasserait des centaines de beaux mâles prêts à tout pour la satisfaire. Elle n'aurait qu'à les montrer du doigt pour avoir droit à leurs faveurs autant qu'elle le souhaitait. Elle rêvait qu'on construise un autre Taj Mahal à la gloire de sa beauté, plus grand et plus beau encore, pour la séduire, pour l'adorer.

Elle partit d'un grand fou rire solitaire, se demandant bien comment réagirait ce monsieur si elle venait à lui révéler ses pensées !

—Au moins, j'ai le mérite de vous faire rire !

Et il partit lui aussi dans le même éclat de rire. Ses yeux noirs pétillaient. Il avait l'air bien dans ses baskets, très cool. Il portait tout simplement un jean et un pull noir, des Timberland jaunes, le vieux modèle, et elles devaient avoir vécu plusieurs vies, vu leur état.

—Alors, Cali, qui êtes-vous ? demanda-t-il.

—Oh! il n'y a rien d'intéressant à raconter. Je travaille à Mérignac pour une grande compagnie aérienne, enfin LA compagnie aérienne. J'ai un poste à responsabilités, plein de monde à manager, des avions à faire partir à l'heure. Et quand il me reste le temps, j'ai un mari et trois enfants qui le mangent! Bref, rien de bien passionnant. Je dirais bien : métro, boulot, dodo, sauf que chez moi dodo n'a pas beaucoup de place ! Bon, ça suffit maintenant ! dit-elle en faisant mine d'être énervée. Elle n'aimait pas parler d'elle. Pas grand intérêt. Vous vous installez en face de moi sans me demander mon avis, vous philosophez, vous divaguez. Maintenant, assez parlé de moi. Et vous alors, Pablo, qui êtes-vous ? Un nouveau Neruda ? Un autre Picasso ?

Il éclata de rire.

—Ouh ! mon portefeuille aimerait bien, figurez-vous ! Mais je ne suis qu'un pauvre globe-trotter. Je sillonne le monde à la recherche de rencontres, d'amitiés. Je vis de petits boulots à droite à gauche. J'engrange pendant quelque temps de quoi subsister ensuite durant ma prochaine aventure. En ce moment, je travaille comme coursier le jour, videur le soir, je squatte chez ma cousine et dans quelques mois, je repartirai à l'aventure sur un autre continent. Je n'ai ni maison ni appartement, aucun point d'attache, aucun port ni aéroport de prédilection. Je vis un peu comme cette chanson de Noir Désir. Le vent m'emportera.

Voilà tout ce dont elle rêvait. L'aventure à profusion. La liberté totale. Aucun compte à rendre. Pas d'employeur fixe. Pas de banquier acariâtre. Pas d'enfants accrochés à ses basques en pleurant et en râlant. Elle l'envia. Le détesta et l'admira. Il s'était installé en face d'elle pour réveiller ses pires démons. Elle avait foncé vers l'univers du tourisme pour voyager, découvrir et entreprendre, mais elle avait rencontré les geôles de l'amour.

Brusquement, les larmes lui montèrent aux yeux. Elle essaya de les refouler. Elle ne voulait pas se donner en spectacle en public.

Cali n'avait pas éprouvé de sentiment si intense depuis des lustres. Elle ne saurait pas se contenir.

Elle se leva subitement, prit ses sacs et se rua hors du restaurant.

Marc n'avait rien d'Indiana Jones et il s'en rendit très vite compte.

Convaincre les gens de Survival de l'envoyer sur le terrain avait été une affaire aisée, surtout quand il disposait de quelques millions.

Il avait sonné à leur porte un beau soir et avait demandé à rencontrer leur représentant à Paris.

Survival était une organisation non gouvernementale créée par un Britannique en 1969 et qui avait pour objet la défense des droits des peuples indigènes un peu partout sur la planète.

L'éducation des enfants était leur principale préoccupation, mais ils étaient également le relais du message indigène aux peuples de la terre. Cette organisation n'était donc pas financée par les gouvernements, pour éviter tout parti pris, mais bien par des dons de particuliers. Et c'est sur ce point que Marc appuya lors de la rencontre avec le responsable des sympathisants français.

Marc voulait absolument partir, loin, très loin. Mais le delta entre les reportages télé et la vérité du terrain était énorme.

Ils avaient passé un accord et il partirait très rapidement. En général, l'organisation n'envoyait sur place que des volontaires ayant eu des formations spécifiques, notamment en médecine et en éducation, ce qui n'était pas son cas. Mais il était bien décidé à faire n'importe quelle besogne si basique soit-elle.

Il avait choisi l'Amérique du Sud comme première destination.

Le responsable lui garantit de le rappeler quinze jours plus tard afin de lui annoncer les dates et le lieu de sa mission. Il avait quinze jours pour se préparer, psychologiquement et matériellement. Il lui fallait faire la liste des choses nécessaires. Il commença donc rapidement la tournée des grands magasins, et en visita autant en trois jours qu'en dix ans !

Protection antimoustiques, arnica en gélules, antivenin, déodorants, citronnelle, chaussures de marche, tee-shirts en coton, chapeau d'aventurier, slips en coton, moustiquaire, médicaments de première nécessité, une tente pliable, un sac de couchage, des tonnes de chaussettes, etc.

Il sentait l'excitation monter en lui. Il avait enfin trouvé un but à sa vie. Il ne dormait presque plus et ne pensait qu'à son voyage. Il rêvait déjà de forêt luxuriante, d'animaux sauvages, d'indigènes. Il était conscient de s'en faire un portrait naïf d'étudiant parisien, mais il était sûr, se connaissant, d'arriver à très bien s'adapter une fois sur place.

Le responsable l'appela enfin comme prévu quinze jours plus tard. Il lui annonça que son premier lieu d'affectation serait Apatou, en Guyane française.

Il tombait des nues. La Guyane ? Il avait rêvé plus dépaysant. Pour lui, ce nom évoquait plutôt les fusées de Kourou qu'autre chose. Bien sûr, la région française était voisine du Brésil et un point d'entrée dans l'Amazonie, mais quand même… Il ravala sa fierté et essaya de se réjouir tout de même. Finalement, il s'agissait de son premier pas dans la vraie vie, non ?

Là-bas, il ne serait pas considéré comme un riche fils à papa, mais bel et bien apprécié pour ses qualités intrinsèques. Il pourrait aider, conseiller, servir à quelque chose.

Il arriva à Cayenne cinq jours plus tard. La première sensation qu'il éprouva en mettant le pied en Guyane fut l'extrême moiteur qui le frappa à la sortie de l'avion. Jocelyn vint l'accueillir à son arrivée. Il était noir comme l'ébène, grand, très baraqué. Du haut de son mètre soixante-dix et fort de ses cinquante-cinq kilos tout mouillé, Marc se trouvait aussi musclé que de Funès dans le bain de *La Grande Vadrouille*. Il se mit d'ailleurs instantanément à siffler *Tea for two and two for tea* en souriant. Il aurait dû faire un peu de musculation et manger un peu plus avant de partir. Il ressemblait plus à un piaf qu'à un conquistador.

Jocelyn était un compagnon de l'association depuis des années. Originaire d'Afrique centrale, il avait beaucoup voyagé à travers le monde, mais avait décidé de poser ses valises en Guyane depuis déjà cinq ans.

—Bon, le programme. Nous allons passer deux jours à Cayenne pour faire le plein de nourriture et autre ravitaillement. J'en profiterai pour te faire visiter un peu la ville. Ensuite, nous irons en voiture jusqu'à Saint-Jean-du-Maroni. De là, nous prendrons une pirogue durant deux heures pour Apatou et nous serons arrivés. As-tu besoin de quelque chose en particulier ? demanda-t-il.

—Euh ! non.

Marc se sentait un peu perdu. Fraîchement débarqué de la capitale, il sentait qu'il allait mettre du temps à s'adapter à la vie d'ici. C'était une impression qui s'insinuait en lui, tel un serpent. Il n'avait pas saisi la différence entre les livres et la réalité du terrain.

Finalement, commencer par un endroit encore un peu civilisé ne lui sembla pas une mauvaise idée.

Il vécut les deux jours suivants au radar, se laissant entraîner par Jocelyn dans tous les endroits possibles. Ils se prirent un peu de temps pour aller se baigner sur une plage de Rémire-Montjoly et il se fit tant piquer par des taons ayant la taille de chauves-souris qu'il avait l'impression de ressembler à une calculatrice géante ! Il n'avait jamais vu d'animaux aussi gros. Tout était surdimensionné ici… Les lézards ressemblaient à des crocodiles, les fourmis avaient la taille des araignées et les araignées celle des chats ! Il avait eu le bonheur de rencontrer un millier de moustiques à la volée de 18 h et s'était fait piquer les fesses à travers le jean et le hamac, car c'était le seul endroit où il n'avait pas pensé à mettre de répulsif ! Un vrai bonheur ! Pour l'aventure, il allait être servi.

Ils allèrent au marché de Cayenne et il adora ! Concombres piquants, choux chinois, bananes plantain, ramboutans, cupuaçu, chadeks, un régal pour les yeux, le nez et l'estomac. Que de couleurs, d'odeurs, de goûts ! Ils s'arrêtèrent pour boire un jus de fruits frais pressés chez Yavana, véritable institution au cœur du marché, puis mangèrent chinois dans une petite gargote qui ne payait pas de mine, mais ce fut un véritable festin pour les papilles! Ici, ce qui était frappant, c'est que tout le monde se parlait, que l'on se connaisse ou pas. Les gens souriaient, plaisantaient, en français, en créole ou en chinois.

Il sentait qu'il allait aimer cet endroit et ces gens.

C'est le cœur lourd, mais pressé de partir à l'aventure, qu'il quitta Cayenne direction Saint-Jean-du-Maroni. Jocelyn et lui étaient tous les deux installés à l'avant d'un vieux 4x4 brinquebalant. Ils avaient tout juste de la place pour eux, l'arrière de la voiture étant plein à craquer de cartons de nourriture et divers autres ravitaillements (bouteilles de gaz, produits d'entretien et d'hygiène, médicaments…).

Il faisait très chaud, même à 8 h du matin ce jour-là. Ils avaient pris la décision de partir tôt, afin de profiter du voyage et de pouvoir s'arrêter tranquillement pour déjeuner. Jocelyn voulait lui montrer quelque chose. Ils allaient faire un petit détour, mais ça en valait la peine.

Marc avait sympathisé avec le géant noir. Ils parlaient beaucoup tous les deux. Jocelyn lui racontait ses voyages et ses expériences à travers le monde. Il avait fait pratiquement toute l'Afrique de l'Est (Mozambique, Tanzanie, Malawi, Swaziland, Kenya, Somalie). C'était un vrai moulin à paroles et il racontait sans jamais se fatiguer toutes ses péripéties, ses rencontres, ses amours, ses déceptions, ses blessures. Marc ne se lassait pas de l'écouter.

À côté, ses aventures étaient plutôt celles d'un bulot ! Il avait l'air fin à ne pouvoir parler que de ce qu'il avait lu dans les livres ou sur Internet. Il était temps qu'il prenne sa vie en main et sorte de son studio parisien !

Au bout de deux heures de trajet très lent, sur des routes impraticables, ils arrivèrent à Iracoubo. Le géant stoppa la voiture devant une église blanche et rose qui ne payait pas de mine. C'était bien sa veine, se dit-il, lui, athée convaincu, aller visiter une église ! Mais il ne voulait pas vexer Jocelyn et décida donc de se taire.

En entrant, Marc ouvrit la bouche en un grand « Oh ! » de surprise. C'était tout simplement merveilleux ! Une immense fresque recouvrait le plafond et les murs de l'église. Tout avait été entièrement peint à la main par un bagnard artiste, Pierre Huguet, lui raconta Jocelyn. Joyeux, naïfs, colorés, les motifs d'anges et de fleurs de l'artiste formaient un ensemble certes surchargé, mais somptueux. On ne pouvait qu'être séduit par les couleurs bleues, jaunes, orangées et rouges qui se mélangeaient, par les motifs enfantins, les angelots, les figures de la chrétienté, les colombes...

Marc resta un moment immobile, la bouche ouverte, les yeux ébahis devant un tel travail. Jocelyn rigolait à ses côtés : « C'est fou, ça fait cet effet à tous ceux que j'amène ici ! Remets-toi, va. C'est la peinture d'un grand enfant. Mais de la peinture qui a permis à cette église d'être classée Monument historique. »

Marc ne répondait toujours pas. Il vivait en ce moment même un vrai retour en arrière. Il pensait à sa Mamie Belle comme il l'appelait.

Elle vivait dans une toute petite maison. Il n'avait pas beaucoup de souvenirs d'elle, car il était très jeune alors. Il se souvenait juste qu'elle était toute ratatinée, comme une vieille pomme, qu'elle sentait tout le temps le vieux. Il revoyait aussi les murs de sa petite maison où les Vierge Marie, les Jésus et autres croix se battaient pour avoir droit à un petit peu de place. Il s'était toujours senti bien dans cet environnement, comme protégé, enveloppé par un bien-être et une légèreté qu'il n'avait sentis qu'à cet endroit.

Et là, il ressentait exactement la même chose ! Pourtant il ne croyait ni en Dieu ni en ses anges. Il n'arrivait pas à expliquer la sensation qui venait de le saisir.

Jocelyn le sortit de sa torpeur en le secouant comme un prunier : « Hey ! mec, on va pas prendre racine ici. Moi j'ai faim ! »

À son grand regret, il dut quitter l'endroit et retourner dans la moiteur extérieure, à la recherche d'un endroit pour manger leur sandwich.

Ils reprirent ensuite la route et arrivèrent à Saint-Jean-du-Maroni. Jocelyn gara la voiture sur le parking d'un centre médical situé juste à côté du fleuve qu'ils allaient emprunter, le Maroni.

Les piroguiers les attendaient déjà pour décharger tous les cartons et les vivres. Tout le matériel fut embarqué sur trois pirogues en l'espace de quelques minutes.

Marc posa le premier pied à bord de sa pirogue, colorée, taguée aux couleurs de l'Afrique et du visage de Bob Marley.

Il eut pour la première fois l'impression qu'il allait quitter le monde.

Il faisait très froid cet hiver en Alsace. Les températures descendaient facilement jusqu'à moins quinze en pleine journée. Les quatre cents mètres carrés de la maison étaient difficiles à chauffer. Il fallait tenir le feu de la cheminée de la pièce principale constamment allumé. Heureusement, chaque étage possédait lui aussi un chauffage d'appoint que Georges allumait chaque après-midi, juste avant le retour de l'école, pour que les enfants aient bien chaud. Il avait aussi réussi à avoir un duvet très chaud pour chaque enfant et, tous les soirs, la soupe de Thérèse les réchauffait. Il leur fallait bien ça après les deux heures de devoirs dans la salle d'étude qui, elle, était très froide.

Georges se frotta les mains et ressortit vers le hangar pour chercher du bois. Il était enveloppé dans une grosse doudoune et portait un bonnet tricoté par Lucie. Il courut à l'extérieur aussi vite qu'il le put et faillit chuter plusieurs fois sur des plaques de verglas invisibles.

Il fit plusieurs allers-retours afin d'avoir assez de bois pour toute la soirée. Il fallait également qu'il rentre les briquettes de charbon pour faire tenir le feu durant la nuit.

Il rentra, essoufflé, fatigué, le nez et les joues rouges.

Il adorait sa région, mais l'hiver pouvait y être un peu trop rude à son goût. Il n'avait jamais quitté son

Alsace natale. Il aimait cette région, atypique par son histoire, son dialecte, ses coutumes, ses habitants. Lui-même ne parlait pas alsacien, mais il aimait l'entendre, symbole du mélange de cultures française et allemande.

Il était né à Wissembourg, au nord de la région, et avait peu bougé. Petit dernier d'une famille de huit enfants, il avait quitté sa famille à sa majorité pour rejoindre Strasbourg, qu'il considérait comme SA ville. Il aimait tout dans cette ville. Elle était petite et grande à la fois, typique et moderne, multiculturelle, ouverte sur l'Europe et pourtant si alsacienne.

Il avait peu de temps pour lui mais, dès qu'il le pouvait, il prenait le bus dans sa banlieue, puis le tram, et allait se balader dans les rues de la capitale européenne.

Il se promenait au cœur de la Petite France, le long de l'Ill, s'achetait un petit gâteau chez Naegel.

Il aimait s'arrêter devant la cathédrale qui revêtait tant de symboles. Quand il était petit, il aimait écouter sa « Mommèlè », sa grand-mère, lui raconter les légendes de celle-ci. Elle se souvenait à chaque fois avec beaucoup d'émotion que, durant la Seconde Guerre, les Strasbourgeois priaient tous en silence pour que les bombes allemandes ne tombent pas sur ce magnifique ouvrage gothique.

Elle lui avait raconté l'histoire de l'horloge astronomique et de son créateur, à qui on creva les yeux pour l'empêcher de refaire pareil chef-d'œuvre ailleurs.

Elle lui parlait du vent perpétuel qui fouette les ruelles aux alentours et qui attend le diable, en réalité terrassé par Dieu et relégué dans le sous-sol, et qui jamais ne ressortira de la cathédrale pour repartir sur son dos.

Elle lui parlait de sa flèche, de sa tour, de ses vitraux. Il ne s'en lassait pas.

Parfois, l'hiver, elle lui faisait un petit vin chaud, sans le dire à ses parents bien sûr, et il l'écoutait, un peu pompette. Avant Noël, elle lui apprenait à faire les « mennelé », ces petits bonshommes en pâte à brioche que l'on vend quatre semaines avant Noël.

Il adorait sa Mommèlè. Elle restait un des meilleurs souvenirs de son enfance.

Il fut sorti de sa rêverie par la sonnerie du téléphone de la cuisine.

Lucie alla répondre : « Allo !... Oui, je l'appelle. »

Elle arriva en lui tendant le combiné du téléphone sans fil : « C'est pour toi. »

—Allo ! Monsieur Schmitt ? dit une voix féminine chevrotante.

—Oui, c'est moi.

—Bonjour, monsieur. C'est madame Kayser, la voisine de votre maman. Elle ne va pas bien du tout.

Elle vous demande.

Son cœur se serra. Le silence se fit.

—J'ai beaucoup de travail, madame Kayser. Je ne sais pas si je vais pouvoir me libérer, répondit-il, honteux.

—Mais vous avez bien deux minutes pour votre maman, non ? Et puis c'est pas comme si vous habitiez à Marseille, hein ! dit-elle sur un ton sec et cassant.

—Je vais voir ce que je peux faire.

Et il raccrocha.

Il s'assit sur une chaise et enfouit son visage entre ses mains. Il ne voulait pas y penser. Il luttait chaque jour pour oublier, et voilà qu'il était obligé de penser à ses parents.

Rien ne sert de fuir, les souvenirs finissent toujours par vous rattraper ! Ça, il l'avait bien compris, mais il n'était pas prêt à affronter ses démons.

—Que se passe-t-il ? lui demanda Lucie en passant un bras autour de ses épaules. Tu es tout blanc, tout d'un coup. Une mauvaise nouvelle ?

—Plutôt, oui. C'est ma maman. Sa maladie s'aggrave.

—Mince ! Comment va-t-elle exactement ?

—Je ne sais pas !

—Comment ça, tu ne sais pas? Tu n'as pas demandé ?

—Non !

—Mais tu vas y aller ?

—Je ne sais pas ! répondit-il en haussant le ton, à la limite de l'hystérie.

Lucie recula d'un pas. Il lui faisait peur. Elle ne l'avait jamais vu comme ça. Il était blanc comme un linge, il tremblait et une énorme veine bleue battait sur sa tempe droite.

Georges ne lui avait jamais parlé de ses parents. Elle était entrée à son service deux ans plus tôt, et c'était un sujet tabou. Il ne voulait pas lui en parler. Elle ne connaissait même pas le prénom de sa mère.

Elle sortit de la pièce sans parler.

Il avait besoin d'être seul et de réfléchir. Il était tiraillé entre sa mère et son père.

Il pouvait difficilement voir l'une sans l'autre.

Il était tellement attaché à sa mère ! Mais retourner la voir signifiait également revoir son père. Ils ne s'étaient pas rencontrés depuis près de dix ans.

Leur dernière entrevue avait été une catastrophe. Il ne regardait plus son père. Ses mains tremblaient quand il arrivait près de lui. Il devait se maîtriser pour ne pas l'étrangler.

Bien sûr, sa mère ne comprenait pas son comportement. Elle avait juste pensé que son fils avait pris son envol et qu'il était trop débordé pour revenir les voir.

Cette fois-ci, il n'allait pas pouvoir faire l'autruche. Il devait bien ça à sa mère, se dit-il. Elle s'était toujours sacrifiée pour ses enfants et surtout pour lui.

Elle était la gentillesse même ; dévouée, fidèle, aimante, douce. Elle n'avait jamais levé la voix ni la main sur ses enfants. Elle se levait chaque matin à 5 h pour préparer le petit déjeuner à son mari ainsi que sa gamelle pour son travail. Elle faisait du ménage et ensuite réveillait les enfants pour l'école. Elle préparait toujours une belle table, chargée malgré le manque d'argent. Elle se débrouillait pour faire du troc et échangeait de la nourriture contre de menus services comme de la couture ou du jardinage.

Elle portait toujours ses cheveux attachés en un chignon strict et sentait bon la rose.

Georges ferma les yeux pour savourer cette réminiscence de jeunesse.

Quand il pensait à sa maman, il pensait à cette odeur précisément, celle de la tarte aux pommes chaude sortant du four. Il pensait au petit bisou du soir avant de se coucher.

Si elle avait su…

Georges était aujourd'hui devant un choix crucial. Aurait-il la force d'affronter son père ?

Il avait trente-neuf ans. Son père était vieux aujourd'hui mais il en avait toujours aussi peur.

Georges tremblait. Il se dirigea vers le bar et se servit un petit verre de schnaps qu'il vida cul sec. Puis un second.

Heureusement, les enfants étaient tous dans leurs écoles respectives. Il ne fallait pas qu'ils le voient comme ça. Il avait perdu pied.

Il tournait dans la cuisine comme un lion en cage. Il était submergé par les émotions et incapable de réfléchir correctement. Il fallait qu'il se décide, et vite !

Il n'eut besoin que de quelques minutes pour gravir le grand escalier, jeter des vêtements dans sa valise et monter dans sa voiture. Il n'avait pas prévenu Lucie, mais elle comprendrait. Il l'appellerait un peu plus tard pour lui dire qu'il allait rejoindre sa mère.

Et peut-être qu'un jour, si Lucie comptait assez pour lui, il lui raconterait tout !

Il sentait comme une urgence grandir en lui quand il tourna à droite, au bout de la rue, pour suivre les panneaux indiquant Wissembourg.

« Ève était la femme la plus merveilleuse qu'il m'ait été donné de rencontrer. Douce, sensuelle, chaleureuse, dévouée aux gens qu'elle aimait.

Elle m'a séduit au premier regard. Je me souviendrai toujours du jour de notre rencontre.

C'était en mai 1993. Le onze exactement. J'étais à New York pour un stage de six mois à l'université de Columbia. J'avais réussi à décrocher une formation dans le domaine du commerce international.

Pour moi, petit paysan français, arriver à New York était une grande aventure. Je me sentais un peu perdu au milieu des buildings.

Mes parents ne roulaient pas sur l'or et s'étaient saignés pour que je puisse passer six mois là-bas. Je n'avais encore jamais pris l'avion de ma vie.

C'était l'année des premières fois.

En revanche, si mes parents payaient ma résidence universitaire, il allait falloir que je gagne de quoi payer les frais annexes : nourriture, bouquins, sorties, fringues, etc.

Je postulai donc comme serveur dans des chaînes de fast-food, comme veilleur de nuit, baby-sitter ou portier.

Mon anglais était relativement correct et me permettrait, pensais-je, de trouver un job intéressant et bien rémunéré.

Quinze jours après mon arrivée, c'est totalement par hasard, en me promenant dans Central Park que je trouvai le job rêvé : vendeur de glaces dans une petite roulotte. Je passais devant la roulotte en question quand je vis l'affiche : « Cherche un vendeur pour un petit job d'appoint, vingt heures par semaine, si possible le soir et le week-end. » Je me suis arrêté pour discuter avec l'homme qui tenait la roulotte et qui en était le propriétaire. Le feeling est bien passé entre nous et j'eus la possibilité de commencer le lendemain soir.

La vie rêvée pour moi.

Je travaillais à vendre mes glaces depuis six semaines quand je la vis la première fois.

Elle s'avança vers moi d'un pas assuré, confiante, souriante. Elle portait une jupe droite noire et un tee-shirt blanc, des ballerines noires et un petit sac à main noir.

Ses jambes bronzées et fines étaient interminables.

Elle s'arrêta devant moi et me demanda dans un anglais parfait : « Une glace chocolat cookies s'il vous plaît, avec du coulis de chocolat et de la crème chantilly, plein, plein de crème chantilly. » Et elle éclata de rire.

J'essayai de lui répondre aussi bien que je pus, malgré le trouble évident causé par ses yeux turquoise et son petit nez retroussé couvert de taches de rousseur.

— Bien sûr, double ration de crème, alors.

Elle me regarda un peu interloquée et me demanda en anglais : « Français ? »

—Euh ! oui, ça s'entend tant que ça ?

—Oui, euh ! non, non, pardon, mais moi aussi je suis française, dit-elle encore en anglais avant d'éclater de rire et de le répéter dans la langue de Molière.

Nous avons éclaté de rire tous les deux, et je crois bien que nous avons dû discuter une bonne demi-heure, car elle a eu le temps de finir sa glace et d'en manger une seconde avant que l'on se rende compte que déjà le soleil se couchait.

Je me sentais bien en sa présence et des papillons chatouillaient agréablement mon ventre.

C'est à regret que je la vis partir, me saluant une dernière fois en se retournant.

Je n'avais même pas pensé à lui faire payer ses glaces !

Je crois que cette nuit-là, je la passai à rêver d'elle, de son sourire malicieux, de la façon dont elle passait la main dans ses cheveux. Je dus me répéter notre conversation une bonne vingtaine de fois, à croire que je l'avais apprise par cœur.

Elle m'avait subjugué.

C'est dans un état second que je passai ma journée suivante à l'université, écoutant à peine les professeurs, ne mangeant rien de mon repas, ne pensant qu'à elle.

J'arrivai le soir même à 19 h à Central Park pour prendre mon poste, l'espoir de la revoir chevillé au cœur. Je surveillais toutes les personnes allant et venant dans le parc, essayant de distinguer sa silhouette. Mais elle ne vint pas.

Ni ce jour-là, ni le lendemain.

Il me fallut attendre cinq jours avant de la revoir.

Elle me salua de loin. Je sentis mon cœur exploser dans ma poitrine. Elle me sourit et me dit : « Oh ! là, la ! j'ai honte, mais je me suis rendu compte que l'autre jour je n'avais même pas payé les glaces. Tiens, voilà les trois dollars pour la glace et, pour la peine, tu m'invites pour le dîner de ce soir, O.K. ? »

Je ne pouvais pas le lui refuser. Elle avait pris les devants et j'en étais ravi.

Nous avons ainsi passé un mois comme des enfants, sans même nous embrasser. Je sentais bien que nous laissions monter l'envie l'un et l'autre, et que le moment fatidique n'en serait que meilleur.

Ève m'apprit que son père était ambassadeur à New York depuis deux ans et qu'elle avait parcouru le monde étant petite. Elle avait arrêté ses études et travaillait avec sa mère dans un café réservé aux mamans et aux enfants. C'était un *business* qu'elles avaient monté toutes les deux, avec l'appui financier et moral de son père. Elle aimait cet endroit.

Elle m'y emmena un jour, et je dois avouer que c'est ce jour-là que j'entrevis le fol espoir d'avoir des enfants avec elle.

Elle était simple. Pas de chichis, pas de superflu. Elle aimait tout ce qui était authentique.

Elle me raconta tout d'elle, sans tabous.

Je fis de même.

Entre nous, aucune différence de classe sociale. Elle me laissa payer les sorties une fois sur deux et ne parla jamais d'argent.

Elle me fit connaître un petit cinéma indépendant, caché dans une rue sordide de Broadway, mais qui recelait de vrais trésors. Des soirées dédiées à Wenders, Lelouch, Carné, Lang ou Argento. Je devins un cinéphile averti.

Nous allions voir des spectacles à Broadway, comédies musicales, pièces de théâtre, *one-man-show.*

Grâce à elle j'ai mis les pieds au *Met*, au Muséum d'histoire naturelle, au Guggenheim. Nous avons écouté des concerts au Carnegie Hall et vu des matchs de basket au MSG.

J'avais l'impression de m'ouvrir à la vie.

Je passais mes journées en cours, vendais mes glaces le soir, puis la rejoignais quelque part dans New York pour une balade ou une autre activité. Je la laissais me guider car elle connaissait la ville comme sa poche. C'était elle qui choisissait chacune de nos soirées et je partais avec elle à l'aventure.

Durant tout ce temps, je n'ai jamais esquissé un seul geste pour l'embrasser. Je lui prenais la main de temps en temps. Je lui caressais les cheveux ou la joue. Je dois avouer que, pour la première fois, je me suis senti une âme de romantique.

Je voulais que notre premier baiser reste gravé à jamais. Je voulais que ce moment soit unique et que tous les éléments soient réunis pour en faire LE moment parfait. Elle le méritait bien.

Ce jour-là arriva le 4 août, à l'endroit même de notre première rencontre.

Il faisait chaud. J'avais passé la journée en cours, l'esprit tourné vers la rencontre du soir. C'était moi qui, pour la première fois, organisais la soirée. Je voulais que ce soit parfait.

Ainsi, je partis faire des courses, de quoi remplir un panier de pique-nique. De petits sandwichs à la tomate et aux concombres, une bouteille de rosé, des fruits et plein de bonbons dont elle raffolait.

Elle me rejoignit à Central Park à 21 h. Elle était encore plus belle que d'ordinaire.

Elle portait un jean très simple, une tunique turquoise assortie à ses yeux, des colliers et bracelets ethniques en bois. Ses longs cheveux blonds flottaient sur ses épaules.

Elle sauta dans mes bras et me demanda quel était le programme.

« Surprise ! »

Ce soir-là, le Théâtre Public (c'est le nom de la troupe) donnait une représentation de *Roméo et Juliette*, en plein air, sur la Bethesda Terrace située sur le Lake, au pied de la fontaine Bethesda. Les places étaient rares, mais j'avais réussi à en avoir deux grâce à un copain de l'université dont la mère jouait dans la troupe.

Nous nous dirigeâmes vers l'endroit qui allait abriter la plus belle de nos soirées, ou presque.

Nous avons dîné sur la couverture que j'avais apportée à cet effet, puis regardé la pièce. Ève s'était blottie dans mes bras et, ce soir-là, je trouvai enfin le moment parfait pour l'embrasser.

Ce fut le baiser le plus doux de ma vie. Jamais je ne pourrai l'oublier.

J'ai peut-être un peu l'impression de parler comme une femme en racontant ça. Elles sont tellement sentimentales et romantiques ! Mais vraiment, ce fut LE moment unique de ma vie. Je crois que même le jour de notre mariage ou celui de la naissance de Salomé ne m'ont pas autant marqué. Pourquoi ? Je ne saurais le dire.

Nous avons passé quatre mois parfaits. J'avais l'impression de vivre une vie hors de mon corps. Je me sentais invincible, conquérant.

Mes études marchaient bien. J'adorais les matières enseignées à Columbia et mes notes étaient excellentes. J'étais sûr de décrocher mon diplôme et je savais que je repartirais en France avec un sésame en poche. Il me fallait au moins ça pour offrir à Ève la vie qu'elle méritait.

Mais voilà, le temps de la séparation allait bientôt arriver et, le cœur gros, nous arrivions au dernier soir à passer ensemble. Pour la seconde fois, c'était moi qui organisais tout. Je voulais l'éblouir. Elle connaissait de moi le Paul sensible, sincère, authentique. Je voulais aussi qu'elle rencontre un Paul qui la fasse rêver.

J'avais économisé depuis le début du séjour dans le but de lui offrir une soirée inoubliable. Je savais que pour cette soirée d'adieu, nous allions faire l'amour et je voulais que le cadre soit idyllique, royal.

Ainsi, je lui bandai les yeux et l'emmenai devant la façade d'un endroit qui, plus tard, deviendrait mon refuge : le Waldorf. J'avais réservé et payé rubis sur l'ongle la plus grande et belle suite du quarante-deuxième étage.

Ève ouvrit de grands yeux en voyant l'hôtel.

Elle commença par dire : « Paul, c'est vraiment trop. » Mais je la coupai : « Chérie, je veux que cette soirée reste gravée en toi à jamais. On s'en fiche, du prix. Si je le fais, c'est que je peux le faire, O.K. ? Alors profite et ne pose pas de questions. »

Elle sauta dans mes bras et nous entrâmes dans l'hôtel. Le *lobby* était fantastique. Le style Art déco vraiment impressionnant. Un grand escalier, surplombé d'un lustre en cristal d'une taille extraordinaire, une magnifique horloge en bois créée en 1893 par un artiste de Chicago... Un arrêt à la réception, puis nous avons emprunté le vieil ascenseur jusqu'à notre suite.

Le groom ouvrit la porte et Ève laissa échapper un petit cri de surprise. La suite était immense. Elle devait représenter au moins dix fois l'appartement de ses parents sur Madison, donc au moins cent fois ma minuscule chambre d'étudiant. La suite était composée d'un petit salon avec trois canapés, un écran plat et une cheminée, d'une salle pour dîner avec une table si grande que le Conseil des ministres entier pouvait y prendre place.

Enfin d'une chambre avec un lit *king size*.

Elle était entièrement bleue. Un bleu azur, plus clair dans la chambre, plus foncé dans le salon.

Les canapés et le lit étaient beiges, les tapis également.

Au-dessus du lit, une fresque peinte à même le mur représentait un ange veillant sur le repos des invités.

Un peu rococo, mais sublime.

J'avais du mal à ne pas montrer à quel point j'étais impressionné.

J'avais mentionné lors de ma réservation la particularité émotionnelle de la soirée, et le concierge m'avait dit qu'il s'occuperait de tout.

Dans le jacuzzi, un bain était coulé et une odeur de monoï se répandait dans la salle de bains.

Sur le lit étaient disposés des pétales de roses et sur les tables de chevet des bouquets d'anthuriums.

Dans le salon, un feu était allumé dans la cheminée, et sur la petite table basse il y avait un seau à champagne avec une bouteille, une boîte de chocolats et des fraises.

Dans la salle à manger, la table était dressée pour deux, avec l'argenterie et les bougies.

« Madame, monsieur, le dîner sera servi dès que vous le souhaitez. Vous n'aurez qu'à appeler le *room service*. Je vous souhaite une excellente soirée ! » dit le groom en sortant de la suite.

Ève se précipita vers moi et me sauta au cou : « Mon Dieu ! Chéri, c'est merveilleux ! Regarde, autant de luxe et de volupté juste pour nous ! Oh ! tu nous as gâtés ! Et regarde cette vue sur New York ! C'est vraiment une merveille. »

Inutile de dire que nous avons passé une nuit merveilleuse. Nous avons fait l'amour comme une première fois. Je savais qu'elle serait la femme de ma vie.

Le lendemain, je partais pour la France. Ève n'avait pas trouvé le courage de m'accompagner à l'aéroport, et, quand mon avion décolla de JFK, j'eus vraiment l'impression de laisser à New York une partie de moi-même.

Quand je suis rentré, elle a été mon moteur pour avancer. Tout ce que je faisais, je le faisais pour elle, pour nous. J'ai créé Caleb MP pour elle, pour lui offrir une belle vie.

Je travaillais quinze heures par jour pour lui montrer que je valais le coup.

Au début, nous passions des heures au téléphone le soir. Puis elle vint me rejoindre pour les vacances d'été et enfin, à la fin de l'été, elle décida de rester à Paris avec moi.

Ses parents n'étaient pas enchantés de la voir quitter le nid familial, mais elle avait l'âge pour décider elle-même. J'ai longtemps regretté qu'elle abandonne le café pour moi, mais je sais qu'elle l'a fait de bon cœur et qu'elle ne l'a surtout jamais regretté.

Nous ne voulions aucune aide financière de ses parents. Nous voulions y arriver par nous-mêmes. Nous avons loué un petit studio dans le Marais et petit à petit, à force de pugnacité et de volonté, nous nous sommes construit une petite vie très agréable.

Ma boîte marchait de mieux en mieux, les commandes commençaient à affluer.

Ève a trouvé un travail d'assistante pour un décorateur d'intérieur. Elle s'amusait dans son travail. Elle aimait notre vie, et je dois bien avouer que je n'ai jamais été aussi heureux.

Notre bonheur coulait de source. Nous nous entendions bien sur tous les points. Nous pouvions passer des heures à parler d'art, de littérature, de sport, de tout et de rien. Nous passions également des heures à faire l'amour, d'ailleurs n'importe où. Nous n'avions pas peur du danger et il nous est arrivé de faire l'amour dans des endroits publics que je ne citerai pas.

C'est dans ce contexte qu'un soir de novembre 1998 je suis rentré du travail et que j'ai trouvé Ève, assise nue comme un ver devant la table du salon (enfin, de la seule et unique pièce de notre appartement !)

Elle avait posé ses longues jambes sur la table, entre les bougies allumées et les coupes de champagne pleines.

— Chéri, viens me faire l'amour de suite, m'ordonna-t-elle avec un sourire coquin.

Nous avons fait l'amour deux fois de suite avant de nous diriger vers la table, affamés et assoiffés.

Dans mon assiette, elle avait disposé un petit paquet-cadeau noir entouré de bolduc doré.

— Ne l'ouvre pas tout de suite, chéri. Je vais chercher le dîner dans la cuisine, me dit-elle.

Quand elle revint, les assiettes pleines de bonne salade au magret de canard, elle me servit une coupe de champagne et me dit : « Voilà, tu peux l'ouvrir maintenant. »

Étonné et impatient, j'ouvris la petite boîte. À l'intérieur, il y avait une paire de petits chaussons tricotés, 1 rose et 1 bleu. « J'en ai mis un de chaque couleur, car je ne sais pas si ce sera un garçon ou une fille ! » dit-elle en riant et en pleurant en même temps.

Ce fut mon plus beau cadeau.

Salomé est née en juillet 1999. Nous voulions garder la surprise du sexe jusqu'au jour de l'accouchement. Tout s'est parfaitement bien passé. Ève a accouché très rapidement, si rapidement qu'elle n'a même pas eu le temps d'avoir une péridurale. En moins de deux heures, je me retrouvai avec une nouvelle femme dans ma vie. Cinquante centimètres et deux kilos neuf cents.

Nous étions vite tombés d'accord sur les prénoms. Nicolas pour un garçon et Salomé pour une fille.

Je n'oublierai jamais cette bouffée d'amour instantané qui m'a envahi quand j'ai vu ce petit corps si délicat sur le ventre de ma femme. Je savais que ce serait un amour inconditionnel et total.

Toute notre vie n'avait été que bonheur jusque-là. Souvent, je me dis que je ne méritais pas tant de bonheur.

Nous nous sommes mariés un an plus tard et les parents d'Ève nous ont offert un appartement plus grand dans le même quartier, car nous y avions nos habitudes. Nous tenions à leur rembourser, mais ils n'ont jamais voulu. Pour eux, j'avais fait mes preuves en travaillant durement. Ils m'avaient accepté dans la famille.

Salomé a grandi dans un cocon où tout le monde respirait la joie de vivre et s'entendait à merveille.

Elle s'est révélée être une enfant adorable, sage, pleine de gaieté et très précoce. Elle savait parler avant même de marcher et savait encore mieux nous manipuler pour obtenir ce qu'elle voulait.

Un sourire enjôleur, un bisou, un câlin et elle faisait de nous de vrais Chamallows.

Je passais beaucoup de temps au travail pour compenser le congé parental d'Ève. Elle avait tenu à rester avec Salomé jusqu'à son entrée à l'école maternelle et je la soutenais.

J'aimais voir grandir ma puce, j'aimais voir Ève s'épanouir à la maison. Elle était entièrement dévouée à son foyer et jamais je ne l'ai entendue se plaindre. Elle aimait sa vie et moi aussi.

Ce jour-là, nous étions en vacances dans le sud de la France. J'avais fait une surprise aux filles en les emmenant en avion à Nice pour l'anniversaire d'Ève. J'avais réservé des chambres dans différents hôtels et loué un cabriolet. C'est sur la corniche monégasque que l'accident a eu lieu.

Je n'ai même pas eu le temps de voir le camion arriver en face de nous. Ce salaud roulait beaucoup trop vite, à gauche en plus et il n'a pas eu le temps de se rabattre quand il nous a vus.

L'impact a été terrible. Bien sûr, nous n'étions presque pas protégés dans le cabriolet et nous n'avions aucune chance contre un camion !

Je me souviens seulement d'avoir crié leurs prénoms, mais aucune ne m'a répondu. Ce silence, c'était pire que tout.

J'ai passé trois jours dans le coma à l'hôpital et à mon réveil, les médecins n'osaient pas m'avouer qu'elles étaient mortes.

Je n'ai pas pleuré. J'ai crié, hurlé, encore et encore.

Les médecins ont dû me mettre sous calmants pendant près d'une semaine, je crois.

Je suis resté dans une sorte de brouillard pendant des mois.

Physiquement, je n'avais presque rien. Un véritable miracle, disaient-ils. Tu parles ! C'était plutôt mon enfer, oui. Même pas le purgatoire.

Voilà, il n'y a pas grand-chose d'autre à ajouter.

C'était il y a près de six ans et c'est comme si c'était hier. Comme si ma vie avait pris fin ce jour-là.

Cali n'arrivait plus à dormir. Chaque nuit était devenue une épreuve pour elle. Elle se tournait et se retournait dans le lit, écoutait Sacha ronfler. Souvent, elle se levait, prenait son livre sur la table de chevet et allait s'installer dans le salon pour ne pas réveiller son mari.

Elle n'avait jamais autant lu de toute sa vie. Tout y passait. De Harlan Coben à Stephen King, de la trilogie *Millénium* à *L'Élégance du hérisson*, de Douglas Kennedy à Katherine Pancol, des livres historiques à la saga des *Chroniques de San Francisco*.

Elle avait des cernes sous les yeux et l'impression de flétrir à vue d'œil, de se dessécher. Elle qui adorait manger n'avait plus goût à rien. Elle avançait au radar.

Le seul endroit qui lui procurait encore un peu de plaisir était son travail. Là au moins, elle n'avait pas le temps de réfléchir.

La rencontre avec Pablo l'avait marquée. Tout ce qu'il avait dit avait eu un impact énorme sur elle. Elle remettait toute sa vie en question.

Tous les sentiments qu'elle essayait d'enfouir en elle avaient ressurgi.

Elle qui rêvait de voyages, d'aventure, de passion et de vie trépidante, elle avait réussi à se laisser enfermer dans une routine qui maintenant lui semblait monstrueuse, insurmontable.

Sa belle maison était une cage dorée.

Pourtant, elle continuait à tout cacher à son mari, qui de toute façon ne la regardait presque plus et ne remarquait pas sa détresse. Il était si absorbé par son travail qu'il considérait sa maison comme un gîte avec couvert et paiement en nature.

Elle ne voulait qu'une seule chose : oublier cette rencontre, les paroles de Pablo et le cyclone d'émotions qu'il avait réveillé en elle.

Dix jours après cette rencontre, Cali reprenait difficilement une vie quasi normale, en apparence en tout cas.

Elle travaillait plus que de raison, restait tard à l'aéroport, faisait beaucoup d'heures supplémentaires.

Chaque journée passait très vite, l'été étant toujours une période chargée avec les départs en vacances.

Ses journées alternaient les bons et les mauvais moments : annulation de vol pour raison technique, réduction de capacité à cause d'une hôtesse malade, débarquement de passagers à cause de la suroffre, refus d'enregistrer des passagers car papiers d'identité manquants, mouvement de grève des personnels de sous-traitance de la piste, panne des tapis bagages… Chaque fois, il fallait aller au charbon, aider ses collaborateurs qui n'étaient pas assez nombreux. Sans compter le fait qu'avec la crise, la compagnie n'était pas au mieux. Il fallait offrir au client le meilleur service possible, le sourire, la disponibilité et la ponctualité des vols.

Mais elle trouvait au milieu de tout ça l'entraide, la solidarité des collaborateurs et la gentillesse des clients.

Ce matin-là, la journée commença très mal. Vingt minutes de retard sur le premier vol en partance pour Charles-de-Gaulle. L'avion était complet, deux cents passagers à son bord, dont quatre-vingt-dix pour cent en correspondance dans les quarante-cinq minutes suivant l'arrivée. Autant dire que la plupart allaient la rater. Tout ça à cause d'une énième panne de tapis bagages. Cali venait d'apprendre par l'assistante de piste que cent bagages n'avaient pu être chargés sur ce vol. Elle se tenait la tête dans les mains. Rapide calcul : à cent euros la minute de retard, cela faisait donc deux mille euros que la compagnie allait payer. À quatre-vingts euros la livraison d'un bagage… Elle préférait arrêter là le massacre.

Surtout qu'en général, quand la journée commençait comme ça, elle ne continuait guère mieux.

En effet, elle allait bientôt s'apercevoir que tout ne serait pas rose aujourd'hui.

À 8 h 20, au moment même où la Chambre de commerce venait de l'informer que les tapis étaient réparés, elle entendit l'alerte du chef d'escale sur la fréquence : « Avis d'orage violent sur l'aéroport avec grêle très importante ! »

« Super, se dit-elle ! Il ne manquait plus que ça. »

Tour à tour, les vols arrivant de Marseille, Strasbourg, Lille, Nantes et Lisbonne, après avoir tourné près de vingt minutes au-dessus de l'aéroport, réussirent à se poser. Mais au moment même où ils se posaient, le hall dut être évacué, niveau arrivées et départs, pour cause de bagage abandonné ! La poisse !

Il fallait au plus vite organiser le débarquement par bus, l'arrivée dans l'autre hall, prévenir les passagers à enregistrer qu'on allait devoir suspendre l'enregistrement, prévenir les attendants des enfants voyageant seuls…

Quand Cali remit la première fois les pieds dans son bureau, il devait bien être 13 h. Elle enleva ses chaussures qui la faisaient souffrir, se chauffa de l'eau dans la bouilloire pour un bon thé et regarda désespérément la bobine des télégrammes à trier, qui devait bien afficher un kilomètre de long !

Heureusement qu'elle aimait ça! Quand ça bouge, quand ça pulse, quand ça court.

Il lui restait donc encore les Télex à trier, le compte-rendu à remplir, bref, encore une bonne heure de travail, quand son téléphone sonna.

« Cali, c'est le comptoir de vente à l'appareil. On vient de nous livrer des fleurs pour toi. Heureusement que tu es la seule ici à porter ce prénom, car il n'y a même pas ton nom de famille sur l'enveloppe. Tu viens les chercher ? » lui dit son collaborateur de la vente.

Tiens, qui donc pouvait bien lui envoyer des fleurs ? Sûrement pas son mari ; il avait perdu l'habitude depuis le temps ! Au début de leur histoire, il lui faisait souvent des surprises. Une fois un bouquet de fleurs, une fois des vêtements déposés sur le lit, une fois le sac Longchamp sur lequel elle avait flashé dans une vitrine. Mais ça, c'était au début !

Aujourd'hui, ce n'était pas son anniversaire non plus, ni une fête quelconque, car Cali n'oubliait jamais un événement particulier.

Peut-être ce client arrivé en retard et à qui elle avait permis d'attraper de justesse son vol long- courrier Paris-Tokyo malgré un énorme bouchon sur la rocade bordelaise…

Elle arriva devant le comptoir de vente et vit le bouquet. Exactement comme elle les aimait. Des fleurs toutes simples. Quelques petites roses blanches entourées de freesias, de millepertuis et de boules-de-neige *Viburnum*. Un bouquet qui sentait bon l'hiver.

Elle retourna à son bureau sous l'œil interrogateur de quelques collaborateurs et leur répondit d'un clin d'œil amusé.

Là, installée tranquillement sur sa chaise, elle ouvrit la carte et lut :

Vous êtes partie si vite
Vous ai-je fait peur ?
Si je vous ai offensée
Puis-je me faire pardonner
En vous invitant à déjeuner ?
Demain 13 h à L'Alouette ?
Je vous attends avec impatience
Pablo

Cali tombait des nues. Ainsi donc, c'était lui. Elle se donnait tant de mal pour l'oublier et voilà qu'il la relançait.

Comment savait-il où la trouver ? Avait-elle pu à un moment... Ah ! mais oui, bien sûr, banane ! Elle lui avait dit où elle travaillait, ainsi que son prénom.

Ça lui apprendrait à trop parler !

Elle allait l'appeler pour lui dire qu'elle ne viendrait pas le lendemain. Sa vie était déjà assez compliquée sans en rajouter encore plus.

Pas de numéro de téléphone. Bien joué, Pablo !

Bon, alors que faire ? Elle se sentait perdue. En même temps attirée par ce qu'il représentait, la liberté, l'aventure, et en même temps pétrifiée dans sa vie tranquille.

Cali se leva à la hâte, remit au lendemain son compte-rendu et se hâta de rentrer chez elle.

Elle jeta le bouquet dans une poubelle devant l'aéroport et courut jusqu'à sa voiture comme si elle avait le diable aux trousses.

Elle démarra en trombe et roula jusque chez elle. Là, elle s'écroula sur son lit en pleurant.

Fin juillet. Fin de la saison des pluies en Guyane. Cela faisait trois semaines que Marc était arrivé à Apatou. Il prenait ses marques petit à petit, même si les premiers jours n'avaient pas été une sinécure. Il avait passé ses premières nuits dans le carbet municipal à la belle étoile, dans un hamac, protégé par la moustiquaire. Il n'avait pas réussi à fermer l'œil pendant plus de cinq minutes d'affilée. Moustiques, araignées, lézards, scorpions… tout lui faisait peur. Il regardait partout autour de lui avant de faire un pas.

Il avait des cernes énormes sous les yeux, des piqûres de moustiques partout sur le corps. Il sentait le fennec à vingt kilomètres à la ronde et avait l'impression que ses orteils faisaient le concours du meilleur fromage qui pue de France.

La toilette était sommaire. Un jet d'eau planqué derrière une palissade en bois, en plein milieu du village. Et à l'eau froide, s'il vous plaît ! Et encore, il fallait s'estimer heureux, car les villageois, eux, se lavaient dans l'eau boueuse du Maroni, à quelques mètres des serpents et des crocodiles.

Marc commençait à peine à s'habituer à la moiteur ambiante. Il transpirait plus que de raison, mais ça, ici, tout le monde s'en fichait. Alors, il en prit son parti.

Sur le plan humain, l'expérience était en revanche fabuleuse. Ils étaient venus aider à construire une école pour les enfants du village. Et chacun mettait la main à la pâte. Tous les villageois venaient leur prêter main-forte.

Le matin, le rappel était sonné à 5 h. Petit déjeuner très rapide, puis on allait sur le chantier. Marc n'avait jamais été aussi enthousiaste pour un projet. Il y mettait tout son cœur, et surtout tout son corps. Chaque partie de ce corps lui faisait mal. Il n'avait jamais porté aussi lourd, autant marché. Son dos le faisait atrocement souffrir à force de se courber. Ses cuisses prenaient du volume, ses biceps aussi.

Mais il était heureux. Chaque jour, les sourires des enfants le remerciaient pour ce qu'il faisait.

L'après-midi était son moment préféré. Vers 14 h, quand la chaleur, la moiteur et la fatigue devenaient insupportables, tous se réfugiaient dans la salle du village, les enfants se mettaient à chanter, les adultes discutaient autour d'un bon ti-punch. Marc n'avait jamais bu autant d'alcool de toute sa vie. Lui qui, avant, ne tenait pas plus d'un whisky, avait sacrément progressé dans ce domaine. Les habitants du village l'avaient déjà ramassé deux fois dans un coin, avachi dans son vomi et tordu de douleur en train de pleurer et d'appeler sa maman. Mais sur ce point-là aussi il s'était amélioré, et il en était fier ! Il se sentait devenir un homme, un vrai !

L'après-midi pouvait s'étendre jusqu'à 18 h, au coucher du soleil, et les femmes du village apportaient le dîner pour tout le monde. On s'installait autour d'une grande table et les repas s'éternisaient jusque tard dans la nuit.

Ces moments de partage étaient intenses.

La population était surtout composée de noirs indigènes, les Bonis. Très peu d'entre eux parlaient français. Mais le sourire et les gestes permettaient de se comprendre.

L'après-midi, il lui arrivait fréquemment de s'asseoir dans un coin de la salle du village ou dehors sous un arbre, au bord du fleuve Maroni. Des enfants venaient le rejoindre et il leur apprenait quelques mots de français. Sa plus belle récompense était de voir leur grand sourire quand ils comprenaient un mot et arrivaient à l'énoncer correctement. Il avait réussi à se procurer une ardoise et des craies en passant une commande dans la petite échoppe qui servait de bazar à l'entrée du village. Comme ça, quand il leur apprenait un mot, les enfants pouvaient également le lire. Pour ceux bien sûr qui savaient lire.

Marc ne regrettait pas un seul instant son départ de Paris. Il comprit, dans le regard de ces enfants, qu'il avait trouvé sa voie, aussi durs que fussent les débuts de son aventure.

Il avait réalisé autant de chemin en un mois qu'en vingt-cinq ans.

Parfois, en fin d'après-midi, il essayait de se promener un peu dans la forêt tropicale, mais il n'était pas encore trop rassuré et ne s'aventurait jamais bien loin.

Lors d'une de ses premières promenades, comme un benêt, il s'installa tranquillement à même le sol, au pied d'un arbre, pour réfléchir. La fatigue aidant, il s'assoupit rapidement et se réveilla en sursaut, sentant quelque chose glisser sur sa main droite. Il hurla quand il vit qu'il s'agissait d'une énorme araignée qui devait bien mesurer douze centimètres de long. Son corps et ses pattes étaient noirs et velus. Il avait toujours eu une sainte horreur des araignées ! Il n'osa pas bouger la main. Il était pétrifié. Il regardait l'araignée progresser sur sa main et remonter le long de son bras. Elle prenait son temps. Il suait à grosses gouttes. Elle était à la moitié de son bras et continuait à monter vers son épaule. Il tremblait comme une feuille.

Elle arrivait à l'épaule. Il se maudit d'avoir mis un marcel ce jour-là. Quel idiot ! Elle resta un instant dans le creux de son épaule et redescendit le long de son bras. Elle s'arrêta sur sa main et resta immobile. Il cria : « Jocelyn ! » de toutes ses forces. L'araignée resta immobile. Il hurla encore et vit Jocelyn arriver.

Marc désigna l'araignée du menton. Jocelyn le regardait gravement.

« Ne bouge surtout pas, ne parle pas, ne transpire même pas ! dit-il d'une voix grave et solennelle. Si tu fais un seul geste, elle te pique » continua-t-il.

Marc était à la limite du fou rire hystérique. Il n'avait jamais eu aussi peur de sa vie.

Tout à coup, Jocelyn se précipita sur lui et envoya valser l'araignée à quelques mètres de là d'un revers de la main.

Marc se leva et hurla toute l'angoisse qu'il avait accumulée durant ces quelques minutes qui lui avaient paru une éternité. Il sauta sur place, secoua les mains, les bras, les jambes, comme une marionnette désarticulée. Et là, Jocelyn éclata de rire. Il se tint le ventre avec les mains et se plia littéralement en deux, secoué par des spasmes. Il pleurait même.

Marc regarda le spectacle, ébahi, et lui dit : « Comment peux-tu rire alors que j'ai bien failli mourir piqué par cette saleté ? » Il était écœuré par la réaction de Jocelyn. Tu parles d'un ami !

Le fou rire de Jocelyn repartit de plus belle et Marc quitta la forêt, laissant son sauveur plié en deux derrière lui.

Jocelyn le rattrapa et lui dit : « C'est une *matoutou,* mon zoreille. C'est presque une araignée domestique. Elle ne fait aucun mal, ne pique pas. Tout ce que tu risques, c'est une petite crise d'urticaire si elle était adulte. Tu en as été quitte pour une grosse frayeur, mais ça s'arrête là. Tu les reconnais au bout orange de leurs pattes. Ah ! j'avoue que ça a été très sympa de te faire marcher. Merci pour ce bon fou rire, zoreille ! »

Et il éclata à nouveau de rire.

Marc se sentit bien couillon. Il avait encore beaucoup de chemin à parcourir avant d'être vraiment adapté à ce milieu.

Finalement, son orgueil déchu laissa place à la moquerie de soi-même et il éclata de rire, posa la main sur l'épaule de Jocelyn et lui dit : « Et si zoreille te payait un petit verre ? J'ai besoin d'un bon remontant, moi, maintenant.

Georges roulait depuis près de deux heures quand il vit enfin le panneau « Wissembourg ». Son petit utilitaire avait fait plusieurs fois des embardées à cause du verglas. La route était à peine praticable. Il roulait à trente à l'heure alors que la vitesse autorisée était de quatre-vingt-dix. Il croisa très peu de voitures. Les gens n'étaient pas fous. Ceux qui n'avaient pas d'impératif préféraient rester chez eux. Certaines écoles de campagne avaient même été obligées de garder porte close. L'hiver était particulièrement rigoureux.

La ville lui parut déserte. Il avait l'impression de se retrouver dans un roman de Stephen King. Dans une autre dimension. Les trottoirs étaient recouverts de neige immaculée dans laquelle personne n'avait encore marché. Les routes étaient à peine dégagées.

Pas âme qui vive.

Le paysage défilait très doucement. Les maisons alsaciennes peintes en bleu, en rouge, en blanc. Les toits en pente abritant des greniers éclairés par de petites lucarnes et qui servaient jadis de réserves à grains remplies pour passer l'hiver. Les poutres apparentes. Les petits moulins, lavoirs ou autres fontaines.

Il était seul à essayer de se frayer un chemin pour arriver au bout de la petite ville.

La maison de ses parents se situait de l'autre côté de la ville. Il passa le centre, l'église, puis longea la

Lauter. Arrivé à l'ancien lavoir, il se gara et fit le reste du chemin à pied. Là, se trouvait le restaurant d'une ancienne amie, *Le Caveau du Châtelet*. Excellente cuisine, gastronomique, raffinée, service familial et agréable… Il en avait passé des soirées mémorables ici étant adolescent ! Il se lécha les lèvres en repensant aux fabuleuses profiteroles au chocolat extra-noir.

De l'extérieur, rien n'avait changé.

Il continua encore sur environ cinquante mètres et s'arrêta devant la maison de ses parents.

Là non plus, rien n'avait changé. Il semblait que le temps s'était figé autour de la grande maison bleue à colombages.

Il resta un moment debout derrière le portail à se remémorer le bon vieux temps. Le bon. Et le moins bon. Il avait des souvenirs de tablées d'enfants, de rires autour du feu de cheminée, de joyeuses embrassades à Noël ou aux anniversaires, de pleurs aussi parfois, de bousculades ou de bagarres entre frères et sœurs.

L'équilibre était bien respecté. Les trois plus grands étaient des garçons : Lucien, puis Arsène et René, les jumeaux.

Ensuite venaient les quatre filles : Sylvie, Arlette, puis Sarah et Mathilde, les jumelles. Et lui, Georges, le petit dernier. Il avait été un accident, à tous les coups.

Ses parents avaient eu Lucien très tôt. Sa mère était tombée enceinte à dix-sept ans et, comme souvent à cette époque, ses parents s'étaient mariés pour respecter les convenances. Son père était ouvrier dans une usine de métallurgie. Il gagnait convenablement sa vie. Ils avaient d'abord habité avec les parents de sa mère dans la grande maison familiale puis, au décès de ceux-ci, comme sa mère était enfant unique, ils en avaient hérité.

La maison était très grande. Elle avait en tout sept chambres. Une au rez-de-chaussée, à côté du salon, c'était celle de ses parents. Il y en avait trois autres au premier étage, pour les filles, et trois autres sous les toits, pour les garçons.

Georges avait eu conscience très tôt que ç'aurait dû être une chance d'avoir chacun sa chambre. Beaucoup de ses petits copains d'école dormaient à trois ou quatre dans une même pièce. Il aurait préféré.

Il se souvenait très bien que sa mère passait toutes ses journées à briquer cette immense demeure. Elle se levait à 5 h chaque matin que Dieu faisait. Elle préparait le petit déjeuner pour son mari, sa gamelle à emporter pour midi, son bleu de travail sur une chaise.

Puis, son mari parti, elle préparait la table pour elle et tous les enfants.

Georges adorait ce moment-là. Ils étaient tous réunis autour de la table, à 6 h, et les discussions étaient animées. Chacun racontait ce qu'il allait faire de sa journée. Sa mère faisait souvent des petites crêpes, un vrai délice. Avec un peu de sucre. « Hummmmm ! » Rien que l'évocation de ces galettes lui mettait l'eau à la bouche.

Ensuite, il partait à l'école et il savait que sa mère allait passer sa journée à ranger, nettoyer, faire des lessives, repasser, faire le jardin, les courses. Et quand il rentrerait à 16 h, un bon goûter l'attendrait sur la table. Souvent un morceau de pain avec de la confiture de fraises du jardin. Faite par maman, bien sûr. Ou bien un morceau de pain et un carré de chocolat.

Il vit le rideau du salon bouger. Quelqu'un l'avait vu.

Les jumelles pointèrent le bout de leur nez par l'entrebâillement de la porte d'entrée. Elles lui sourirent et lui firent signe de la main de les rejoindre à l'intérieur. Son cœur battait à tout rompre. Ça faisait quinze ans qu'il n'avait pas revu son père.

Il inspira profondément et s'avança vers la clôture blanche en bois. Il ouvrit le portail et monta les quatre marches menant à l'intérieur.

Il s'engouffra dans le vestibule, happé par les bras de ses sœurs. « Bisous. Bisous. Bisous », lui dirent-elles en riant et en l'embrassant sur les joues, le cou, la bouche, le nez. Un autre souvenir de jeunesse. Il éclata de rire et les prit dans ses bras.

Elles avaient à peine un an et demi de plus que lui. Rousses aux yeux verts, petites, menues, des taches de rousseur sur le nez et les joues, malicieuses, complices... Elles n'avaient pas changé. Qui était Sarah et qui était Mathilde ? Il aurait été bien incapable de le dire ! Petit déjà, il n'y arrivait pas. Aucun signe distinctif. Aucune marque de naissance. Pas d'oreilles un peu plus décollées pour l'une ou un nez plus épaté pour l'autre. Pas de kilos en plus pour l'une ou quelques centimètres en moins pour l'autre. Elles étaient strictement identiques !

Déjà, petites, elles en jouaient et avaient passé des journées à faire tourner en bourrique des étrangers qui n'y voyaient que du feu.

Ils restèrent un petit moment dans l'entrée, à s'embrasser et à rire, jusqu'à ce qu'ils soient interrompus par Sylvie et Arlette. Il les serra dans ses bras, elles aussi. Leur relation n'avait pas été la même qu'avec les jumelles, mais ils s'entendaient bien quand même.

Il avait de bons souvenirs avec chacune d'entre elles. Sylvie, l'aînée des filles, avait six ans de plus que Georges. Elle jouait un peu à la petite maman avec lui, le couvait, le câlinait ou le houspillait selon son humeur. Arlette, très réservée déjà enfant, ne lui avait jamais beaucoup parlé. Elle était si discrète qu'un jour ses parents l'avaient oubliée dans la voiture sur le parking d'un supermarché. Aujourd'hui encore, ça restait un souvenir de famille qui les faisait tous sourire, Arlette y compris.

Un feu brûlait dans la cheminée. La maison sentait bon des odeurs de pain d'épices, de vin chaud et de cannelle. Georges balaya le salon du regard à la recherche de sa mère. « Elle dort, lui dirent les jumelles, en chœur. Et les garçons ne sont pas là. Arsène et René ne peuvent pas s'absenter de Nice pour la voir, mais ils appellent souvent », continua Mathilde.

Quant à Lucien, il était décédé deux ans plus tôt dans un accident de la route à Montréal, où il résidait depuis près de vingt ans.

—Et papa ? osa-t-il demander.

—Il travaille, répondirent les jumelles.

S'il calculait bien, son père devait avoir près de soixante-quatre ans maintenant. Il travaillait toujours, car en Allemagne la retraite débutait à soixante-cinq ans. Et de toute façon, il n'aurait pas voulu arrêter.

Georges soupira d'aise. Il aurait un peu de répit jusqu'à ce soir.

Ils déjeunèrent tranquillement, évoquant des souvenirs de leurs jeunes années, parlant de leur vie familiale et amoureuse. Georges avait hâte de voir sa mère. Elle lui manquait énormément. Il la voyait peut-être une fois par an, s'arrangeant toujours pour venir un jour de travail de son père.

Après le déjeuner (de la bonne tarte à l'oignon et de la salade verte), il monta déposer son sac dans son ancienne chambre. Rien n'avait bougé. À croire que sa mère faisait encore le ménage régulièrement dans cette chambre, et sûrement dans toutes les autres. Le papier beige à grosses fleurs bleues était toujours là, défraîchi et plus terne. Un poster de Michael Jackson dans sa période *bad*. Au milieu de la pièce, toujours ce lit une place. Un simple matelas posé sur un sommier. L'armoire et la commode en pin. Les draps bleus également étaient toujours les mêmes. Jusqu'à l'odeur de lavande qui persistait.

Ses sentiments étaient mitigés à l'égard de cette pièce. Il avait aimé les premières années passées ici. Mais à partir de l'âge de sept ans, les visites nocturnes de son père avaient changé sa vie.

« Maman te demande », lui dit Arlette, postée sur le seuil de sa chambre.

Georges descendit au rez-de-chaussée la retrouver. Il poussa la porte et ne vit que sa tête posée sur le grand oreiller. Elle paraissait beaucoup plus maigre que la dernière fois qu'il l'avait vue. Elle avait le teint livide, les joues creusées, mais son regard était toujours aussi étincelant.

« Viens là, mon *spatz* » lui dit-elle. C'était son petit surnom quand il était enfant. C'était de l'alsacien et cela signifiait « moineau ». Il sourit et s'assit à côté d'elle sur le grand lit. Il posa sa tête dans le creux de l'épaule de sa mère et lui dit :

— Comment te sens-tu, maman ? en ayant peur de la réponse.

— Je vais mourir, *spatz*. Je le sais bien. Et vous aussi vous le savez. Il me reste encore quelques petits moments avec vous, et ensuite je partirai.

— Ne dis pas ça, maman.

— Bien sûr que si, chéri. C'est dans l'ordre des choses. C'est comme ça. Et puis, j'ai fait mon temps. J'ai eu ma vie sur terre. Maintenant je vais rejoindre Dieu.

Sa mère avait toujours été très croyante. D'ailleurs, le décor de sa chambre ne le démentait pas, bien au contraire. Il y avait des crucifix un peu partout, des images de la Vierge Marie, un énorme chapelet en bois d'ébène, cadeau de sa propre mère.

Il se sentit très triste d'un coup. Il savait qu'elle avait raison. Il vivait sûrement ses derniers moments au chevet de sa maman.

Il la serra timidement dans ses bras et lui dit : « Tu as été une maman fabuleuse, tu sais. Je me suis toujours senti aimé, soutenu, épaulé. J'ai des souvenirs fabuleux de ma jeunesse. Tes petits plats. Les soirées au coin de feu à jouer aux dominos quand j'étais petit. Les câlins, les bisous, ta tendresse. Tout respire l'amour en toi, ma maman. Tu as fait tout ce que tu pouvais pour ta famille. »

Il la regarda avec amour et vit une larme couler le long de sa joue.

—Non, chéri. J'ai été une très mauvaise mère. J'ai failli à tous mes devoirs. J'ai été lâche. Et tu sais très bien de quoi je veux parler. *Spatz*, il faut que nous discutions de ton père.

Georges sentit comme un coup de poignard dans son cœur.

Le silence se faisait pesant. D'abondantes larmes coulaient sur les joues de Paul. Il avait eu du mal à démarrer, mais une fois lancé, il n'arrivait plus à s'arrêter.

Elle rompit le silence en disant :

— C'est triste, Paul. Je sais que ça doit être très dur pour toi. Mais ça fait cinq ans, maintenant. Il va falloir tourner la page.

— Plus facile à dire qu'à faire.

— Oui, ça je le sais très bien, mais ta vie continue. Tu n'es en aucun cas responsable de ce qui s'est passé, tu sais.

— Si ! C'est moi qui les ai amenées là-bas, loué ce cabriolet, pris cette route.

— Oui, mais tu ne conduisais pas le camion.

— Non, peut-être, mais…

— Alors voilà ! Paul, il faut que tu te pardonnes, sinon tu n'avanceras jamais. Paul, qu'est devenu le chauffeur ?

— Je ne sais pas trop. Je ne suis pas allé à son procès. Je n'ai même jamais vu son visage. Je crois qu'il avait bu ce jour-là, mais je n'en suis pas sûr. Je sais juste quelle sentence il a eue.

— Combien ?

— Il a eu trois ans de prison dont un avec sursis, je crois. Bref, il vit quelque part en France sûrement.

— Mais tu n'as plus jamais eu de ses nouvelles ?

—Non. Il a essayé d'entrer en contact avec moi par l'intermédiaire de mon avocat, mais je n'ai rien voulu entendre. Je n'ai pas donné suite.

—Pourquoi ?

—Comment ça, pourquoi ?

Le ton commençait à monter et l'impatience à le gagner. Il s'en voulait déjà de la façon dont il lui parlait, mais c'était plus fort que lui. Il commençait à regretter de s'être livré.

—Oui, pourquoi ne lui as-tu pas parlé ?

—Mais parce que c'est juste un salopard de meurtrier ! Il ne mérite pas que je lui parle. Il mériterait juste de crever en prison et je ne vais sûrement pas lui parler !

—Tu peux laisser parler ta colère Paul, mais ça n'arrangera rien. Tu es rongé de l'intérieur à cause d'un accident dont tu n'es pas responsable. Tu es plein de haine, de mépris et de colère. Tu ne l'extériorises même pas. Tu te noies dans l'alcool et le travail. Tu fermes ton cœur à tous les gens que tu peux rencontrer, notamment aux femmes. Tu vas être malheureux toute ta vie, Paul. Il faut absolument que tu pardonnes. Pardonne-toi à toi en premier lieu. Puis à ce chauffard. Et à la vie ensuite. Il faut que tu repartes de l'avant, parce que tu te meurs peu à peu.

—Et alors ? Si je l'ai choisi ?

—Mais ça t'apportera quoi ?

—Rien, bien sûr, mais de toute façon je n'attends plus rien de la vie.

— Mais tu pourras à nouveau aimer. Tu n'oublieras jamais, mais tu ne trahiras pas ta femme si un jour tu aimes à nouveau. Elle aurait voulu ça pour toi.

— Qu'est-ce que tu en sais, toi ? dit-il agressivement.

Silence.

— Pardon. Je suis désolé. Je deviens agressif et méchant. Ce n'est pas ta faute. C'est moi qui suis nul.

— Non, tu n'es pas nul mais malheureux. Seulement, tu ne pourras jamais avancer dans la vie, Paul. Tu n'as pas envie d'être heureux à nouveau ?

— Non, répondit-il sans même réfléchir.

— Eh ! bien, c'est dommage. Car la vie vaut la peine d'être vécue quand même.

Il ne répondit pas. Il s'en voulait de s'être laissé entraîner sur ce terrain-là. Il n'était pas prêt à en parler et il ne le serait sûrement jamais.

Le silence se faisait pesant. Il avait l'impression d'avoir froissé Lila et d'avoir torpillé le dîner. Mais c'était plus fort que lui. Il ne pouvait pas en parler.

Il l'entendit se lever et dire : « Excuse-moi, je vais aux toilettes. » Le serveur avait dû s'approcher d'elle car il l'entendit dire : « Si vous voulez bien venir avec moi, madame. Je vais vous guider. » Et il les entendit s'éloigner.

Paul resta seul à table. Il sentait la colère bouillir en lui. Il n'avait qu'une envie, c'était de quitter ce restaurant, de rentrer chez lui et de se saouler autant qu'il le pourrait ! Mais il ne pouvait pas faire ça, car il était trop bien élevé. Il n'allait pas la planter là, au restaurant.

Malgré son état d'esprit négatif, il resta coi quand le serveur vint lui dire à table : « Madame me prie de l'excuser auprès de vous, monsieur. Elle a eu une urgence et a dû rentrer chez elle. Elle m'a chargé de vous dire que vous deviez bien réfléchir et qu'elle avait malgré tout été enchantée de ce dîner ! Je suis désolé, monsieur. »

Paul ne sut même pas quoi lui répondre.

Le lendemain Cali ne travaillait pas. Sacha avait déposé le petit chez la nounou et les deux autres à l'école. À son réveil ce matin-là, elle ne savait toujours pas si elle allait se rendre au rendez-vous fixé par Pablo.

Il faisait très froid et il y avait de la neige sur la route. De plus, elle avait quand même cinquante kilomètres à parcourir pour se rendre au restaurant *L'Alouette* à Pessac.

Elle s'activa à faire son ménage : une heure d'aspirateur, il fallait bien ça pour essayer de nettoyer les cent quarante mètres carrés de la maison. Puis poussière, serpillière, récurage de toilettes et la salle de bains. À 11 h, elle se retrouva avec les doigts fripés et puant l'eau de Javel, les cheveux gras et les aisselles sentant la transpiration. Un vrai tue-l'amour.

Cali passa donc sous la douche et se lava les cheveux. Elle enfila une robe noire et des bottes cavalières que son mari lui avait offertes l'an passé.

Elle passa du crayon noir sur ses paupières et du gloss sur ses lèvres, prit son manteau noir, son sac à main et s'installa au volant de sa voiture.

À croire qu'inconsciemment sa décision était prise. Elle irait à ce rendez-vous pour le remercier, mais aussi lui dire qu'elle ne souhaitait pas le revoir.

Le trajet jusqu'à Pessac lui sembla interminable. Elle avait l'estomac qui se contractait au fur et à mesure qu'elle s'approchait de Pablo. Ses mains étaient moites.

Elle arriva au restaurant à 13 h tapantes.

Elle patienta quelques minutes dans sa voiture, puis prit son courage à deux mains et se dirigea vers l'entrée principale du restaurant.

Le serveur vint lui tenir la porte et la fit entrer à l'intérieur, bien au chaud.

Elle était déjà venue déjeuner ou dîner plusieurs fois ici avec son mari à l'époque où ils habitaient trois rues plus loin. Elle aimait bien sa décoration cosy. Le personnel était aux petits soins et la cuisine inventive et raffinée. Qu'importe. De toute façon, elle ne resterait pas déjeuner.

Il l'attendait déjà, installé à une table pour deux dans un coin tranquille, près de la baie vitrée donnant sur la cour.

Il se leva à son arrivée et lui sourit en disant :

—Bonjour. Je suis content que tu sois venue. J'ai eu peur que tu ne refuses.

—Je ne reste pas. J'ai plein de choses à faire et je n'ai pas de temps à perdre avec toi. Désolée, mais il va falloir que tu trouves quelqu'un d'autre pour t'accompagner. Remarque, ça ne devrait pas être tellement compliqué pour toi. Si je me souviens bien, tu sais très bien comment t'y prendre ! répondit-elle sur un ton tranchant.

— Hou ! là ! je vois que tu es toujours autant sur la défensive ! Je voulais juste m'excuser si j'ai pu te faire du mal l'autre fois. Si c'est comme ça, O.K., rentre bien et à bientôt !

Il se rassit, plongea son nez dans le menu et elle se retrouva comme une idiote, debout à côté de lui. Elle avait pensé qu'il insisterait, qu'il s'excuserait encore et encore. Quelle idiote ! Pire qu'une ado froissée.

Elle se sentit d'un coup très bête. Tellement bête qu'elle s'assit en face de lui. Et pour ne pas perdre le match, elle lui sourit en disant : « O.K. oui, finalement je me laisse inviter à déjeuner. Qu'est-ce que ça peut bien me coûter ? J'ai déjà fait la route, alors autant rester ! »

Elle avait une lueur de défi dans les yeux.

Le repas fut bien plus agréable qu'elle ne l'aurait imaginé. Il parla beaucoup, racontant ses aventures aux quatre coins du monde. Cali avait décidé d'être zen, de ne pas penser à sa vie et de prendre cela comme un jeu, de considérer Pablo comme un nouvel ami.

Ils parlèrent de beaucoup de sujets différents, mais il évita de lui poser des questions sur sa vie personnelle. Elle lui raconta un peu ses journées au boulot, parla de sa famille, de ses passions. Le temps passa très vite et il fut bientôt près de 15 h quand le maître d'hôtel vint leur annoncer que le restaurant fermait ses portes.

Ils se regardèrent en se demandant ce qu'ils allaient faire maintenant.

—Connais-tu un endroit où l'on pourrait aller boire un verre ? lui demanda-t-il.

—Pas vraiment. Je connais Bordeaux depuis peu en fait, et en plus il va falloir que je rentre chez moi car je dois récupérer les enfants à 16 h à l'école.

—C'est vraiment dommage. J'apprécie beaucoup ta compagnie. Pourra-t-on se revoir ?

—On verra. Je te laisse mon numéro de portable et tu m'appelles quand tu veux.

—Parfait. Je te laisse le mien également. Je pars demain rejoindre des amis à Aix, mais dès que je reviens ici je t'appelle, et ce sera ton tour de m'inviter à déjeuner, d'accord ?

—Avec plaisir.

Et elle le pensait vraiment.

Elle se rendit compte qu'elle aimait sa compagnie. Tout ce qu'il racontait avait de l'importance. Du plus infime détail il faisait un chef-d'œuvre. Il parlait comme il vivait. Avec passion. Avec amour.

Elle aimait aussi le regarder. Il souriait tout le temps et il avait une ravissante fossette au coin de la bouche qui lui donnait un air enfantin attendrissant.

Elle le trouvait beau et avait envie de le revoir, mais n'en éprouvait aucune culpabilité. Elle n'avait rien fait de mal. D'ailleurs elle le dirait à Sacha. Elle n'allait rien lui cacher. Elle détestait mentir et jusqu'à présent elle ne l'avait jamais fait. Ce n'était pas ce soir qu'elle allait commencer.

Ils se séparèrent sur le parking du restaurant. Il lui tint la portière de sa voiture et quand elle lui tendit la joue, il la caressa de sa main. Il tourna légèrement son visage vers lui et posa délicatement un baiser sur ses lèvres. Juste un léger effleurement. Comme une brise sur son visage.

« *Querida*, souffla-t-il à son oreille. Prends soin de toi. Je t'appelle. »

Et il s'éloigna, la laissant sans voix.

Cali fit la route dans un état second. Elle ne cessait de repenser au baiser de Pablo. La soirée passa très vite. Elle ne pensait plus qu'à son déjeuner et au baiser, sur le parking.

Quand Sacha lui demanda ce qu'elle avait fait aujourd'hui, elle répondit :

—Rien de spécial. Je suis allée me balader à Bordeaux.

—Ah ! Et tu n'as rien acheté ?

—Non. J'ai juste flâné un peu.

—O.K.

Exit la bonne intention de tout dire et ne rien cacher. *Exit* la franchise et l'honnêteté. Pour la première fois en quatorze ans, elle lui avait menti.

Marc resta cinq mois à Apatou. Il avait pris ses marques, petit à petit. Il n'avait plus peur des araignées, ni des serpents ou des moustiques. Il avait pris l'habitude de se laver peu, de dormir peu et à la belle étoile. Il se sentait de mieux en mieux.

Il avait l'impression que son corps et son esprit se vidaient de leurs impuretés. Il avait tiré un trait sur toutes les facettes matérielles de sa vie antérieure.

Marc avait surtout l'impression de servir les autres sur cette terre guyanaise. Il déployait ses connaissances, sa volonté, sa force physique (sa musculature se développait à vue d'œil), son énergie. Il s'engageait à fond.

Il avait énormément partagé avec les enfants du village. Beaucoup d'entre eux s'intéressaient à la lecture grâce à lui. Chaque jour, il leur consacrait trois heures pour leur apprendre l'alphabet, la lecture et l'écriture.

En échange, ces enfants lui avaient appris à pêcher, à cueillir, à nager (oui, lui qui n'avait jamais réussi à nager en piscine !), à écouter la nature et les animaux.

La fin décembre arriva rapidement. L'école était terminée et la maîtresse devait arriver d'ici à début janvier.

Pour fêter la fin de la construction, tout le village organisa une grande fête. Marc et Jocelyn, ainsi que les autres ouvriers, furent conviés dans la salle du carbet le dernier soir.

Les habitants avaient fait les choses en grand. La salle était illuminée par de gros lampions multicolores en papier kraft. D'immenses tables avaient été dressées le long des murs avec de superbes nappes multicolores décorées de fleurs sauvages. De nombreux mets et alcools différents avaient été préparés par les femmes. Des assiettes de poisson mariné, de riz et de légumes bouillis, mais aussi des bonbons pour les enfants.

Les villageois avaient même réuni pour l'occasion un groupe de musique locale. La fête fut très réussie. Tout le monde dansa et chanta jusqu'à l'aube, but et mangea plus que de raison.

La nuit fut très courte. Une heure de sommeil avant de prendre la pirogue pour retourner à Cayenne, faire le plein de denrées et les ramener ensuite en avion à Maripasoula, commune du sud-ouest de la Guyane.

Les adieux furent déchirants, notamment avec les enfants. Il dut les embrasser tous au moins une dizaine de fois avant d'avoir le droit de monter dans la pirogue. Marc ressentit envers eux une tendresse qu'il n'avait même jamais ressentie pour ses parents. Ces enfants lui avaient donné tout leur amour, sans rien demander en échange. Il avait fait le plein de sentiments pour des années et pleura à chaudes larmes dès que le village fut hors de sa vue.

Les journées suivantes furent éreintantes. Marc se sentit oppressé quand il arriva à Cayenne. Trop de monde, de bruit, trop de voitures, de civilisation. Il avait hâte de retourner dans un endroit retiré du monde.

Ils étaient quatre, lui, Jocelyn et deux autres anciens ouvriers de l'école, à écumer les magasins afin de rapporter à Maripasoula tous les produits figurant sur la liste. Ils bouclèrent la corvée en trois heures et purent se reposer un peu avant de prendre l'avion à 16 h. Encore fallait-il le charger et réussir à le faire décoller, car il pesait vraiment très lourd.

Ainsi, il se retrouva à voler au-dessus de la forêt guyanaise. Une pure merveille. Du vert à perte de vue, de teintes différentes, des eaux boueuses, des habitations isolées, de la terre orange, des animaux perdus… Quelle merveille ce pays !

Il ne s'endormit pas tant le spectacle était splendide.

Jocelyn et lui se regardèrent et échangèrent un sourire de connivence. Ils étaient tous les deux amoureux de ce pays.

L'avion atterrit tant bien que mal à Maripasoula. Il

fallait maintenant décharger toutes les marchandises et les mettre dans un vieux camion afin de les acheminer à quelques centaines de kilomètres de là, dans un coin reculé et presque inconnu.

En effet, Marc allait entrer dans cette zone de trente mille kilomètres carrés soumise à autorisation par un arrêté préfectoral du 14 septembre 1970, qui avait reconnu aux Amérindiens un territoire protégé au sud de la Guyane.

Sur cette zone vivaient quatre ethnies : les Apalaï, les Wayampi, les Teko et enfin ceux chez qui Marc allait se rendre, les Wayanas. Issus de l'ancien peuple Caraïbe, ils vivaient essentiellement dans le sud de la Guyane, au Brésil et au Surinam. Or, au contraire de ce qui s'était passé pour leurs frères brésiliens qui étaient parqués dans des réserves, l'État français avait décidé de les laisser vivre en liberté dans un périmètre censé les protéger. Autrefois grands voyageurs, les Wayanas s'étaient aujourd'hui sédentarisés et vivaient dans des carbets. La civilisation n'avait pas encore vraiment atteint cette société, mais elle risquait de le faire bientôt.

Ces hommes et ces femmes étaient victimes des orpailleurs notamment brésiliens, des vols, des meurtres et surtout de la pollution au mercure causée par l'orpaillage massif et sauvage.

Marc avait été envoyé dans cette tribu pour faire des comptes-rendus réguliers au siège de Survival sur les dangers auxquels étaient soumises ces populations. Il devait y rester au moins six mois, accompagné de Jocelyn qui l'aiderait tant bien que mal dans les traductions, puisque les Wayanas ne parlaient pas ou peu le français.

Ils parcoururent près de quatre-vingts kilomètres sur une toute petite route. Plusieurs fois en chemin ils durent sortir de leur voiture pour dégager des arbres, combler des trous énormes par de la terre ramassée dans la forêt. Le trajet semblait interminable. De plus, ils savaient que bientôt il faudrait décharger leur cargaison et la porter sur le dos durant vingt autres kilomètres avant d'atteindre le village. Heureusement, le guide savait exactement où ils allaient.

Dans cette forêt guyanaise, tous les arbres se ressemblaient pour Marc. Il avait beau avoir lu des centaines d'articles sur la forêt amazonienne, il avait beau savoir qu'elle comptait plus de mille trois cents espèces différentes, il aurait été bien incapable d'en citer une seule. Il faudrait vite remédier à cela !

Au détour d'un arbre, ils s'engagèrent dans un tout petit chemin boueux et stoppèrent la voiture. Il fallut la décharger, la cacher sous les végétaux pour que le reste de la cargaison ne soit pas volée, mettre sur leur dos ce qu'ils purent et s'engager dans la jungle.

Marc demanda :

— Il faut marcher loin avec ça sur le dos ?

— Non, environ vingt kilomètres.

— Vingt kilomètres ? Mais c'est horrible ! Mon sac à dos pèse une tonne et j'ai mal partout.

— Bah ! c'est bien dommage parce qu'en plus il faudra faire un autre aller-retour pour chercher le reste !

— Quoi ? Mais on peut le faire demain, non ? Parce qu'en plus il va bientôt faire nuit. Ça va être dangereux !

— Ben oui, ça va être dangereux, mais c'est comme ça. T'es dans la jungle, mon pote, pas au fond de ton salon !

— Ouais, ouais, j'avais bien remarqué, figure-toi !

— Il ne savait pas trop s'il devait rire ou pleurer. Il était vraiment fourbu de fatigue. Il avait soif, faim, mal partout.

Ce séjour s'annonçait mal.

Georges eut un haut-le-cœur en entendant sa mère prononcer le nom de son père.

Était-il possible qu'elle soit au courant ? Non, elle n'aurait jamais laissé faire une telle chose.

Sa mère prit alors la parole et lui dit : « Je suis désolée, mon fils. Ton père est un monstre. Je l'ai su très tôt. Nous étions jeunes quand nous nous sommes connus. Il était beau et surtout beau parleur. Il a réussi à me faire croire que j'étais belle et désirable. Une femme unique, et il n'avait vu et voulu que moi. Il m'offrait des fleurs, des douceurs rapportées de chez le boulanger. Il me faisait de magnifiques compliments, me trouvait intelligente, drôle, spirituelle. Et moi, je suis tombée dans le panneau.

J'étais naïve du haut de mes seize ans. Il a aussi réussi à mettre mes parents dans la poche. Il avait l'air bien élevé, bien éduqué. Pas très intelligent mais travailleur, motivé, plein de bonnes intentions. Mais bien sûr, l'enfer est pavé de bonnes intentions, non ?

Bref, j'ai vite succombé à son charme et je me suis très rapidement retrouvée enceinte. Tu sais, de notre temps, ce n'était pas acceptable d'être enceinte sans être mariée. Donc, on s'est mariés.

Et du jour au lendemain, il a changé. Il est devenu autoritaire, méchant. Il élevait la voix facilement. Finis, les cadeaux, les attentions, les paroles gentilles.

Il partait travailler le matin et me laissait la liste des corvées à faire pour la journée. J'avais beau avoir un gros ventre, je récurais, lessivais, nettoyais, faisais le jardin, la cuisine… Et plus mon ventre grossissait, plus il devenait méchant et mauvais.

À plusieurs reprises, si le dîner avait le malheur d'être trop froid quand il rentrait, il a levé la main sur moi et m'a frappée sur la tête où dans les côtes. Bien sûr, là où ça ne se voit pas.

J'ai mis tout ça sur le compte de la grossesse. J'ai été naïve jusqu'au bout.

J'ai accouché, et je pensais que les choses allaient s'arranger, mais ce fut pire. Il ne supportait pas les pleurs du bébé. Il ne voulait pas que le petit dorme avec nous parce qu'il devait se reposer la nuit, lui qui travaillait tellement la journée pour me nourrir, moi, la fainéante de service, celle qui vivait à ses crochets.

Bien sûr, une semaine après l'accouchement, il a voulu reprendre des relations sexuelles normales. Mais quand je lui ai dit que j'avais encore mal, il m'a forcée. Il m'a fait des choses abominables qu'une maman ne peut pas raconter à son fils.

Il me demandait des choses pas très courantes, et sales.

Je l'ai surpris plusieurs fois à lever la main sur Lucien. Il ne s'occupait pas du tout de lui, ne lui parlait pas, ne le regardait même pas. À croire que son fils était invisible pour lui.

Je suis tombée enceinte très rapidement des jumeaux et là, la situation a encore dégénéré. J'étais vraiment au bout du rouleau physiquement. La grossesse des jumelles en plus de Lucien et tout le travail à la maison, je n'en pouvais plus. J'ai perdu beaucoup de poids, mais à l'époque il n'y avait que très peu de suivi médical, voire pas du tout.

Sans compter que, la nuit, les sévices augmentaient.

Je me suis vite retrouvée prise dans un engrenage. Je n'arrivais pas à sortir la tête de l'eau avec toutes les grossesses et les enfants, le travail à la maison.

En plus, il a commencé à boire la deuxième année de notre mariage. Il pouvait boire une dizaine de bières en rentrant du travail et s'il était contrarié, il tapait sur n'importe quoi ou n'importe qui.

Bien sûr, à l'extérieur, il sauvait très bien les apparences, mais à la maison il devenait un tyran, psychologique et physique.

Il lui est arrivé plusieurs fois de m'attacher au lit pendant que les enfants pleuraient de faim dans leur lit. Je hurlais de désespoir de les entendre, mais personne ne m'entendait. Et lui, il dormait tranquillement.

J'ai bien voulu partir, mais je ne pouvais pas. Je n'avais pas de travail, pas d'argent. À l'époque, il n'y avait aucune association d'aide comme il peut y en avoir aujourd'hui. Je ne me voyais pas partir de la maison avec tant d'enfants sous le bras.

Le cauchemar a duré sept ans. Au fur et à mesure, les aînés ont commencé à grandir et il a eu peur de se faire repérer et dénoncer par eux. Donc, la journée, il se montrait doux et gentil comme un agneau. J'avoue que je revivais. Du moins le jour.

Car la nuit, il était de pire en pire.

Plus le temps passait, plus j'avais peur. Il me menaçait de vous tuer si je disais quelque chose.

Alors, j'ai subi en silence.

Ça a duré toutes ces années et n'a cessé que le jour où tu es parti de la maison. Ce jour-là, il n'avait plus aucun chantage possible sur moi. Il ne pouvait plus me dire qu'il allait te faire du mal ou te toucher. Toutes ces années, j'ai tout enduré de peur qu'il ne vous touche. »

Georges avait eu du mal à contenir ses émotions. Il avait envie de pleurer, de vomir, de hurler. Toutes ces années, elle avait enduré un vrai calvaire de peur qu'il ne le touche. Alors qu'en fait, il abusait de Georges en lui disant que s'il racontait quelque chose, il s'en prendrait à sa mère.

Mais il décida de ne rien lui dire. Elle n'avait pas besoin de savoir. Elle avait déjà assez souffert comme ça.

Elle pleurait et gémissait de douleur. Cet aveu lui avait coûté.

Alors, il lui répondit simplement :

—Maman, tu as été la meilleure des mamans qui soit. Nous n'avons jamais manqué de rien, ni de choses matérielles, ni d'amour. Tu as tout fait pour nous, et maintenant je sais que tu t'es sacrifiée pour nous. Ne t'en fais pas. Nous avons eu une belle enfance, nous sommes tous heureux. Et il ne nous a rien fait.

—Alors ça va, mon chéri. J'avais tellement peur de n'avoir pas été à la hauteur.

—Maman, je peux te poser une question ?

—Bien sûr, mon chéri.

—Tu as dit tout ça aux autres?

—Non, Georges. Toi tu as toujours été très proche de moi. Nous avons toujours eu, toi et moi, un rapport particulier. Non ? Je devais le dire à quelqu'un. Pour que, peut-être un jour, il soit puni de tout le mal qu'il a fait. Je n'aurais pas dû te le dire ?

—Si. Si, bien sûr, tu as bien fait, mamounette. Je t'aime encore plus, maintenant. Tu as été tellement courageuse. Je t'aime, maman.

—Moi aussi je t'aime, Georges. Tu te souviens quand tu étais petit ? Je te disais que je t'aimais plus que tout au monde, même plus que les étoiles ?

—Oui, et moi je te répondais que je t'aimais plus que tout au monde, même le soleil.

—Elle sourit faiblement et il lui caressa les cheveux.

—Alors tu penseras à moi quand tu regarderas un beau coucher de soleil. Sois heureux, Georges. Et sache que toi et tes frères et sœurs vous avez été mon bonheur dans cette vie.

Et elle s'endormit.

Georges posa la tête sur sa poitrine. Elle ne respirait presque plus.

Il versa toutes les larmes qu'il avait refoulées jusque-là. Il pleura encore et encore.

Une heure plus tard, elle ne respirait plus.

Paul regardait le plafond de sa chambre d'hôtel en méditant.

Il n'arrivait pas à oublier sa conversation avec Lila, et pourtant elle avait eu lieu une semaine auparavant.

Il était passé par plusieurs stades dans les sentiments qui l'habitaient depuis ce dîner.

La colère l'avait tout d'abord envahi. La colère contre lui-même de s'être ainsi laissé aller à des confidences. Puis la colère contre Lila de l'avoir persuadé de parler et surtout d'y avoir réussi et d'avoir mené la conversation encore plus loin.

Souvent durant ce repas, il s'était rappelé cette phrase de Graham Greene qui disait : « La souffrance est pire dans le noir, on ne peut poser les yeux sur rien. » Il s'était senti comme cela dans le noir devant Lila. En pleine souffrance, démuni, perdu, et n'ayant aucun réconfort à obtenir en la voyant. Il lui en voulait pour cela aussi.

Puis, sa colère passée, il avait beaucoup réfléchi, l'esprit un peu plus apaisé. Il essayait de faire un travail sur lui-même pour évacuer toute cette colère, mais surtout cette culpabilité qu'il ressentait depuis des années.

Peut-être avait-elle raison, que tous ces événements étaient gravés à l'avance, qu'il n'en était qu'en partie responsable, que cela devait arriver, tout simplement.

Il était conscient qu'un jour, s'il voulait à nouveau avancer dans la vie, il allait falloir qu'il se pardonne et qu'il pardonne également à l'homme qui les avait percutés.

Peut-être qu'il fallait le voir, lui parler. Même si jamais il ne pourrait lui pardonner, il pourrait au moins essayer de comprendre pour apaiser sa souffrance.

Depuis plusieurs jours, une petite pensée s'était faufilée dans son esprit. Il devait aller voir cet homme, lui parler, l'écouter. Cette phrase s'insinuait en lui : « Va le voir, va le voir, va le voir. ».

Paul était conscient d'être à un carrefour de sa vie.

Allait-il tourner à droite et prendre le chemin de l'homme malheureux, en colère, sombre et solitaire ?

Allait-il tourner à gauche et prendre celui de l'amour, du pardon et d'une nouvelle vie ?

Il y a encore quelques semaines, il aurait tourné à droite sans se poser de questions. Mais depuis son premier rendez-vous avec Lila, il retrouvait petit à petit l'envie de vivre.

Ses yeux se fermaient. Il était fatigué. Le décalage horaire avec Hanoi l'avait vraiment mis KO. Il avait rendez-vous le lendemain avec un gros entrepreneur vietnamien et devait être en forme.

La nuit portait conseil. Peut-être qu'au petit matin, il saurait quoi faire.

Le lendemain, il se réveilla en pleine forme. Il se leva tôt pour aller courir autour du lac de l'Épée restituée. Il aimait bien se lever tôt à Hanoi. L'ambiance était champêtre. Des dizaines de personnes se retrouvaient autour de ce petit lac, au son de la propagande du régime. Ils couraient, faisaient des étirements, du *tai-chi* ou de la méditation. Après une heure de footing, il prit son petit déjeuner sur la terrasse de sa chambre d'hôtel. Il lut les journaux du matin mais avait du mal à se concentrer.

Impulsivement, il prit son Blackberry et envoya un e-mail à son avocat. Le message était succinct : « Merci de bien vouloir retrouver les coordonnées de cet homme responsable de l'accident de ma femme et ma fille et me les envoyer rapidement. »

Voilà, c'était fait.

Bizarrement, il se sentit instantanément soulagé.

Il passa une excellente journée. Son déjeuner se déroula très bien, comme prévu, et il empocha le contrat sans aucun souci, exactement dans les termes rédigés par Vincent, comme toujours.

Il alla ensuite se promener dans le temple de la Littérature. Il aimait cet îlot de tranquillité dans une ville bruyante. Il se posait là, par terre, souvent il méditait, parfois il lisait. Le paradis de Confucius. Une de ses citations s'adressait d'ailleurs bien à lui ; « La vraie faute est celle qu'on ne corrige pas. »

Il espérait bien en corriger une.

Petit à petit, l'idée de la rencontre avec cet homme faisait son chemin. Il avait décidé d'affronter le regard de celui qui les avait tuées. Il avait décidé d'avancer et de se redonner une nouvelle chance, et celle-ci passait obligatoirement par cette rencontre.

Il avait peur. Peur de sa réaction face à cet homme. Peur de ressasser ses souvenirs. Peur de ne pas avoir la force de le faire.

Mais il savait qu'il avait pris la bonne décision.

Il aurait aimé remercier Lila, mais il n'avait toujours pas eu de nouvelles. Il espérait qu'elle ne lui en voudrait pas pour l'autre soir et qu'elle reprendrait contact avec lui.

Il espérait chaque fois que son téléphone sonnait ou qu'il ouvrait sa boîte aux lettres.

Il voulait se donner une nouvelle chance pour elle. Il s'apercevait avec effarement qu'il commençait à lui ouvrir son cœur. Il n'avait toujours pas vu son visage, mais elle avait réussi à l'intéresser et à l'étonner.

Il était perdu dans ses pensées quand son téléphone sonna. Ce n'était pas Lila mais un e-mail. La réponse de son avocat venait d'arriver : « Monsieur

Jean-Claude CHEROT 8 rue Eugène Varlin 93100 MONTREUIL ».

Il ouvrit des yeux effarés. Cet homme vivait à quelques rues de chez lui ! Il l'avait peut-être même déjà croisé dans un commerce, chez le boulanger ou au détour d'une ruelle.

Il sentit dès lors qu'il avait vraiment fait le bon choix en décidant de le rencontrer.

Il rentra à l'hôtel, demanda au concierge d'appeler la compagnie aérienne pour voir s'il restait des places sur le vol du soir même au lieu du lendemain, et fit ses bagages. Son rendez-vous d'affaires était bouclé. Il fallait maintenant qu'il s'occupe de sa vie privée une bonne fois pour toutes.

Trois heures plus tard, il prit place dans la cabine *business* du vol de 19 h 30. Il avait le siège 01K dans cet Airbus 340 qui mettrait quinze heures pour relier Hanoi à Paris. Il espérait secrètement que le siège à côté de lui serait vide et qu'il arriverait à dormir durant le vol.

Il s'installa tranquillement, posa ses livres devant lui, sortit les chaussettes de la pochette *business* offerte par Air France et les passa à ses pieds. Il avait décidé de voyager en simple jean pour se sentir plus à l'aise que dans son costume qui le boudinait. La faute aux multiples déjeuners et dîners d'affaire, au petit whisky avant de dormir et aux gâteaux de Lilly.

L'embarquement était presque terminé. L'hôtesse les prévint qu'il restait à attendre une dernière passagère et qu'ils pourraient partir ensuite.

Quand enfin celle-ci arriva, Paul crut rêver. Une femme magnifique. Grande, élancée, mise en valeur par un beau chandail blanc nacré et un pantalon en cuir brun, un chapeau brun coordonné sur la tête. Elle s'assit à côté de lui et lui sourit. Elle avait de magnifiques yeux verts, pétillants de vie et malicieux.

Paul sentit le souffle lui manquer quand elle retira son chapeau. De longues boucles rousses tombèrent sur ses épaules.

Était-il possible que ce soit elle ?

Non, bien sûr. C'était impossible.

L'avion décolla. Paul était toujours aussi perplexe. Une petite voix lui disait que c'était elle. Il osait à peine la regarder du coin de l'œil.

Elle avait déplié un magazine et le feuilletait. Pas d'alliance à la main gauche. De longs doigts fins. Pas de bijou. Il essayait de trouver des indices, mais rien de probant ne s'offrait à lui.

Il avait bien pensé à lui demander carrément, mais il était trop bien élevé pour ça.

Paul était trop énervé pour dormir. L'hôtesse leur apprit que l'apéritif serait servi dans quelques minutes.

Il essayait de trouver une entrée en matière pour engager la discussion avec cette charmante personne, mais il ne trouvait rien de potable. Il était littéralement paralysé.

Elle se leva pour chercher quelque chose dans son sac à main et là, il reconnut son parfum. Une douce odeur de mer et de sable fin. Un parfum trop rare pour le confondre avec un autre.

Il lui sourit. Il n'arrivait plus à fermer la bouche tellement il souriait.

Elle lui fit un clin d'œil, lui tendit la main et lui dit :

— Bonjour. Je m'appelle Lila. Enchantée.

— Bonjour. Je m'appelle Paul. Enchanté également ! Et il éclata de rire.

Il ne savait pas trop comment continuer la conversation. Alors, elle lui facilita la tâche en enchaînant :

— Tu vas croire que je te poursuis et tu aurais tout à fait raison. Je suis désolée d'être partie si précipitamment du restaurant l'autre jour, mais je suis sûre que la discussion aurait mal tourné. Tu n'étais pas vraiment disposé à entendre ce que j'avais à te dire et c'est normal. Mais là, je pense qu'à tête reposée, tu ne m'en veux plus. Ai-je tort ? continua-t-elle en souriant.

Elle avait un sourire à se damner.

« Mon Dieu, pensait Paul, incapable de parler, elle est tout simplement magnifique. »

Elle semblait avoir surpris son trouble et ajouta :

—Alors, Paul ? J'ai raison ?

—Euh ! oui, oui. Pardon. Je suis tellement étonné, et le mot est faible. Te voir là n'est pas une coïncidence, n'est-ce pas?

—Bien sûr que non. Je savais que tu étais à Hanoi, mais tu as failli bousculer tous mes plans, car tu es parti aujourd'hui au lieu de demain. Heureusement que ma source m'a vite prévenue et que j'ai pu avoir l'avion quand même. Mais tu m'as fait courir ! Bravo !

—Pardon, s'excusa-t-il. Si j'avais su, crois-moi, je ne t'aurais pas fait courir. Mais qui t'a prévenue pour le départ anticipé ?

—Chut, je ne dévoile jamais mes sources !

—Ah ! O.K.

Il trouvait ses réponses stupides et restait bouche bée devant elle. Il était littéralement subjugué.

Il décida de jouer cartes sur table avec elle, comme elle le faisait avec lui.

—Excuse-moi, j'ai l'air un peu pataud, mais je suis pris de court et surtout, tu es vraiment magnifique ! J'en reste coi !

—Merci, c'est gentil, répondit-elle. Il crut la voir rougir.

Elle avait un nez charmant, parsemé de taches de rousseur, des lèvres pulpeuses. Il mourait d'envie de l'embrasser.

Il sentit une vague de désir monter en lui. C'était plus fort que lui.

Il se cala profondément dans son siège.

Dieu merci, l'hôtesse fit diversion en apportant les apéritifs.

Il pensa alors avec plaisir qu'ils allaient avoir près de quatorze heures de vol pour se connaître.

Cali repensait sans cesse à ce déjeuner, à leur discussion, à ce léger baiser. Elle avait du mal à ne pas rougir en y pensant.

Elle surveillait sans cesse son téléphone portable. Peut-être qu'il l'appellerait. Peut-être qu'il lui enverrait un SMS. Ou peut-être qu'il ne donnerait pas de nouvelles.

Elle était un peu comme un clown dans sa boîte, qui attendait pour en jaillir. Elle se sentait montée sur ressorts.

Elle vaquait à ses occupations mais ses pensées étaient ailleurs.

Pablo était parti dans le sud de la France depuis près de quinze jours maintenant. Nous étions début février et le temps était toujours aussi froid.

Vivement le printemps, le soleil qui se lève plus tôt, les journées qui rallongent ! Vivement l'été, les barbecues, la famille qui venait de partout pour profiter des enfants, du climat et de la piscine !

Cali s'affairait dans la cuisine. Elle préparait des escalopes à la crème pour le dîner. Les trois enfants étaient dans le bain. Elle les écoutait rire et faire les fous, et elle sourit.

Elle écoutait RTL en même temps qu'elle coupait ses pommes de terre et nettoyait sa salade verte.

Elle se souvenait d'une partie de la conversation qu'elle avait eue avec Pablo qui lui parlait de l'Amérique du Sud. Elle était une grande lectrice et fan des auteurs sud-américains. Elle comptait parmi ses livres préférés des références comme *Cent ans de solitude* de Gabriel Garcia Marquez, *Eva Luna* ou *Portrait sépia* d'Isabel Allende. Elle aimait le style métaphorique, coloré et imagé d'Arturo Perez Reverte. Elle rêvait de visiter le Chili, le Pérou, le sud mexicain, le Brésil.

Il lui avait parlé avec tant d'amour des couleurs de ce continent, de ses odeurs, des gens qui y vivent. Il l'avait transportée juste par ses récits, par son emphase et la lueur de ses yeux quand il racontait ses aventures.

Elle était plongée dans ses pensées quand son téléphone émit le signal d'un texto. Sûrement Sacha pour dire qu'il partait du travail. Elle ouvrit le message d'une façon machinale et vit que celui-ci venait d'un numéro inconnu : « Petite pensée vers toi, *querida*. Bisous. Pablo. »

Elle sourit. Son cœur s'emballa. Il pensait donc à elle. Elle qui commençait à désespérer de ne pas avoir de nouvelles. Elle était aux anges.

Elle ne répondit pas tout de suite. « Surtout ne jamais répondre de suite ni montrer trop d'empressement. Ça fait fuir les hommes », pensait-elle.

Elle sortit les enfants du bain, leur mit un pyjama et les installa devant un DVD de *Cars* pour les faire patienter. Voilà qui les ferait rester calmes durant quelques minutes.

Le calme n'était pas vraiment le fort de la maison. Avec quatre mecs et elle comme seule nana, elle se sentait quelquefois totalement perdue dans une atmosphère pleine de testostérone ! Parfois, elle rêvait de la douceur d'une petite fille, de jeux féminins, de poupées à coiffer. Chez elle, c'était le règne des voitures, des bagarres, des cris et de la force.

Malgré tout, elle aimait ça. Rien ne valait un petit loulou qui, les yeux emplis d'amour, vous disait « Ma maman ! »

Quand ils furent installés, pendant que les escalopes et les patates cuisaient, elle reprit son téléphone en main et envoya sa réponse. Elle avait assez attendu.

Qu'écrire ? Pas trop empressé, pas trop indifférent, pas trop intime.

« *Thinking 'bout you too. Take care*. Cali. »

Voilà qui devrait faire l'affaire.

Elle n'aurait sûrement pas de réponse dans les prochains temps, mais elle n'en attendait pas vraiment. Elle était juste heureuse de savoir qu'il pensait à elle et elle pouvait continuer à espérer le voir bientôt.

—Elle sursauta quand Sacha se pencha sur son épaule pour l'embrasser sur la joue. Elle ne l'avait pas entendu rentrer. Sur la joue. Bah ! cela faisait longtemps qu'il ne l'avait pas embrassée à pleine bouche. Pourtant, elle aurait aimé. Elle ne se sentait pas assez vieille pour ne plus profiter d'un baiser langoureux, plein de désir. Mais Sacha trouvait ça ringard. « C'est pour quand on fait l'amour, ce genre de baisers », disait-il. Du coup, elle se satisfaisait de cela aussi.

— Bonsoir, chérie. Tu as passé une bonne journée ?

— Oui, rien de spécial. Ménage, courses, enfants. Et toi ? Le boulot ?

— Ça va.

Fin de la conversation.

Sacha n'était pas vraiment très loquace quand il rentrait d'une journée de travail. Il préférait profiter d'un peu de calme. Il alla embrasser les enfants en les dérangeant plus qu'autre chose, car ils avaient raté une seconde du dessin animé. Puis il se servit son éternel petit jaune et sortit sur la terrasse pour profiter d'un dernier rayon de soleil.

Transcendant.

La soirée se déroula calmement. Un repas en famille devant le JT de la Une. Les enfants se couchèrent rapidement. Cali aussi, car elle travaillait le lendemain matin.

Elle se leva à 3 h et se prépara. Arrivée au travail à 4 h 15. Café. Préparation de la vacation du matin. Briefing avec ses équipes. Montée sur le terrain de 6 h à 7 h. Petit déjeuner avec ses leaders de 7 h à 8 h.

Au retour du petit déjeuner, un nouvel SMS l'attendait.

« Coucou, ma belle. Je rentre aujourd'hui. Ça te dirait d'aller dîner et boire un verre cette semaine ? Bisous, *querida*. Pablo. »

Cali sentit son cœur s'emballer. Donc, il pensait bien à elle. Il avait envie de la revoir. Lui, le bel aventurier et elle, la femme fade.

Boire un verre ? Le soir ? En tête-à-tête ?

Il allait falloir mentir à Sacha. Encore une fois. Ce serait la seconde fois. Elle n'avait jamais fait ça avant. Elle n'aimait pas ça.

Elle se torturait déjà l'esprit, car elle savait pertinemment qu'elle avait envie de le voir et d'aller boire ce verre avec lui. Elle en mourait d'envie même !

Elle savait très bien qu'elle allait accepter l'invitation.

Cali regarda son agenda et vit que vendredi conviendrait parfaitement. Elle ne travaillait pas le lendemain et en plus Sacha avait une réunion, donc il ne passerait pas son temps à lui envoyer des SMS pour savoir si elle passait une bonne soirée. Il ne restait plus qu'à voir si la baby-sitter était disponible.

Après avoir vérifié avec Marta, elle envoya un texto à Pablo : « Bonjour. Je serais ravie de boire ce verre vendredi soir si ça te va. Biz. »

La réponse arriva quasi immédiatement.

« Avec plaisir. Plus que trois jours. Je me réjouis. J'ai beaucoup pensé à toi. Je te confirme le lieu et l'heure. Tendre baiser. »

Elle rougit et sentit son cœur s'emballer. Elle avait l'impression d'être une adolescente ressentant ses premiers émois. « N'importe quoi, se dit-elle. Ressaisis-toi ! Tu es mariée, tu as trois enfants et tu souris bêtement comme si tu avais quinze ans ! »

Mais pas une seule seconde elle eut l'idée de ne pas y aller !

Les trois jours suivants passèrent rapidement.

Elle apprit à Sacha qu'elle allait dîner avec ses collègues de boulot vendredi soir. « Aucun problème, ma chérie ». Emballé, c'est pesé. Ce qui lui fit le plus mal, c'était que leur relation avait toujours été basée sur la confiance et que donc, pas un seul instant, Sacha ne se douta qu'elle pouvait lui mentir.

Elle avait l'impression de le rouler dans la farine.

Mais il lui était impossible de faire marche arrière. La machine était lancée.

Le vendredi soir, elle se prépara avec soin. Une robe Desigual très colorée, ses bottes cavalières qu'elle adorait, son manteau noir, un maquillage discret mais qui faisait ressortir ses yeux clairs.

Elle se regarda dans la glace et se trouva somme toute assez jolie.

Marta arriva pour 19 h. Les enfants étaient baignés. Il ne restait plus qu'à leur donner le repas qui était déjà prêt, à leur faire se brosser les dents, leur lire une histoire et hop ! au lit !

Cali partit rapidement. Elle avait des ailes ce soir. Elle se sentait jeune, belle, vivante, vibrante.

Elle arriva au restaurant à 20 h tapantes. Il avait bien choisi et surtout il avait retenu ce qu'elle aimait manger. Et ce qu'elle aimait plus que tout, c'était les sushis. Il avait donc réservé dans un restaurant japonais, *Le Café japonais*, au centre de Bordeaux. Elle adorait ce restaurant ! Quel festin pour les yeux et les papilles ! Les *sushis*, les *sashimis* et autres *makis* se taillaient la part belle, mais il y avait surtout des *bentos* très copieux et variés. Elle aurait mangé la carte entière. Le décor épuré et le service assuré par de vrais Japonais, souriants et agréables, complétaient le tableau.

Il était déjà là et l'attendait, installé à une petite table au fond du restaurant. Mon Dieu, il était toujours aussi craquant ! Il se leva pour l'accueillir, l'aida à enlever son manteau, l'embrassa sur le coin des lèvres et tira sa chaise pour qu'elle s'installe.

— Bonsoir, ma belle. Tu m'as manqué, lui dit-il en souriant.

Quelle entrée en matière !

— Bonsoir. Merci. Alors, ces vacances ?

— Ça fait du bien. Il a fait un temps très clément et puis j'ai profité à fond de mon ami. Mais j'ai beaucoup pensé à toi.

Elle rougit.

— Ah bon ?

— Oui, tu en doutais ?

— Ben ! euh…

— N'en doute pas. Tu es une femme magnifique. Tu es belle, intelligente, pleine de vie. Mais tu dors pour l'instant. Ton mari ne sait pas la chance qu'il a. Mais crois-moi, je ferai tout pour te réveiller.

Elle éclata de rire.

—Tu es bien sûr de toi ! Moi je n'aime pas les hommes vaniteux !

—Non, mais tu aimes les hommes forts, maîtres de leur destin. Tu aimes pouvoir te reposer sur un homme, avoir confiance en lui. Mais surtout et avant tout, tu aimes qu'un homme s'occupe de toi, qu'il te fasse rêver et qu'il t'emmène voyager à travers le monde. Ne le prends pas mal Cali, mais tu n'es pas faite pour être mère au foyer. Tu es faite pour voyager, pour découvrir. Tu es faite pour le monde.

—Je ne sais pas, répondit-elle en baissant la tête.

Elle ne savait pas trop s'il avait raison. Elle ne savait plus trop qui elle était.

Elle se concentra sur ses *sushis* et proposa de parler de choses plus légères.

—Bien sûr, dit-il en souriant.

Elle lui parla de ses voyages, de peinture, de littérature, de vins.

Il était près de 22 h 30 quand il paya la note.

—Je t'emmène boire un verre ?

—O.K. répondit-elle avec plaisir.

—Je connais un endroit très sympa. On y va avec ta voiture ? Comme je loge en ville, je n'en ai pas moi-même.

—Bien sûr, pas de problème.

Ils prirent la voiture et longèrent les quais direction Bacalan. Là, il lui indiqua de se garer sur la droite, devant le quai des Marques. Il lui tint la portière pour sortir et lui prit la main doucement pour l'emmener jusqu'à l'hôtel Seekoo.

Elle lui lança un regard interrogateur.

— Ne t'en fais pas, dit-il en riant. Je n'ai absolument aucune intention malhonnête. Ils ont juste un superbe bar. Tu verras.

Un bar à cocktails et champagne. Elle allait aimer. L'hôtel ressemblait à un grand glaçon blanc perdu près de la Garonne. Ils entrèrent et se dirigèrent vers le magnifique bar de cent cinquante mètres carrés tout en bois de wengé. Ambiance cosy. Lumière bleue. Ils s'assirent le long des superbes baies vitrées avec vue sur le fleuve. Le bar était presque vide. Seul un couple y sirotait un cocktail.

— C'est superbe, dit Cali, impressionnée par le calme, le raffinement et surtout la vue. C'est dingue, c'est toi le Chilien qui va me faire connaître Bordeaux !

— Ma foi, tant mieux ! J'aimerais bien te faire connaître beaucoup d'endroits, renchérit-il.

Elle ne releva pas l'allusion et se contenta de regarder le spectacle.

Il s'assit à côté d'elle et passa un bras autour de ses épaules. Elle le laissa faire.

Ils étaient assis sur un canapé en cuir blanc. Le serveur leur apporta les deux coupes de champagne et ils trinquèrent.

—À notre rencontre, dit-il.

—À nous, répondit-elle.

Il la regarda dans les yeux tout en reposant sa coupe sur la table.

Alors il se pencha vers elle, comme elle s'y attendait, il prit son menton dans sa main et guida ses lèvres vers les siennes.

Elle se laissa aller. Elle en avait trop envie.

Il l'embrassa d'abord très timidement, puis s'enhardit. Sa langue chercha la sienne. Il devint plus pressant, plus passionné. Elle se laissa complètement aller, lui caressa la nuque et lui rendit son baiser fougueusement.

Leurs respirations devenaient de plus en plus saccadées. Il fit glisser son autre main le long de son dos, puis chercha ses seins.

Elle regarda autour d'elle pour voir si personne ne les observait.

Le serveur n'était pas là, et le couple dans le coin du bar ne les regardait même pas.

Elle caressa son torse et descendit vers sa cuisse.

Leurs langues ne se quittaient plus.

Mon Dieu que c'était bon de retrouver de telles sensations, une envie, une fougue ! Elle sentait tout son corps en demander encore et encore. Elle sentit son intimité qui réclamait plus.

Elle avait envie de lui. Elle voulait vibrer sous ses doigts, sous sa langue.

Il dut le sentir car une de ses mains osa s'aventurer sur sa cuisse, remonter sous sa robe et caresser son string.

Elle tressaillit et se tendit vers lui en gémissant.

— Tu es si belle ! J'ai envie de toi, Cali, depuis le premier jour où je t'ai vue. Tu es un volcan en sommeil. Tu es si troublante et sexy. J'ai envie de te faire l'amour.

Elle ne répondit pas mais chercha à nouveau ses lèvres. Ils s'embrassèrent furieusement.

Elle osa caresser son entrejambe à travers son jean. Il avait vraiment envie d'elle.

Il repoussa son string et entra dans son intimité. Elle était trempée. Il la caressa, de plus en plus vite et profondément. Elle gémit de plus belle. Il continua et elle crut défaillir. Les yeux de Pablo cherchaient les siens. Il voulait y lire son plaisir. Elle allait jouir là, sous ses doigts experts. N'en pouvant plus, elle lui demanda d'arrêter.

— Non, s'il te plaît. Pas là, pas comme ça. Je ne veux pas faire ça.

Il s'écarta. Elle avait cassé la magie du moment, mais elle avait sûrement raison. Elle n'avait jamais fait ça. Elle était honnête et elle aimait son mari.

— C'est toi qui décides, *querida*.

— J'ai très envie mais je ne peux pas.

— On a tout notre temps, chérie. Réfléchis. Je t'attendrai.

—Merci. Tu es un amour de me comprendre. Ça ne veut pas dire qu'on ne doit plus se voir.

—Non, non, ne t'en fais pas. On s'appelle et on avisera, O.K. ?

—Oui. Merci Pablo.

Il sourit.

—Je te raccompagne à ta voiture ?

—Oui, merci.

Ils se quittèrent devant la voiture en se faisant des bises.

Cali arriva chez elle une demi-heure plus tard. Sacha était déjà rentré et dormait à poings fermés quand elle se glissa dans le lit. Il l'entoura de son bras quand elle se coucha contre lui et lui dit :

—Tu as passé une bonne soirée, chérie ?

—Oui, merci.

—Très bien, tant mieux. Je t'aime.

—Moi aussi. Bonne nuit.

Elle pleura en silence.

Marc dormit plus de douze heures d'affilée malgré la chaleur étouffante. Il était fourbu, avait mal dans tous les muscles de son corps. Il rêvait d'un bon bain bouillant, d'un steak et de frites.

Ils avaient passé plus de dix heures à marcher la veille, avec sur le dos toute la cargaison de leur voiture. Ils avaient dû faire deux allers-retours en prenant la précaution d'emmener cinq hommes du village pour leur venir en aide lors du second trajet. Marc avait dû soulever l'équivalent de son poids sur ses épaules. Il avait la nuque raide, le dos en compote et les mollets durs comme du béton.

En arrivant dans le village après la tombée de la nuit, il n'avait pas demandé de visite guidée ni même de présentation officielle. Il voulait juste faire connaissance avec son hamac.

Ainsi, il était près de midi quand il se réveilla le lendemain sous un soleil de plomb.

Les villageois l'avaient laissé dormir, mais de petits enfants s'attardaient parfois autour de son hamac pour le regarder telle une curiosité.

Il ouvrit un œil et regarda autour de lui. La forêt était très épaisse. Il y avait au centre du village une tente en tissu militaire. Autour de la tente, quelques hamacs étaient accrochés à des arbres. Il y avait aussi quelques petites cabanes en bois, réduites à des toits de chaume et des murs en bois, des peaux de bête à même le sol ou des hamacs pour les enfants.

À première vue, il devait y avoir une dizaine d'habitations, pas plus.

Il se redressa dans son hamac, et aussitôt quelques petits enfants accoururent en riant. Il leur sourit et leur dit : « Bonjour. »

Ils partirent en courant dans tous les sens et en éclatant de rire. Ils le montraient du doigt et gloussaient.

Il descendit de son perchoir et chercha Jocelyn des yeux. Le hamac installé à côté du sien était vide. Il s'aventura vers la tente militaire qui normalement devait être leur QG et le trouva à l'intérieur, penché sur une radio de télécommunication.

—Salut, dit-il en bâillant.

—Ah ! salut. Ça va? Pas trop mal partout, ce matin?

—M'en parle pas. J'ai l'impression d'être passé sous un train.

—Ça passera, t'en fais pas. Tu veux manger quelque chose?

—Oui, j'veux bien. Y a quoi? Chocolatine? Croissant? Café?

Jocelyn éclata de rire.

—Fruits frais de la forêt tropicale.

—Parfait!

—Tiens, dit-il en lui tendant des bananes et des chadeks. Les hommes du village sont partis à la pêche. Je te présenterai plus tard, si tu veux bien.

—O.K. Qu'est-ce que tu fais, là ?

—J'essaye de bricoler et de réparer cette foutue radio. Elle est tombée en panne il y a un an et comme elle est le seul fil reliant ces hommes à la civilisation, elle est indispensable en cas de pépin. Donc, mieux vaut l'avoir en état de marche.

—Bien sûr. En fait, t'es un vrai MacGyver. Avec un morceau de bois tu vas nous construire un frigo, c'est ça ? Non mais sans déconner, tu touches en tout. Y a quelque chose qui te résiste ?

—Oui, toi, répondit Jocelyn en riant.

Marc ne savait pas trop comment le prendre. Il se demandait s'il avait bien compris le message ou s'il se faisait des idées. Il décida de ne rien dire et de faire comme s'il n'avait rien entendu. Chacun son truc finalement.

Les hommes rentrèrent à ce moment-là de la pêche.

—C'est le moment des présentations, lui dit Jocelyn en sortant de la tente. Suis-moi.

Ils avancèrent vers les hommes qui les attendaient devant la plus grande des cabanes.

—*Ipoc telma*, leur dit un homme plus grand que les autres, en avançant vers eux.

—Ça veut dire bonjour, glissa Jocelyn à Marc. Avance vers lui, incline-toi et réponds-lui la même chose.

Marc fit ce que Jocelyn lui conseilla. L'homme devait mesurer dans les un mètre soixante-dix et était le plus grand de la tribu masculine. Il était presque nu, le sexe juste recouvert d'un pagne rouge. Comme dans les films que Marc avait vus étant petit.

— Ce n'est pas le chef, car les Wayanas n'aiment pas la hiérarchie ni le commandement. Pour eux, les choses et les personnes doivent être libres. Ici, pas de culte de la personnalité. C'est juste lui, le *tamusi,* qui parle au nom des autres et qui est le chef des traditions, mais ça s'arrête là, continua Jocelyn.

Il s'avança vers les hommes, s'inclina, et leur dit quelques mots que Marc ne saisit absolument pas. Le *tamusi* le prit et le serra dans ses bras et ils éclatèrent de rire. Qu'avaient-ils bien pu se dire ?

Le chef les invita officiellement dans leur village. Il mettait à leur disposition un hamac, de la nourriture, et les invitait à participer à toutes les activités du village.

Il connaissait exactement l'enjeu de leur présence chez les Wayanas.

Les deux principales préoccupations de la tribu étaient les malformations et les maladies liées à la pollution due au mercure, ainsi que les agressions et la violence engendrées par les orpailleurs sauvages venus du Brésil.

Jocelyn et Marc devaient répertorier les incidents et les relater au Gouvernement qui faisait intervenir les gendarmes du lieu le plus proche. Bien sûr, ils étaient beaucoup trop loin de toute civilisation pour attendre de l'aide en cas d'urgence. Jocelyn n'avait pas encore fait un topo complet à Marc, mais celui-ci se doutait bien que l'expérience pouvait être dangereuse.

Il fallait également noter scrupuleusement l'état de santé de la petite tribu, noter ce qu'ils mangeaient, ce qu'ils récoltaient, pêchaient et chassaient et où ils le faisaient, puis envoyer un compte-rendu mensuel à Survival grâce à un émissaire qui passait dans leur village tous les mois.

Le *tamusi* les invita à partager le *cachiri* traditionnel dans son carbet, le plus central et le plus grand du village. Il s'agissait d'une boisson issue de manioc cultivé par la tribu, fermenté, et dont les Indiens se servent pour se saouler lors de leurs fêtes traditionnelles. Marc avala une gorgée de ce breuvage qui lui sembla aigre et infâme, mais il se força à tout avaler pour ne pas vexer leur hôte.

Jocelyn offrit au *tamusi* les présents qu'ils avaient rapportés de Cayenne : des colliers de perles pour les femmes, des jouets musicaux en bois et du chocolat pour les enfants, des petits outils pour les hommes.

Marc remarqua alors qu'il n'avait encore vu aucune femme.

Elles étaient affairées dans les petits champs que cultivaient les Wayanas, puis s'occupaient du déjeuner, lui apprit Jocelyn. Elles les inviteraient au repas dans quelques minutes. Elles amenaient aussi les enfants à la baignade et devaient nourrir les quelques animaux qu'ils élevaient.

La tribu avait définitivement planté ses cabanes et ses carbets et accepté la sédentarité il y avait de cela près de dix ans. Le terrain était idéal pour la culture, l'élevage, la pêche, la chasse. Ils avaient défriché une partie de la végétation pour installer une dizaine de petites cabanes et de carbets. Ils vivaient en harmonie totale avec la nature.

Marc aima tout de suite ce village. Il s'y sentait bien. Il avait l'impression au premier regard que les gens y étaient heureux.

Le déjeuner allait être servi. Les femmes appelèrent pour que tous les hommes se rassemblent au centre du village. Le repas du jour : galettes de manioc, bouillie de poisson, riz et fruits.

Marc regarda avec attention les femmes de la tribu. Il devait y en avoir une vingtaine. Difficile de leur donner un âge. Il y en avait quelques-unes, jeunes, minces, de longs cheveux noirs brillants, des yeux noirs, bronzées. Marc leur donna dans les seize ans.

Il devina qu'après avoir enfanté, elles avaient tendance à l'embonpoint, à voir les femmes un peu plus âgées.

Il regarda tout ce petit monde avec des yeux d'enfant émerveillé. Il les trouvait tous beaux.

Une femme en particulier attirait son regard. Grande, mince, de beaux seins en poire, un ventre plat, des cuisses musclées, elle avait de longs cheveux noirs retenus par des bijoux. Elle portait elle aussi un simple pagne rouge qui laissait entrevoir ses fesses musclées.

Elle avait de magnifiques bijoux autour du cou, des bras et des chevilles. Elle était sublime.

Marc en perdait la voix.

Jocelyn dut le remarquer, car il regarda Marc en souriant et lui dit :

— Tu veux que je demande si elle est libre ? Tu sais, ici, les femmes et les hommes sont très libres. Souvent les femmes s'offrent aux visiteurs. C'est un honneur pour elles.

— Euh ! non, non, merci, ça ira. Je viens juste d'arriver. J'ai le temps, répondit Marc, intimidé et surtout peu sûr de lui.

Il ne voulait pas passer pour le puceau de service, et sa vie sexuelle était loin d'être débridée.

D'abord, il fallait prendre ses marques ici, faire son travail, se faire accepter et apprivoiser ces gens, se faire au mode de vie… Bref, il allait lui falloir du temps pour s'adapter, mais l'envie ne lui manquait pas, se dit-il en la regardant à nouveau.

Georges était anéanti. Sa maman était morte.

Au moins, elle avait fini de souffrir. Son cancer s'était propagé très vite et avait été fulgurant. Elle avait refusé les différents traitements que son médecin avait voulu lui imposer. Faire durer l'agonie ne l'avait pas emballée. Elle avait tenu à rester et à mourir dignement chez elle, dans son lit, auprès de ceux qu'elle aimait. Il s'attendait déjà depuis quelque temps à ce qu'elle s'en aille et même si ça lui faisait mal, il était content pour elle que tout soit terminé.

Par contre, il encaissait très mal tout ce qu'elle lui avait appris. Un millier de pensées lui venaient, un millier de sentiments également. Il était vert de rage. Il n'avait qu'une envie, celle de tuer son père. Il fallait qu'il se calme, qu'il essaye de raisonner mais pour le moment il ne pouvait pas.

Il descendit dans le salon pour annoncer la mort de leur mère à ses sœurs.

Il le fit très simplement : « C'est fini. »

Il y eut un grand silence. Ses sœurs se mirent à pleurer, en silence.

Le sentiment de soulagement prévalait chez tous. Elle serait bien mieux là où elle était maintenant.

Il regarda sa montre. 17 h.

Son père n'allait pas tarder à rentrer. Ils n'avaient pas pris la peine de l'appeler au travail puisque de toute façon il rentrait vers 17 h 30.

Georges ne voulait pas le voir. Il était sûr que ça se passerait très mal. Il n'arriverait jamais à se contrôler. Dès qu'il l'aurait en face de lui, il lui sauterait dessus.

Sans un mot, il enfila sa veste et sortit. Il erra sans vraiment avoir de but ni de destination. Il ne regardait pas où il allait. Il ne sentait pas le froid.

Il pleurait sans même s'en rendre compte. Il avait envie de hurler, de frapper. Il monta sur les remparts et cria, hurla. Il tomba par terre et pleura comme un bébé. Il ne savait pas combien de temps cela avait duré mais le froid le rappela à l'ordre. Ses pieds étaient gelés, ses fesses trempées et ses doigts et ses lèvres étaient bleus.

Il se dirigea vers une cabine téléphonique, y introduisit sa carte bleue et fit le numéro de l'orphelinat.

Lucie répondit.

—Allô !

—Allô ! Lucie ? c'est Georges.

—Georges ! Comment ça va ?

—Pas très fort. Ma mère est morte.

—Je suis désolée, Georges. Toutes mes condoléances. Comment tu vas ?

—Pas très bien, j'dois le dire.

—C'est normal. Tu vas tenir le choc ? Tu rentres quand ?

—Je ne sais pas. C'est encore trop frais pour l'instant. Je peux rentrer ce soir comme dans quelques jours. Et chez vous, ça va ? Vous pouvez vous passer de moi ?

— Oui, ne t'en fais pas. On s'organise comme on peut.

— O.K. Je te tiendrai au courant, d'accord ?

— Bien sûr. Surtout ne t'inquiète pas pour ça. Prends le temps qu'il te faudra.

— Merci d'être là.

— C'est normal. Je t'embrasse.

— Moi aussi.

Il raccrocha.

Pas de souci niveau organisation. C'était déjà ça.

Il ne savait pas quoi faire.

Il ne se sentait pas la force d'affronter son père pour le moment. Devait-il en parler à ses sœurs ou garder le secret ?

Il allait falloir se décider, et très vite, car il ne pourrait pas rester longtemps ainsi, debout dans sa cabine téléphonique, transi de froid. Il devait choisir entre rentrer à l'orphelinat et retourner dans la maison familiale.

Ou peut-être y avait-il une autre solution ?

Peut-être pourrait-il se chercher une chambre dans un petit hôtel, pas très loin d'ici, pour une nuit. Histoire de réfléchir à ce qu'il ferait par la suite.

Il rentra donc à pied à la maison de ses parents et fit part à ses sœurs de son besoin d'être un peu seul. Il les prévint qu'il prendrait une chambre pour la nuit et reviendrait les voir le lendemain pour le déjeuner.

—Avez-vous besoin de moi pour les formalités, pour préparer l'enterrement et tout ça ?

—Non. Maman avait tout prévu depuis longtemps. La société de pompes funèbres s'occupera de tout. Ils sont déjà prévenus. Ils viendront chercher maman dans deux heures et ils organisent la cérémonie et la crémation. Les deux auront sûrement lieu samedi. Ça nous laisse deux jours. Ça ira vite. C'est ce que maman voulait.

—O.K. Alors je vous laisse. Je ne peux pas rester une minute de plus ici, et je n'ai pas envie de croiser papa. Je reviens demain pour le déjeuner, O.K. ?

—Bien sûr, répondit Arlette.

Ils s'embrassèrent tous et Georges prit rapidement congé. Il entra dans sa voiture, démarra et prit la route. Il tourna à droite au coin de la rue et là, il s'arrêta et se gara sur le bas-côté pour pouvoir pleurer, encore et encore.

Il avait l'impression de laisser libre cours à des années de désespoir. Il s'était tu si longtemps pour protéger sa mère alors qu'elle faisait de même pour lui. Si seulement une seule fois il avait eu le courage de lui dire la vérité. Ils auraient pu s'épargner des années de souffrance. Tout cela était sa faute. Il s'en voulait horriblement.

Mais comment un père pouvait-il à ce point-là terroriser une femme et un enfant ? Et si ça se trouve, chacun de ses enfants avait subi le même sort que lui et aucun ne disait rien pour les mêmes raisons que lui. Mais il savait que la honte l'empêcherait de leur poser la question.

Il était sale. Il avait été sali par son père, humilié, violé.

Il reprit la route et se dirigea au hasard vers la sortie de la ville. Il roula jusqu'à Neunhoffen, un petit village à quelques kilomètres. Il y avait là un charmant hôtel-restaurant où il emmenait parfois déjeuner sa mère. Il était isolé, tranquille, silencieux. Un endroit parfait pour réfléchir à la suite des événements. Entouré de bois, c'était l'endroit idéal pour le départ de longues balades qui lui permettraient de faire le point et de se décider.

Il prit donc une chambre dans cet hôtel, précisa qu'il souhaitait manger dans l'auberge attenante le soir même et monta dans sa chambre.

Une chambre alsacienne typique. Murs et plafond en lambris, grand lit et armoire traditionnels en merisier, des rideaux en vichy rouge et une petite salle de bains avec baignoire. Il se déshabilla et plongea dans un bon bain chaud pour se réchauffer. Il était glacé.

Il avait mis la télé en bruit de fond et le regretta aussitôt. Les nouvelles étaient mauvaises partout. Un enfant mort de froid en Slovaquie. Une tempête de neige meurtrière en Espagne. Un tueur fou aux États-Unis. Un tremblement de terre en Turquie.

Le monde marchait à l'envers.

Comment vivre avec tant de violence ? Lui n'avait jamais demandé à être frappé, torturé, violé. Il était juste un petit garçon qui levait des yeux innocents sur le monde et qui voulait profiter de la vie, s'amuser, jouer. Or, on lui avait volé son innocence, sa naïveté et sa jeunesse.

Mais il avait beau disserter des heures sur le pourquoi et le comment, cela ne changerait rien à l'affaire. Le passé ne pouvait pas être modifié. Il fallait vivre avec.

Il lui restait quarante-huit heures pour décider de la suite à donner à cette histoire. Plusieurs possibilités s'offraient à lui.

Il pouvait continuer sa petite vie, comme si de rien n'était et garder son secret enfoui. Il continuerait alors à être bouffé de l'intérieur, rongé par ses souvenirs.

Mais le récit de sa mère avait changé la donne. Il n'était plus le seul à avoir été terrorisé par son père. Il fallait qu'il paye.

Il savait que le silence avait assez duré. Son père ne pouvait pas s'en tirer comme ça !

Son autre choix était donc de tout raconter. Il devait dire à la justice ce qu'il avait vécu ainsi que le calvaire de sa mère.

Mais qui le croirait après tant d'années ? Et pour le récit de sa mère, il n'avait aucun témoin.

Restait la troisième possibilité. Celle qu'il mûrissait depuis des années. Il ne voulait pas se l'avouer, mais il gardait ça dans son esprit depuis son dixième anniversaire.

Il allait le tuer.

Il fallait qu'il s'y prenne bien,. Son père était vieux et plus faible. Il n'offrirait pas beaucoup de résistance. Il fallait juste trouver le bon mode opératoire. Ne pas laisser de traces. Ne pas éveiller les soupçons. Il fallait réfléchir à un plan dans les prochaines quarante-huit heures.

Sa décision était prise.

Il avait assez attendu.

Le vol se déroulait très bien. Ils prirent chacun un apéritif alcoolisé. Ils burent du vin blanc grand cru. Rapidement, leur complicité ne fit plus de doute, à tel point que l'hôtesse avait failli à plusieurs reprises les appeler monsieur et madame et cela les fit bien rire.

Paul se sentait à l'aise, détendu et charmé.

Ils n'avaient pas reparlé de leur dîner *Dans le Noir* et préféraient éviter le sujet.

Pour le moment, ils discutaient de choses et d'autres. Ils s'étaient découvert une passion mutuelle pour U2 et Coldplay, les artistes impressionnistes, les expositions temporaires du Louvre, les cuisines japonaise et italienne, les livres de Beigbeder et les séries télé américaines en tous genres.

Au bout d'une heure, ils allèrent prendre un café et une coupe de champagne dans le petit coin salon de l'avion. Ils s'installèrent l'un en face de l'autre. Ils étaient seuls car les autres passagers de la cabine dormaient déjà à poings fermés.

Paul était captivé par le regard de Lila, sa bouche, ses cheveux, sa prestance et sa grâce.

Il commençait à tout aimer en elle. Il était ravi de constater qu'en plus d'être belle, elle était surtout intelligente, instruite, curieuse, exploratrice. Bref, tout ce qu'il aimait chez une femme.

Il la regardait intensément, espérant faire passer dans son regard toute l'attirance qu'il avait pour elle. Elle lui sourit. Ils trinquèrent. Aux rencontres fortuites. Aux lendemains meilleurs. À l'amour.

Il commençait à ouvrir son cœur à des émotions oubliées et il aimait ça. Il éprouvait de moins en moins de remords vis-à-vis d'Ève et de Salomé. Il avait beaucoup réfléchi les derniers temps et en était venu à la conclusion que sa rage ne le mènerait à rien.

Il aimait sa compagnie. Il avait envie de la connaître. Il avait envie d'elle. Tous les paramètres étaient réunis pour entamer une histoire avec elle. Si elle le voulait, bien sûr.

Mais comment le savoir ?

Se sentait-elle uniquement une âme de saint-bernard pour le suivre ainsi et lui faire une thérapie de choc ? Était-elle attirée par lui comme lui par elle ?

Paul n'avait plus trop l'habitude du jeu de la séduction. Devait-il lui parler franchement ? Non. Il aimait le charme de cette relation spéciale, de ce jeu de séduction particulier. Il aimait surtout l'avant. Avant premier baiser. Avant première caresse. Avant première étreinte. Ces moments étaient magiques et ne se produisaient qu'une fois. Il fallait les soigner.

— Es-tu fatiguée ?

— Non ça va, merci. Et toi ?

— Non. J'ai envie de profiter des onze heures entières qu'il nous reste à passer ensemble.

— Moi aussi. Je suis là pour ça, d'ailleurs. Je ne t'ai pas suivi à l'autre bout de la terre pour dormir dans l'avion.

— Tu ne veux toujours pas me dire qui t'a renseignée pour mon départ anticipé ?

— Non, non. Je garde mes sources pour moi. Elles peuvent toujours me servir, et puis ce n'est pas très important au final.

— Et puis d'ailleurs, comment as-tu fait pour avoir la place à côté de moi ?

— J'ai demandé à l'agent Air France à l'aéroport et elle n'était pas prise. C'est aussi simple que ça.

— Oui mais, si cela avait été le cas, tu aurais fait tout ça pour rien !

— Ne t'en fais pas pour moi, va ! Je serais arrivée à mes fins quoi qu'il arrive. J'aurais bien réussi à persuader l'homme à côté de toi de me laisser sa place.

— Je n'en doute pas un seul instant, dit Paul en riant. Tu as tout ce qu'il faut pour être très persuasive. En tout cas, j'admire vraiment ton originalité, ton imagination et ta persévérance. Je suis très touché que tu me consacres autant de temps. Et d'argent aussi, parce que venir jusqu'à Hanoi juste pour moi, il faut le vouloir ; avoir le temps et l'argent pour.

— L'argent n'est pas un problème, ne t'en fais pas. Et puis, pour tout te dire, tu me plais de plus en plus. Sur tous les points.

— Merci, je suis flatté. Tu peux m'en dire plus ? Je suis très curieux.

Elle étira ses jambes devant elle, renversa la tête en arrière sur le dossier de son siège et rit.

Elle était magnifique.

—Tu es l'homme idéal, non? Intelligent, beau, belle situation, sentimental, romantique, un brin cynique et libre.

—Ah ! oui, O.K. Je ne savais pas que le cynisme plaisait aux femmes. Mais j'accepte avec plaisir tous ces compliments.

À ce moment-là, le pilote annonça le début de la descente vers Bangkok. Le vol n'était pas direct et permettait à des passagers de débarquer à Bangkok et à d'autres d'embarquer pour Paris.

Lila le regarda intensément et lui dit : « Tu me fais confiance? Tu veux mettre de la folie dans ta vie? »

Il fut surpris mais répondit du tac au tac : « Oui. »

« Alors, on descend ici. On réserve un hôtel. On reste deux nuits si tu n'as pas d'impératif professionnel. On éteint les portables. On bannit les e-mails. On passe deux jours et deux nuits rien que toi et moi. »

Elle lui souriait d'une manière assez provocante. Elle passa nonchalamment une main dans sa crinière rousse. Elle le défiait.

Il accepta avec un plaisir et une hâte non feints.

Il n'aurait pu rêver mieux, à vrai dire. Elle semblait avoir lu dans ses pensées.

Ils retournèrent à leurs sièges. L'ambiance était devenue plus fébrile. Ils savaient dorénavant qu'ils n'allaient plus faire marche arrière et qu'ils s'embarquaient dans une relation dont la nature et la durée étaient bien incertaines.

Ils avertirent l'hôtesse de leur changement de programme. Paul avait l'impression de faire l'école buissonnière. Il se sentait jeune et polisson.

Sitôt l'avion posé, ils se ruèrent à l'extérieur, se tenant par la main et prirent leurs bagages sur le tapis. Lila appela pour réserver l'hôtel et Paul s'occupa de trouver un taxi.

Ils sautèrent dans le taxi. Le trajet leur parut interminable.

Paul aimait ce moment-là. L'attente. Le désir qui montait. Il sentait clairement l'électricité entre eux.

Le chauffeur se gara enfin devant le *Sofitel Silom*. Le portier vint les accueillir. Ils se hâtèrent d'aller se faire enregistrer à la réception.

Lila avait réservé une magnifique suite dans un des derniers étages de l'hôtel qui en comptait trente-quatre.

Il s'agissait d'une suite avec un lit immense, un salon séparé, un jacuzzi où flottaient des pétales de rose et qui venait visiblement d'être allumé. Installé près de la baie vitrée, il permettait aux clients d'avoir un panorama magnifique sur la ville tout en y sirotant un verre.

Paul savait que le moment magique était arrivé.

« Je vais me rafraîchir et j'arrive, O.K. ? Installe-toi confortablement, Paul. J'ai commandé un dîner qui devrait arriver d'ici peu », lui dit-elle en se dirigeant vers la salle de bains.

Il se posta devant la baie vitrée et admira le paysage. Il aimait beaucoup cette ville. Elle grouillait de monde et offrait un vrai dépaysement aux Occidentaux. Les Thaïlandais avaient vraiment l'art et la manière d'accueillir les visiteurs, avec élégance et raffinement, gentillesse et sourire.

Cette vue lui en rappela une autre. Il sourit en repensant à Ève et se dit que le moment était venu de laisser son passé de côté et de s'offrir un présent, voire un futur.

Lila choisit ce moment-là pour sortir de la salle de bains. Elle était juste vêtue d'un maillot de bain très simple, noir.

« Mon Dieu, se dit Paul, elle est vraiment magnifique. Un corps de rêve. »

Il brûlait d'envie.

Elle se dirigea vers le jacuzzi et y entra.

« Tu viens, Paul ? » lui dit-elle en souriant et en lui faisant un clin d'œil.

Il se débarrassa de ses vêtements et la rejoignit directement dans le jacuzzi. C'est ce moment- là que choisit le garçon d'étage pour apporter le *room service*.

Il posa le dîner sur la table et leur servit deux coupes qu'il posa sur le rebord du jacuzzi.

Durant tout ce temps, Lila jouait avec Paul et s'amusait à lui caresser la jambe avec son pied. Elle le regardait fixement, voulant faire naître en lui le désir.

Sitôt le garçon d'étage sorti, Paul prit les deux coupes et s'approcha de Lila. Il lui en offrit une, ils trinquèrent et burent une gorgée.

Lila posa sa coupe. Paul également.

Il s'approcha d'elle tout doucement. Il posa une main sur sa nuque et attira son visage vers lui. Ses lèvres étaient très proches des siennes. Elle se serra contre lui, enroula une jambe autour de sa taille et caressa son dos de ses mains.

Il ne l'embrassait toujours pas. Il voulait faire durer l'attente, attiser le feu qui le brûlait.

—J'attends ce moment depuis si longtemps, dit-elle en soupirant et en regardant ses lèvres.

—J'ai eu envie de toi la première fois, quand tu as dansé devant moi au club. Tu es sublime, Lila. Tu me referas un de ces massages dont tu as le secret ?

—Bien sûr, quand tu veux, Paul. Embrasse-moi. Je ne tiens plus.

Alors il posa ses lèvres sur les siennes, doucement. Elle les entrouvrit en gémissant et il y glissa une langue avide.

Leur premier baiser fut interminable.

Puis Paul souleva Lila et la déposa doucement sur le lit. Là, il lui fit l'amour.

Leurs corps fusionnèrent. Ils étaient sur la même longueur d'onde.

Il était prévenant, attentif. Il cherchait avant tout à lui faire plaisir, à lui donner du plaisir.

Elle le suivait et parfois, mue par une envie soudaine, elle sortait ses griffes et prenait la direction des opérations.

Voilà près de cinq ans qu'il n'avait pas touché une femme. Il n'en éprouva que plus de plaisir, étant conscient qu'il s'était préservé pour une relation pas uniquement sexuelle, mais également sentimentale.

Son corps avait envie d'elle, mais également son cœur et son esprit.

Lila s'avéra être une partenaire expérimentée et désinhibée. Elle s'abandonna totalement, corps et âme. Elle lui parlait en faisant l'amour, le guidant, lui disant ce qui était bon, ce qu'elle aimait, et lui demandant ce qu'il aimait et ce dont il avait envie.

Il apprit une nouvelle façon d'aimer, plus sauvage et plus mûre qu'avec Ève, dont il avait été le premier et unique partenaire.

Durant deux jours, ils ne quittèrent pas leur suite. Ils explorèrent tous les recoins de la chambre, firent l'amour à même le sol, sur le canapé, dans la salle de bains, partout où l'envie les prenait.

Ils se faisaient monter le petit déjeuner, le déjeuner et le dîner à n'importe quelle heure. Ils avaient perdu la notion du temps. Téléphones éteints. Coupés du monde.

Ils ne parlaient pas vraiment de sujets importants. Ils n'avaient pas envie d'aborder certaines histoires douloureuses.

Ils riaient de futilités, se moquaient gentiment des défauts de l'autre. Ils faisaient vraiment connaissance.

Paul appréciait de plus en plus Lila. Elle avait toutes les qualités qu'il cherchait chez une femme. Il se surprit même à ne pas la comparer à Ève. Elle avait sa propre personnalité, différente, très attirante. Il commençait à s'attacher à elle et il en éprouvait une peur panique.

Mais il aurait bien assez le temps d'y repenser plus tard.

Ils profitèrent un maximum de ces deux jours et reprirent l'avion comme convenu pour rentrer à Paris.

Le vol leur sembla trop court. Chaque minute les rapprochait de Paris et ils avaient peur de la suite. Bangkok les avait abrités comme un cocon. Ils étaient en terrain neutre, chacun libéré de ses démons. À Paris, le tableau n'était plus le même. Ils avaient chacun leur vie, leur famille, leurs souvenirs, leur passé.

Entrer dans le domaine de l'autre semblait plus compliqué d'un coup.

C'est Paul qui mit le sujet sur le tapis, une heure avant d'arriver sur Paris.

—Tu voudrais venir dormir chez moi à notre retour à Paris ?

—J'ai des choses à faire, Paul. Toi-même tu dois avoir beaucoup de travail, non ?

—Oui, mais pas le soir.

—Je t'appellerai pour te dire dès que je peux venir. J'en ai autant envie que toi, tu sais.

—Oui, j'espère. Tu me laisseras ton numéro de téléphone ? Parce que pour le moment tu as le mien, mais je n'ai pas le tien.

—Bien sûr. Tu vas me manquer, tu sais.

—Toi aussi. C'est qu'on s'y attache, à ces petites bêtes.

—Mouais, merci. Paul, comment envisages-tu la suite ?

—Je ne sais pas, Lila. Pour le moment, je n'ai aucunement envie de me poser de questions. J'ai une formalité à régler encore.

—Ah ! bon ? Laquelle ? Je peux savoir ?

Il sembla songeur et mit un moment avant de lui répondre :

—Je voudrais rencontrer celui qui a causé l'accident.

Silence.

— Tu es sûr d'être prêt ?

— Oui. Je pense que c'est indispensable. Je ne pourrai pas faire mon deuil et commencer une nouvelle histoire si je ne le fais pas.

— Tu as raison. Il faut faire comme tu le sens. Alors, appelle-moi quand tu l'auras fait, d'accord ?

- O.K. J'espère avoir le courage, et vite !

— Tu l'auras. J'en suis persuadée.

Il la prit dans ses bras. L'avion commença sa descente vers Paris.

Il avait franchi le premier pas. Le second serait sûrement le plus dur, mais il avait confiance.

Il le fallait pour leur histoire.

Cali repensait sans cesse à son rendez-vous avec Pablo. Il lui manquait. Elle avait envie de parler avec lui, de lui tenir la main, de l'embrasser. Elle pensait à leurs baisers, à leurs caresses. Elle avait vraiment la tête ailleurs à la maison et ça se sentait.

Sacha lui avait déjà demandé plusieurs fois ce qui n'allait pas. De plus, après tant d'années de vie commune, il lisait en elle comme dans un livre ouvert.

Elle passait son temps à le faire répéter, car elle n'avait pas fait attention à ce qu'il disait. Elle regardait dans le vide. Elle oubliait des choses.

Elle faisait tout juste attention aux enfants et ne s'énervait que rarement lorsqu'ils criaient, alors qu'en général elle démarrait au quart de tour pour crier plus fort qu'eux.

Voilà plus de dix jours qu'elle n'avait pas eu de ses nouvelles. Elle s'en voulait d'avoir interrompu sa caresse. Peut-être était-il vexé. Peut-être trouvait-il qu'elle faisait trop mijaurée.

Elle regardait sans cesse son téléphone, et surtout se retenait pour ne pas l'appeler.

Elle devenait de plus en plus distante avec son mari. Elle lui adressait à peine la parole. Elle n'avait pas envie qu'il la touche et cela ne lui était jamais arrivé, car elle avait des envies très fréquentes et insatiables, ce que Sacha aimait beaucoup d'ailleurs ! Quand le moment fatidique arrivait, plutôt que de participer activement, elle se laissait faire et attendait que ça passe.

Sacha commençait à lui demander assez régulièrement si elle était mal lunée, si quelque chose la tracassait, et elle inventa un nouveau mensonge. Elle raconta que son nouveau chef de service était un misogyne, un tyran et un pervers.

Cali était consciente de la dérive vers laquelle elle se dirigeait, mais c'était plus fort qu'elle. À ce moment-là, si Pablo le lui avait demandé, elle l'aurait suivi n'importe où. Il s'était insinué en elle comme un parasite.

Ce soir-là, Sacha rentra du travail comme d'habitude vers 19 h 45. Il l'embrassa du bout des lèvres, serra les enfants contre lui et alla se déshabiller. Il revint en bas de survêt' et en tee-shirt et se servit son jaune.

—Quoi d'neuf ?

—Rien, et toi ?

—Rien.

Et il se dirigea vers la porte pour aller faire un tour sur la terrasse.

Elle aurait aimé discuter un peu plus, mais apparemment ce n'était pas le moment. Cali avait passé sa journée à s'occuper des enfants, à faire le ménage, la lessive, le repassage et la cuisine. Elle avait envie de parler à un adulte, mais il ne fallait pas compter sur Sacha.

Elle s'occupa donc de terminer le bain des enfants, de les faire manger et de les coucher. Durant tout ce temps, Sacha fumait ses cigarettes en discutant au téléphone avec ses amis.

Il était 20 h 30 quand il revint à l'intérieur de la maison.

—Ben, où sont les enfants ?

—Où veux-tu qu'ils soient ?

—Je ne sais pas. Il est déjà l'heure de se coucher ?

—Regarde ta montre. Forcément, tu ne vois pas le temps passer avec tes amis au téléphone !

—Oh ! ça va ! Ne commence pas à me gonfler. Les gonzesses ! Après, vous vous étonnez.

—Vous vous étonnez de quoi ?

—Rien, rien. Arrête.

—Pourquoi ? On se dit à peine deux mots dans la soirée, parce que même quand tu es là, ben tu n'es pas là, tu es au téléphone avec tes potes, et quand tu me parles c'est pour me crier dessus ou me parler comme à un chien.

—Ça y est, c'est reparti. Je vais retourner bosser, moi.

—Ben vas-y, je t'en prie. Et si tu veux, demain soir je te réserve un hôtel. C'est un peu comme la maison, tu sais. Tu payes, t'arrives, tu mets les pieds sous la table, tu te fais servir et si jamais tu n'es pas content, ben tu cries !

—Pffffffffff !

—Qu'est-ce que tu as ce soir ? Y a quelque chose qui ne va pas ?

—Oui.

—Quoi ?

—Toi.

—Moi ? Ah ! bon ? Pourquoi ?

—Tu n'es jamais contente. Tu es toujours en train de râler, de te plaindre. Tu n'étais pas comme ça, avant.

—Avant ? Avant quoi ? Avant de devenir ta bonne ?

—Ça y est, c'est encore reparti !

Et il sortit en claquant la porte pour surtout réveiller les enfants. Ce qui ne rata pas... De grands cris s'élevèrent de la chambre du dernier.

Cali était à bout. Elle était fatiguée, déçue, triste, énervée. Un vrai patchwork de sentiments.

Quelque part, Sacha avait raison. Elle n'était plus la Cali d'avant. Elle avait changé, et parfois son état de stress et de fatigue permanent l'énervait elle-même.

Il fallait que cela change.

Et pour ça, elle allait faire comme Sacha. Vivre un peu plus pour elle-même !

Sitôt dit, sitôt fait.

Elle prit son téléphone portable et envoya un SMS à Pablo : « Coucou, c'est Cali. Ça va? On peut se voir? »

Elle attendit, attendit et attendit encore. En allant se coucher vers 22 h, elle reçut enfin une réponse.

« Hello ! *querida*. Bien sûr qu'on peut se voir. J'espérais ça depuis un petit moment. Quand serais-tu O.K.? »

Elle sourit et répondit de suite.

« Demain soir? Je travaille jusqu'à 21 h mais on peut se voir après. »

« O.K. Tu passes chez moi? Ma cousine est partie quelques jours. »

Re-sourire. Aucun scrupule cette fois-ci.

« D'accord. Donne-moi l'adresse. Je te rejoins. »

Elle s'endormit seule dans son lit car, comme chaque soir, Sacha, lui, s'était endormi devant la télé.

Mais elle était heureuse en pensant à son rendez-vous du lendemain soir.

Elle passa la journée à penser à ce rendez-vous. Elle travailla d'arrache-pied pour que le temps passe vite. L'excitation la gagnait. À la fin de son travail, elle envoya un message à Sacha pour le prévenir qu'elle ne rentrerait pas avant minuit, car un vol avait beaucoup de retard et qu'elle allait devoir attendre. Comme cela lui arrivait de temps en temps, l'excuse paraissait cohérente. Il lui répondit qu'il ne l'attendrait pas car il commençait tôt le lendemain matin. Parfait !

À 21 h, elle enleva son uniforme pour enfiler un jean, un pull et son manteau, et sauter rapidement dans sa voiture. Son cœur battait à cent à l'heure. Le trajet ne lui prendrait qu'une quinzaine de minutes jusqu'au centre-ville. Elle roula vite et arriva à l'adresse indiquée.

Elle sonna en bas de l'immeuble. Elle monta les escaliers doucement, essayant de calmer les battements de son cœur. Il fallait qu'elle ait l'air frais.

Elle voulait mettre toutes les chances de son côté.

Il lui ouvrit la porte en souriant, et dès qu'elle en franchit le seuil, il l'embrassa à perdre haleine. Elle avait du mal à reprendre son souffle. Il la déshabilla si vite qu'elle n'eut pas le temps de voir l'intérieur de son appartement. Il lui fit l'amour sur le seuil de la porte, la soulevant de terre et la collant contre le mur. Il n'eut pas même la patience de lui enlever ses sous-vêtements. Ce fut bestial et elle adora.

La seconde fois fut plus romantique. Il lui murmura des mots tendres, lui disant qu'elle était belle, qu'il n'avait pensé qu'à elle et qu'il avait attendu ce moment si longtemps.

Il était déjà près de minuit quand elle se rendit compte qu'il allait falloir partir et rentrer chez elle.

« Cela devient de plus en plus dur », se dit-elle.

Il n'essaya pas de la retenir, mais lui fit promettre de l'appeler le lendemain. Elle le fit.

À partir de ce soir-là, Pablo devint son amant régulier.

Janvier 2007, retour.

Marc passa six ans au sein de la tribu. Il en apprit petit à petit une partie du langage, les coutumes, le mode de vie. Il s'intégra tant et si bien qu'il se mit en couple avec la belle qu'il avait convoitée depuis le début et qui s'appelait Jania. Ils eurent même une petite fille ensemble, Maïtana ; elle allait avoir cinq ans.

Marc était très heureux. Jocelyn était reparti depuis longtemps et il restait seul au « village » pour continuer sa mission auprès de Survival.

Il avait réussi à négocier un séjour plus long sur place.

Le travail n'était pas trop dur. Il passait la plupart de son temps comme les autres hommes du village, à pêcher, chasser et cueillir. Il s'occupait aussi de sa fille et surtout beaucoup de sa femme.

Il était amoureux. Très amoureux.

La seule ombre au tableau était l'infirmité de sa fille. Dès la naissance, ils avaient remarqué que le bébé était insensible à la lumière et au bruit. Elle ne réagissait que lorsqu'on la prenait ou qu'elle sentait quelqu'un près d'elle.

Elle pleurait très peu, bougeait peu et avait l'air très intériorisée.

Petit à petit, comme elle grandissait, ils se rendirent compte qu'elle était presque sourde et aveugle.

Elle voyait vraiment très peu, réagissait uniquement à la lumière forte et se déplaçait à l'aide d'une canne. Elle entendait ses parents l'appeler uniquement s'ils criaient très fort.

Maïtana avait également du mal à marcher. Sa marche était saccadée. Sa jambe droite déviait vers l'intérieur et rendait ainsi son avancée très compliquée.

Mais ce n'était pas tout.

À bientôt cinq ans, elle ne parlait que très peu. De l'expérience qu'il avait pu avoir avec d'autres enfants, notamment quand il était adolescent et qu'il gardait parfois ses cousins, Marc estima l'âge mental de sa fille à deux ans.

Elle disait juste « papa » et « maman ». Elle essayait parfois de parler, mais ses mots se transformaient en baragouinage incompréhensible.

Ses parents mirent cela sur le compte de deux éléments : sa déficience auditive et, surtout, une intoxication au mercure.

Maïtana n'était pas la seule enfant du village à avoir des soucis. D'autres avant elle avaient souffert de petites malformations, mais également de déficiences intellectuelles ou physiques.

Un médecin de la Croix-Rouge était venu il y avait déjà huit ans dans leur village, *dixit* Jania, et il leur avait dit qu'à cause de l'orpaillage les enfants à naître auraient de plus en plus de soucis de santé.

Or, depuis quelques années, la situation devenait préoccupante.

Un enfant sur deux naissait avec des problèmes neurologiques.

Marc avait déjà écrit plusieurs rapports à Survival mais rien n'avait changé. La situation ne faisait qu'empirer.

Les hommes et les femmes de la tribu essayaient même de faire de moins en moins d'enfants. Mais il fallait tout de même perpétuer la tribu.

Maïtana était devenue un sujet de discorde entre Jania et Marc.

Marc voulait en effet la faire soigner et suivre par des médecins compétents en Guyane. Il était même prêt à la ramener en France pour qu'elle puisse espérer faire des progrès. Il était sûr qu'avec la médecine occidentale, il arriverait à faire en sorte qu'elle entende, voie mieux et fasse des progrès dans tous les domaines.

Jania ne voulait même pas en parler. Très philosophe, elle pensait que leur fille était née comme cela et point. Elle ne voulait pas entendre parler de l'envoyer dans la civilisation moderne. Elle était née ici et vivrait selon les traditions de ses ancêtres.

Marc n'avait pas le choix. Il n'était pas le maître en ces lieux, et n'avait qu'à se plier aux décisions de la communauté entière. Il était heureux d'avoir été accepté parmi eux et ne voulait pas les froisser.

Marc arrivait à s'épanouir au contact de sa fille. Il passait des journées entières avec elle, à jouer, à la stimuler, à lui apprendre la langue, à lui raconter aussi comment était la vie en France. Il lui apprenait des chansons qu'elle arrivait tant bien que mal à reproduire.

Il l'emmenait avec lui à la chasse et à la pêche pour lui montrer les animaux.

Maïtana avait appris très tôt à développer son odorat. Elle connaissait les différentes sortes d'arbres et de plantes grâce à son toucher.

Elle essayait de communiquer avec son père, mais cela lui était difficile.

Parfois, il la retrouvait assise sous un arbre. Elle pleurait. Elle comprenait assez de choses pour savoir qu'elle était différente.

Dans ces moments-là, Marc détestait cette tribu aux rites et croyances ancestraux. Il aurait aimé apporter toute l'aide des médecins à sa fille. Mais il ne pouvait rien faire.

Il aimait l'emmener à la rivière. Elle riait aux éclats dans les bras de son père quand il la tenait dans l'eau froide. Elle riait aux éclats quand les poissons venaient lui chatouiller les pieds, quand Marc la faisait tournoyer en l'air et lui plongeait les fesses dans l'eau.

Il aimait entendre son rire sonore.

Marc avait vraiment l'impression d'être différent à son contact.

Ce jour-là, en revenant de la pêche, il trouva Jania et Maïtana en train de chanter dans leur cabane. Il s'approcha et les regarda. Il trouvait le spectacle touchant. Sa mère avait pris Maïtana dans ses bras et la berçait, doucement, tout en lui chantant une ballade traditionnelle.

Elles se balançaient toutes les deux en rythme, et parfois riaient.

Il aimait les observer à la dérobée. Elles étaient belles, ses femmes.

Jania le vit et lui fit signe d'approcher. Il s'assit à côté d'elles, les embrassa et leur dit :

—Vous êtes belles, mes chéries. Je vous aime.

—On t'aime aussi. Et j'ai une grande nouvelle. Tu vas avoir un fils ou une fille bientôt.

Il sourit. Très heureux.

Il la serra dans ses bras et lui répondit :

—Je suis le plus heureux des hommes.

Il pleurait. De joie. De peur aussi. Mais les dieux de Guyane veilleraient sur eux. Il en était persuadé.

Les funérailles furent sobres. Il faisait un froid glacial et la neige recouvrait les pierres tombales.

Georges resta longtemps debout à côté de la terre fraîchement retournée sur la tombe de sa maman.

Comme dans un état second, il revivait les événements de la journée.

Il y avait plusieurs centaines de personnes qui s'étaient déplacées dans l'église de Wissembourg.

Sa maman connaissait beaucoup de monde puisqu'elle y habitait depuis toute petite. Elle y avait ses anciennes amies de classe, ses connaissances de voisinage, les commerçants chez qui elle se rendait, les voisins, les gens à qui elle rendait de menus services en échange de nourriture, ceux chez qui elle faisait de petits ménages. Le froid ne les avait pas arrêtés.

L'église était très silencieuse bien que bondée.

Beaucoup de gens pleuraient, sanglotaient.

Les premiers rangs étaient réservés à Georges et à sa famille.

Georges s'était assis entre ses sœurs. Ses frères étaient derrière lui. Son père au bout du banc.

Il l'avait ignoré depuis son arrivée à la maison le matin de l'enterrement.

Le curé fit une belle messe. Les psaumes étaient bien choisis, et pour la musique de sortie du cercueil, Georges et ses sœurs avaient choisi *What a wonderful world* de Louis Armstrong. Sa mère adorait cette chanson.

Sa sœur Sylvie avait tenu à prendre la parole. Elle se souvenait de sa maman comme d'une maman affectueuse, drôle, sensible. Elle était bouleversée et avait beaucoup de mal à parler mais elle tenait à le faire.

Georges aussi avait tenu à dire quelques mots. Ce fut à la fin de la messe.

« J'aimerais que l'on se souvienne de maman comme étant une femme douce, attachante. J'ai le souvenir d'une après-midi que j'avais passée avec elle. Nous étions partis après le déjeuner pour une balade en forêt. Nous avions rarement l'occasion de passer du temps juste elle et moi, mais, ce jour-là, je ne sais plus par quel hasard, nous avons pris la poudre d'escampette tous les deux. Je devais avoir huit ans. Maman avait emmené un petit panier. Je ne savais pas ce qu'il y avait dedans. C'était une surprise. Nous avons discuté de tout et de rien sur le chemin. Dans la forêt, maman me montrait les espèces d'arbres, les oiseaux, et savait tous les citer par leur nom. J'étais en admiration devant elle. Je ne lui ai pourtant jamais dit.

Au bout de deux heures de balade, nous nous sommes assis sur le bord d'un petit ruisseau. C'était très calme. On n'entendait que les oiseaux et le bruit de l'eau. Comme par magie, elle a sorti de son panier tout ce que j'aimais manger par-dessus tout : une tartine de pain avec du Nutella, des fraises et du sucre, une petite bouteille d'eau et de sirop de grenadine, une brioche au sucre. Je me souviens avoir ressenti un tel élan d'amour et de fierté. C'était *ma maman* qui avait pensé à tout ça et qui avait préparé pour moi tout ce que j'aimais le plus. Elle était belle à mes yeux. Elle l'a toujours été et le sera toujours et personne ne la salira jamais. »

En disant ces derniers mots, il regarda son père droit dans les yeux. Celui-ci baissa le regard.

Il continua : « Maman était l'être le plus généreux que je connaisse. Elle s'est dévouée corps et âme à ses enfants. J'espère qu'elle a été heureuse. Et, maman, si de là-haut tu me vois et m'entends, crois-moi, un jour prochain tu seras fier de moi. » Il regarda à nouveau son père. Son regard était plein de haine et baigné de larmes.

Mais il avait fait passer le message.

Son père ne l'approcha pas de toute la cérémonie. Il se tint également bien à l'écart au cimetière. Ce n'est que sur le parking de celui-ci, avant de partir pour la maison familiale où l'on donnait la réception, qu'ils se croisèrent. Georges se planta devant lui et, prenant garde à ce que personne ne les entende, lui dit :

« Maman m'a tout raconté. Et moi-même je n'ai pas oublié tout ce que tu m'as fait. Maintenant qu'elle est morte, tu peux me craindre. Crois-moi. »

Georges, lui, n'avait plus peur. Son regard ne vacillait pas devant son père. Il s'était affranchi.

Son père n'en revenait pas. D'un air surpris, il lui répondit : « Je ne sais pas de quoi tu parles. »

Et il tourna les talons. Mais Georges avait cru voir une lueur d'angoisse dans ses yeux.

Il sourit. Son plan était en marche.

Georges se donnait jusqu'à mi-mars pour y arriver. Il allait se venger.

La réception à la maison fut très agréable. Tous les gens souriaient. À croire qu'ils avaient tous décidé, sans se consulter, de se rappeler sa maman et d'évoquer des souvenirs agréables et heureux. Le buffet était dressé sur deux immenses tables dans le salon. Ils avaient tous passé la matinée à confectionner des salades, des quiches, des gâteaux salés et sucrés, des flans, des gaufres et des crêpes.

Des enfants couraient à droite et à gauche pendant que les adultes discutaient.

L'ambiance était décontractée.

Georges n'avait jamais très bien compris pourquoi on organisait ce genre de réception alors qu'on était censé être en deuil, triste et sombre. Mais, aujourd'hui, il avait saisi. C'était l'occasion idéale de réunir toute la famille, les amis et, même si ce jour était triste, c'était un peu comme si maman avait joué une dernière fois son rôle de maîtresse de cérémonie, se dit-il.

Il se rappelait ces nombreuses fêtes de Noël ou de Pâques où tous les enfants étaient réunis, riaient, jouaient et mangeaient les gâteaux et les bonbons. Maman avait toujours organisé de belles fêtes.

Aujourd'hui, ils lui devaient bien ça.

Il surveillait son père du coin de l'œil. « Quel parfait hypocrite ! », se dit Georges. À croire que les pires personnes savaient toujours bien cacher leur jeu. Aux plus grands tyrans et pervers on aurait donné le bon Dieu sans confession.

Son père se promenait à droite et à gauche dans la maison, une parole gentille pour l'un, une tape amicale pour l'autre, une caresse sur la joue d'un enfant qui suscita chez Georges une vague de haine irrépressible. Il souriait à une tante quand il croisa le regard de Georges. Son sourire disparut aussitôt, et ce fut Georges qui lui sourit, d'une manière sans équivoque.

Encore une fois, le message dans ses yeux était clair, le sourire machiavélique.

Finalement, Georges avait de qui tenir. Il serait bientôt aussi monstrueux que son père.

La journée toucha à sa fin. Les gens prirent congé, petit à petit, et Georges se retrouva avec ses frères et sœurs alors que son père allait se coucher tôt. Tiens donc.

Les frères et sœurs se retrouvèrent tous devant la cheminée du salon. Ils avaient bien assez mangé et décidèrent de veiller un peu ensemble avant de se coucher.

Ils évoquèrent des souvenirs de leur maman.

Arsène le premier dit :

—Vous vous souvenez la fois où maman m'avait crié dessus quand le garagiste voisin est venu lui raconter que je jetais des allumettes enflammées dans les réservoirs de ses voitures ? Holà ! je crois que je n'ai jamais pris une aussi grosse fessée que ce jour-là, et je m'en souviens comme si c'était hier. J'en ai encore mal aux fesses rien que d'y penser.

Tout le monde éclata de rire.

—Nous aussi, dirent en chœur Sarah et Mathilde.

—Et vous vous souvenez la fois où elle avait crié après nous parce qu'elle nous avait attrapés en train de casser les œufs des poules sur le mur de la maison ? reprirent Arsène et René.

Nouvel éclat de rire commun.

—La pauvre, on lui en a fait voir, quand même, dit Sylvie en riant.

—Bah ! oui, la pauvre. Et le jour où vous avez ouvert la grande cage des canaris et qu'ils se sont envolés et qu'ensuite elle essayait de les attraper avec l'épuisette de pêche sur les fils de linge du jardin ? Hein, les jumelles ? continua Arlette en riant.

Tout le monde raconta ses petites anecdotes, toujours très drôles.

Bien entendu, remarqua Georges, aucune ne concernait son père qui avait toujours été inexistant dans la vie de ses enfants. Même le dimanche, quand il ne travaillait pas, il partait à la chasse ou à la pêche, il allait ramasser des champignons ou des mûres, plutôt que de s'amuser avec eux.

Sa mère aurait mérité mieux, c'est certain.

Mais ça ne servait à rien de s'appesantir là-dessus. Il tenta quand même de mettre le sujet sur le tapis.

—Vous croyez qu'elle a été heureuse avec papa ? osa-t-il demander.

Grand silence.

Tout le monde se regarda.

Qui allait oser se lancer ?

Ce fut Sylvie qui rompit le silence gênant :

—Je ne sais vraiment pas quoi en penser. Je suis partie jeune de la maison pour justement fuir l'ambiance pas très folichonne qui y régnait. Je me rends compte que j'ai été bien égoïste, mais c'était plus fort que moi.

—Pareil, répondit Arsène. Je suis parti tôt de la maison pour échapper un peu à papa. Parce que maman a toujours été formidable avec nous.

—Oui, renchérit René. Une chose est sûre, c'est qu'elle méritait mieux. Mais c'est toi, Georges, qui es resté le plus longtemps à la maison. Pourquoi poses-tu cette question ?

—Comme ça.

Tout le monde se regarda encore. Personne n'osait continuer cette discussion. Le malaise était perceptible.

Ce fut encore une fois Sylvie qui rompit la gêne.

—Bon, ben moi, je vais me coucher. Malgré les circonstances, ça a été un plaisir immense de tous vous revoir. Ce serait bien que la prochaine fois nous puissions nous revoir sans qu'il y ait pour cela un événement tragique. Bonne nuit et à demain. Elle se leva et se dirigea vers l'étage.

Petit à petit, les autres la suivirent. Bientôt, il ne resta plus qu'Arlette avec lui dans le salon.

—Et toi, Arlette, tu n'as pas sommeil ?

—Non. Georges, je peux te poser une question?

Arlette était visiblement gênée. D'un naturel timide, elle avait beaucoup de mal à s'ouvrir aux autres. Même à ses sœurs et encore moins à ses frères.

—Oui, bien sûr, je t'écoute.

—Pourquoi as-tu demandé ça à propos de papa tout à l'heure ?

—Pour avoir votre avis.

—Oui, mais tu avais une raison particulière de demander ça?

—Peut-être. Pourquoi?

—Parce que... Euh... Comment dire? Georges, est-ce que papa t'a touché? demanda-t-elle en baissant les yeux.

Il sembla à Georges que son cœur s'était arrêté de battre.

—Touché comment? Tapé?

—Non, tu sais bien.

—Sexuellement, tu veux dire?

—Oui.

Georges ressentit comme un coup de poing dans le ventre. Se pouvait-il qu'elle soit au courant ?

—Pourquoi me poses-tu cette question?

—Parce que moi, il m'a touchée, dit-elle en baissant la tête, gênée, meurtrie.

Nouveau coup de poing. Mon Dieu! Combien d'entre eux?

—Mon Dieu ! Arlette. Pas toi aussi?

Pas de réponse.

Arlette gardait la tête basse.

Il se leva et s'assit à côté d'elle. Il passa un bras sur ses épaules et elle posa la tête au creux de la sienne.

Et ainsi, elle lui raconta le calvaire qu'elle avait vécu, elle aussi, durant des années.

Il faisait froid et gris ce matin-là. Paul avait décidé d'aller affronter l'homme responsable de la mort d'Ève et de Salomé. Il le fallait. Pour tourner la page.

Il était presque 10 h du matin quand il gara sa voiture devant le numéro 8 de la rue Varlin. L'immeuble était fait de fausses briques rouges. Du décor. En fait, il s'agissait d'une cité HLM. En bas, il n'y avait qu'une petite boulangerie. Au bout de la rue, un vendeur de fleurs. Il n'était pas loin d'un cimetière.

Le quartier ne respirait pas vraiment la joie de vivre. Les jeunes erraient au bas de l'immeuble. Ils écoutaient la musique assez fort pour en faire profiter tout le quartier.

Paul avança vers la porte. Sur le panneau des sonnettes il repéra le nom : « Chérot ».

Il inspira profondément et sonna.

Personne ne répondit.

Il sonna de nouveau.

Toujours aucune réponse.

Il allait faire demi-tour quand la porte s'ouvrit.

Il entra.

La gardienne lui avait ouvert.

—Bonjour. Vous cherchez quelqu'un, monsieur ?

—Bonjour, madame. Oui, je cherche Monsieur Chérot.

—Ah ! Vous êtes un ami, monsieur ?

—Pas vraiment, non.

—Alors, je ne sais pas s'il est là. Vous savez, il n'ouvre jamais la porte de chez lui.

—Ah ! bon ?

—Oui. Vous êtes encore un de ces huissiers qui lui courent après ?

—Non, pas du tout. Mais je voudrais lui parler.

—Bah ! si jamais il décide de vous ouvrir. Il est au cinquième étage. La porte de droite.

—Merci beaucoup, madame. Et bonne journée !

—Mmmmm. J'ai vu mieux. Au revoir.

Paul gravit les marches. La cage d'escalier était insalubre. Il s'en dégageait une forte odeur d'urine et de crasse. Il faut dire que pour un chien, réussir à atteindre le trottoir après avoir traîné son maître au bout de la laisse pour dévaler tous ces étages sans ascenseur devait relever du pur exploit.

Cinquième étage.

Porte de droite.

Pas de sonnette. Pas de nom.

Il frappa. Une fois.

Pas de réponse.

Une seconde fois.

Pas de réponse.»

Cette fois-ci, il cria : « Monsieur Chérot ? Êtes-vous là ? »

Pas de réponse.

Il cria encore une fois. Il avait entendu du bruit derrière la porte.

Peut-être était-ce le fruit de son imagination ou bien un animal.

« Monsieur Chérot ? C'est Monsieur Caleb. J'ai besoin de vous parler. »

Silence.

D'un coup, il entendit une clé tourner dans la serrure. Puis un verrou.

Enfin, la porte s'ouvrit.

Un homme se présenta face à lui. Il n'aurait pu lui donner d'âge. Peut-être la cinquantaine. Peut-être plus.

Il était voûté, les cheveux gris, pas coiffé et mal rasé. Paul avait tout de suite pu remarquer les ravages de l'alcool sur son visage bouffi et rouge.

« Monsieur Caleb ? Mon Dieu, je m'attendais jamais à vous voir chez moi. Entrez. »

Il avait visiblement l'air mal à l'aise et n'osait pas le regarder dans les yeux. Il fit un pas de côté pour le laisser entrer dans son appartement. Ça sentait très fort le renfermé, le chien et le pourri. Paul réprima un haut-le-cœur et entra. Après le couloir, il entra dans le salon. Un vieux canapé, une table en Formica et une télévision hors d'âge étaient les seuls meubles de la pièce.

L'homme se tenait dans l'embrasure de la porte et sautillait d'une jambe sur l'autre. Un grand silence gêné s'installa.

— Vous voulez boire quelque chose ? lui demanda Jean-Claude Chérot, visiblement perturbé par la présence de Paul. Il regardait toujours le bout de ses charentaises.

— Pourrait-on plutôt s'asseoir et discuter, monsieur Chérot ?

— Euh ! oui, oui, bien sûr, bien sûr. Vous êtes venu pour ça, j'imagine.

— Oui. J'avais besoin de vous parler. Pour moi, la blessure se referme doucement, mais pour tourner la page définitivement, j'avais besoin de vous voir et de vous parler.

— Oui, oui. Euh ! je ne sais pas quoi dire.

— Que s'est-il passé ce jour-là ? Racontez-moi. Je veux tout savoir, s'il vous plaît.

Ils s'assirent à table, face à face.

Il fallut bien cinq minutes pour qu'il ose enfin relever les yeux vers Paul. Ses mains tremblaient, ses lèvres également.

Jean-Claude Chérot se mit à pleurer et commença à raconter.

« Je venais de Paris. J'étais parti le matin très tôt. Mon employeur voulait absolument que la livraison arrive à son client à 17 h maximum. J'ai roulé d'une traite depuis Paris. Je crois qu'en tout j'ai dû m'arrêter deux fois sur la route. Mon patron m'avait bien dit que si ma livraison n'arrivait pas, je s'rais viré. Alors, j'ai fait vite. Il me restait encore deux bornes à faire quand je me suis endormi. Ça n'a duré que quelques secondes mais ça a suffi pour que je donne un coup de volant juste au moment où vous passiez. J'ai pas réussi à reprendre le contrôle de mon camion. Et voilà. C'est banal. Ça n'a rien d'extraordinaire. Mais c'est arrivé ainsi. »

Le silence se fit. Paul ne savait pas trop à quoi il s'attendait avant de venir.

Il était déçu. Ainsi, c'était tout ?

Ce bougre avait juste dormi quelques secondes, et sa femme et sa fille étaient mortes.

« Il n'y a pas un seul jour de ma vie où je ne pense pas à votre femme et à votre fille. À partir de ce jour-là, j'ai tout perdu. Mon emploi. Ma femme. Je me suis mis à boire. Je n'ai jamais retrouvé de travail. Aujourd'hui, je suis poursuivi par les huissiers, je n'ai pas une vie qui vaille la peine d'être vécue. Peut-être que c'est idiot, mais je paye au centuple pour ce que je vous ai fait. Et le pire, monsieur, c'est que je n'ai jamais pu vous dire combien je regrettais, combien je les pleurais, et tout ce que j'aurais donné pour revenir en arrière ! »

Il continuait à pleurer.

Paul secoua la tête. Le silence s'installa un moment qui sembla une éternité.

« Mettez-vous en colère, hurlez, frappez-moi, mais vous ne pouvez pas rester comme ça sans rien dire, monsieur Caleb. Je les ai tuées, elles sont mortes à cause de moi. Je suis un vaurien, un meurtrier. Ma femme me l'a dit des dizaines de fois. Elle a raison. Je ne mérite pas de vivre.

Pourquoi êtes-vous venu me voir ? Ça devrait être pour me tuer, moi aussi. Pas pour rester comme ça devant moi et n'rien dire ! »

Et il tomba à genoux en pleurant de plus belle. Il ressemblait à une loque humaine.

Paul se rendit compte à ce moment-là qu'il en avait assez d'être constamment en colère. Il ne ressentait rien face à cet homme. Ni colère. Ni pitié. Ni désir de revanche. Ni amertume.

Comme un robot, il se leva, se dirigea vers la porte et, avant de sortir de l'appartement, se retourna vers le pauvre bougre et lui dit : « Nous portons tous notre croix, monsieur. La vôtre est bien lourde et je ne vous l'envie pas. Quant à moi, ma colère et ma haine ont disparu. Je ne vous en veux plus. » Et il partit.

Jean-Claude Chérot s'écroula en larmes sur son canapé. Il avait l'impression que cinq ans de sa vie venaient de disparaître derrière lui comme un cauchemar.

Paul sortit, inspira profondément.

Il ne regrettait pas d'être venu, bien au contraire. Il avait repoussé trop longtemps le moment de cette rencontre. Tout cela avait assez duré.

Il n'avait plus envie de pleurer. Il n'enviait pas cet homme.

Lui, au moins, avait un futur. Il avait quelqu'un qui l'aimait et en qui il pouvait avoir confiance.

Paul sortit son portable. Il appuya sur le nom de Lila.

Il devait la remercier. Pour ce qu'elle avait fait. Et pour être son avenir.

25 avril 2009.

Cali travaillait. Elle s'était levée très tôt le matin avec une pêche étonnante. Le printemps était bel et bien là. Il faisait beau depuis quelques jours et les températures remontaient. Bientôt, elle allait pouvoir profiter de la piscine avec les enfants.

Elle se réjouissait.

L'ambiance était électrique à la maison avec Sacha mais, depuis quelques jours, comme pour la météo, il semblait y avoir une amélioration.

Cali avait beaucoup de mal à assumer sa double vie, mais elle n'avait aucune envie de quitter Pablo. Avec lui, elle se sentait femme, et pas seulement mère ou servante.

Alors, elle avait décidé de prendre du bon temps quand elle le pouvait, mais, une fois rentrée chez elle, elle redevenait la bonne *Desperate Housewife*. Pablo ne lui demandait d'ailleurs rien de plus, et ça l'arrangeait.

À midi, Cali avait demandé à prendre deux heures de récupération pour partir plus tôt. Elle avait envie de passer une bonne après-midi et une bonne soirée en famille. Sacha avait prévu de rentrer tôt, alors elle allait faire des courses pour leur préparer un bon dîner.

Elle s'activa durant une heure au supermarché et ne prit que des produits de bonne qualité. Tout ce que Sacha aimait : du rhum pour les *mojitos*, une côte de bœuf (et de la blonde d'Aquitaine !), du pain de campagne, du fromage, un bon vin de Bourgogne et en dessert, pour les enfants (et elle !) de la glace au chocolat.

Elle rentra, rangea tout et se permit une petite sieste d'une heure avant le branle-bas de combat au retour des enfants.

Elle prit ensuite une douche, s'épila soigneusement en prévision de la nuit coquine à venir et partit chercher les enfants.

Le reste de l'après-midi passa très vite.

Cali vit avec un grand plaisir Sacha arriver vers 17 h 30. Elle avait mis une jolie robe blanche qu'il aimait beaucoup, avait coiffé ses cheveux en queue-de-cheval et portait les boucles d'oreilles qu'il lui avait offertes à Noël et qu'il lui reprochait de ne jamais mettre.

Il se mit directement en maillot de bain et alla se baigner dans la piscine avec les enfants. Tous riaient de bon cœur. Cali adorait les voir comme ça.

Elle se servit un *mojito* et s'installa sur la terrasse avec un livre. Elle riait avec les enfants qui lui envoyaient des gerbes d'eau sous les ordres de Sacha.

Cali les regardait s'amuser. Elle se dit qu'au final, ce qui comptait dans sa vie, c'était bien son mari et ses enfants. Il ne fallait pas qu'elle gâche cela pour une aventure sans lendemain.

Peut-être qu'elle devrait bientôt mettre un terme à sa relation avec Pablo. Sûrement, même!

Finalement, ils s'amusèrent durant une bonne demi-heure. Quand les enfants commencèrent à grelotter et à virer au bleu, elle les sortit

Sacha alluma le barbecue.

Ils s'installèrent tous autour de la table dans la bonne humeur.

Et là, Sacha s'emporta.

« Dis-moi, t'as fait quoi exactement aujourd'hui? Parce que je te signale que la cuisine est dégoûtante, le couloir et les chambres des enfants idem. Y a de l'herbe partout, de la saleté, des moutons, à croire que tu fais un élevage.

Si déjà on fait une belle maison, faudrait un peu penser à la soigner et à respecter le travail des autres. Le parquet a coûté une fortune. »

Son monologue dura un moment. Il enchaîna sur le prix de la viande et du vin qu'elle avait pris pour le soir. Ils n'étaient pas Crésus.

Il continua encore sur son pseudo-boulot qui lui permettait d'avoir trois jours de repos par semaine, qu'elle utilisait pour faire je ne sais quoi, puisque la maison était toujours sale. Et puis le linge s'entassait, il n'avait plus aucune chemise à se mettre. Et puis lui il travaillait douze heures par jour, n'avait qu'un jour de repos qu'il aurait aimé passer dans le calme et le silence. Et puis l'herbe poussait autour de la piscine et elle jaunissait, etc.

Cali écouta tout ça sans broncher.

Elle avait du mal à contenir ses larmes, mais ne voulait pas lui faire le plaisir de répondre, ni de pleurer.

Sacha pouvait être très méchant quand il le voulait et, avec l'âge, il devenait de plus en plus maniaque. Ils s'étaient toujours dit tous les deux qu'ils préféraient passer du temps avec les enfants plutôt que de briquer leur maison. Il avait dû l'oublier.

Il avait promis depuis des mois qu'ils prendraient une femme de ménage. Il avait oublié.

Et puis, surtout, il n'avait aucune idée de la fatigue qu'elle pouvait ressentir en se levant à 3 h du matin pour aller travailler. Il pensait que sa journée était très cool puisqu'elle finissait à 14 h.

Bien sûr.

Il avait un peu tendance à oublier beaucoup de choses et, sous prétexte de fatigue, se défoulait sur elle en rentrant du travail.

Décidément, ils n'étaient plus sur la même longueur d'onde.

Cali ravala ses larmes. Elle passa le reste de la soirée sans lui adresser la parole. Elle aurait aimé lui hurler qu'il n'était qu'un pauvre idiot, un maniaque, un fainéant doublé d'un cocu, chose qu'il avait bien méritée !

Finalement, elle ne quitterait pas Pablo ! Au contraire !

Au moment même où elle se dit cela, à 23 h, juste avant d'aller se coucher, elle reçut un SMS de lui.

« Papa est malade. Je dois rentrer à Salvador de Bahia demain. Je te vois à l'aéroport à 9 h. »

Cali s'assit. Elle était seule dans son lit puisque Sacha dormait déjà à poings fermés sur le canapé devant *Les Experts*.

Elle se mit à pleurer. Seule. Bientôt, elle serait bien seule. Et les moments avec Pablo qui la sortaient de sa monotonie seraient terminés.

Elle se les rappela. Les après-midi au bord de l'océan. Les balades dans Bordeaux. Les visites de châteaux. Les périples dans les vignes. La journée à Saint-Émilion.

Voilà. C'était fini.

Elle pleura de plus belle.

Cali ne dormit pas du tout cette nuit-là. Elle arriva au travail à 4 h 30, les yeux gonflés d'avoir trop pleuré. Elle essaya tant bien que mal de cacher ses cernes sous le maquillage et attendit 9 h avec impatience.

Il l'appela et elle le rejoignit dans le hall. Il avait l'air très fatigué, n'avait pas pris le temps de se raser.

Elle l'embrassa sur la joue et lui demanda :

—Ça va?

—Non, pas trop. Je suis vraiment navré de partir aussi vite, mais papa a fait un infarctus et il aura sûrement de graves séquelles neurologiques. Pour le moment, il est encore dans le coma. Maman a vraiment besoin de moi là-bas, tu comprends?

—Bien sûr. De toute façon, il fallait bien que tu repartes un jour. J'aurais juste aimé que ce ne soit pas dans une situation aussi dramatique pour ta famille. Et puis, j'aurais aimé qu'on puisse se dire au revoir correctement.

—Oui, moi aussi. Il se tut un instant puis reprit : Cali, je ne crois pas pouvoir revenir de si tôt, tu sais?

—Je me doute bien.

—Cali, est-ce que tu veux venir avec moi?

Elle éclata de rire.

—Venir avec toi? Mais j'ai ma famille, Pablo.

—Oui, quand on voit comment ton mari te traite!

—Peut-être, oui, mais j'ai trois enfants et ils ont besoin de moi. Et mon mari aussi.

—Non, ton mari a juste besoin d'une femme de ménage gratuite, tu le dis toi-même. Et tes enfants… ton mari s'occupera d'eux. Comme ça, il verra ce que tu fais vraiment chaque jour.

— Arrête de raconter n'importe quoi, Pablo.

Mais il la regardait très sérieusement, justement. Il fixait ses yeux avec intensité.

Il ajouta : « Regarde-moi bien. Je suis très sérieux, *querida*. Je ne te l'ai jamais dit, mais je t'aime. Voilà, c'est dit. Je veux que tu viennes avec moi parce que tu mérites mieux que la vie que tu as ici. Tu mérites d'être aimée, chouchoutée, dorlotée. Tu es une femme formidable et tu as tendance à l'oublier. Moi, je veux que tu vives. Alors je pars, mais tu peux me rejoindre quand tu veux. Dans cette enveloppe, il y a mon adresse, mon téléphone à Salvador. Appelle-moi jour et nuit. Quand tu veux. Quand tu as besoin. Je viendrai te chercher à l'aéroport. D'accord ? »

Elle baissa les yeux sur l'enveloppe qu'il lui tendait. Elle avait du mal à ne pas pleurer. C'était une belle déclaration d'amour. Elle n'en avait jamais entendue de telles auparavant.

« O.K. », répondit-elle dans un souffle.

Alors il lui serra la main et partit vers la porte d'embarquement. Dans dix-huit heures, il serait de retour chez lui. Et elle serait seule.

Elle fourra l'enveloppe dans son casier et fit son maximum pour ne pas pleurer.

De la fenêtre de son bureau, elle pouvait voir décoller le vol pour Charles-de-Gaulle.

Il lui manquait déjà.

10 août 2007.

Le ventre de Jania grossissait à vue d'œil. Elle entamait son dernier mois et Marc avait l'impression qu'elle prenait des kilos chaque jour. Il faut dire qu'elle passait son temps à manger et à dormir. Entre la chaleur qui régnait en Guyane cette année-là et ses mollets enflés et gorgés d'eau, Jania n'arrivait presque plus à bouger.

Elle restait donc souvent assise ou allongée dans leur cabane, seule ou avec Maïtana. Elle regardait les autres femmes du village s'affairer et lui concocter de bons petits plats qu'elle mangeait avec délice.

Plus qu'un mois.

Marc avait hâte de rencontrer son fils ou sa fille. Ils avaient déjà discuté des prénoms et avaient réussi à se mettre d'accord : Cannelle pour une fille et Pulpoli pour un garçon.

Mais le chamane avait prédit à Jania une autre fille. Et quand le chamane disait quelque chose, tout le village le croyait. Alors, toute la tribu appelait déjà leur futur enfant Cannelle.

Marc passait son temps à caresser le ventre de sa femme. Finalement, pour lui, le futur petit donnait tellement de coups de pied qu'il ne pouvait s'agir que d'un petit gars !

Marc en était persuadé.

Jania riait beaucoup de ces pronostics.

Maïtana restait très calme à côté de sa maman. Elle ne voulait plus aller à la rivière ou bien écouter les animaux dans la forêt. Elle voulait rester surveiller sa maman et son bébé. Marc en était tout attendri.

Mais, secrètement, il se faisait également du souci pour ce bébé à venir. Il espérait qu'il n'aurait aucun retard, aucune déficience. Il voulait, et il avait honte de l'avouer, juste un bébé en bonne santé.

Ce matin-là, au lever du soleil, il alla voir Jania avant de partir.

—J'y vais, chérie. Tout va bien?

—Oui, oui, ne t'en fais pas pour moi. Vas-y, chéri.

—Tu es sûre? Je peux rester avec toi.

—Non, non. Ce n'est pas pour aujourd'hui, ne t'en fais pas.

—O.K.

Il embrassa sa femme et sa fille et partit avec les hommes.

Aujourd'hui était un jour spécial. C'était la grande nivrée.

Il fallait en effet aller en forêt pour couper les lianes appelées *hali-hali*, dont la sève contenait de la roténone, utilisée en chirurgie cardiaque pour ralentir le cœur et dans la tribu wayana pour endormir les poissons.

Après les avoir ramassées, il fallait donc battre les lianes sur les rochers pour en sortir le suc.

Les lianes ainsi cassées et révélant leur suc étaient placées dans des paniers et ceux-ci immergés dans l'eau du bassin naturel de la rivière.

Au bout d'une demi-heure, les poissons commençaient à remonter à la surface. On pouvait dès lors très facilement les prendre à la main, au harpon ou au filet.

Il fallait en ramasser des kilos et des kilos car, ce soir, tous les habitants des villages aux alentours allaient se retrouver pour fêter la grande nivrée.

Dans les temps anciens, les grandes nivrées n'avaient lieu qu'une fois tous les dix ans, et tous les villages wayanas de trente à quarante habitants se retrouvaient pour les fêter.

Aujourd'hui, plusieurs fois par an, il y avait ce qu'on appelait de petites nivrées, qui permettaient de ramasser beaucoup de poissons et de les vendre sur les marchés de Maripasoula. Et cela pour le plus grand malheur du grand chef, qui voyait d'un mauvais œil le monde moderne et l'argent envahir sa civilisation.

Aussi essayait-il de perpétuer au maximum les traditions ancestrales.

Les hommes tendirent leurs filets et la pêche fut excellente. Sur le chemin du retour, chacun y allait de sa petite anecdote. Les adolescents étaient heureux d'avoir pu participer à cette matinée et ils pensaient avec plaisir à la soirée avec les Wayanas des autres villages, surtout les filles bien entendu. Le cachiri allait couler à flots et la soirée serait rythmée par de la bonne musique. Chacun se réjouissait.

Les hommes rentrèrent au village avec des kilos de poissons. Il était près de 14 h.

Marc comprit qu'il se passait quelque chose quand il vit l'attroupement près de la case centrale du village.

Les femmes étaient rassemblées en rond autour de Jania qui, bien calée dans les peaux et les coussins artisanaux, était en train d'accoucher.

Son visage était pourpre. Elle transpirait à grosses gouttes. Le travail avait l'air déjà bien avancé.

La plus vieille femme du village vint à la rencontre de Marc et lui dit :

—Ne t'en fais pas. Tout va bien se passer. Je t'appellerai quand le bébé sera là.

—Non. Je veux rester avec elle.

—Alors, mets-toi derrière elle et tiens-lui la main.

Ainsi, Marc alla se poster derrière Jania. Il lui embrassa le front, lui prit la main et essaya tant bien que mal de la rassurer en lui disant : « Je suis là. Tout ira bien, chérie. »

Elle serra sa main très fort, prête à la broyer et Marc serra les dents.

Il y avait beaucoup de sang sur les peaux devant elle.

Marc regarda la vieille sage d'un air interrogateur.

« Ce n'est rien », semblait dire le regard qu'elle lui rendit.

Jania avait de plus en plus mal. Les contractions se rapprochaient. Une par minute maintenant.

Elle s'accrochait désespérément à la main de Marc. Son bassin se soulevait à chaque coup de boutoir du bébé. Jania était très courageuse. Elle ne criait pas et se concentrait sur sa respiration.

Marc essayait de la soulager en passant un chiffon imbibé d'eau sur son front et dans son cou.

Il se sentait désemparé de ne pouvoir l'aider plus. Il était spectateur du plus bel événement de la vie d'une femme. Il se souvenait de la naissance de Maïtana qui avait été magique, rapide, sans problème. Il se souvenait d'avoir vécu une journée magnifique. Il avait ressenti tellement d'amour à la vue de ce petit être et pour sa femme qui lui offrait un si beau cadeau.

Là, il n'arrivait pas à retrouver les mêmes émotions. Il n'aurait su dire pourquoi.

Il avait un mauvais pressentiment.

Tout se déroula très vite.

Il entendit vaguement la vieille sage dire que le bébé arrivait. On pouvait voir ses fesses car il arrivait mal positionné. En siège.

Jania poussa un hurlement et Marc entendit clairement sa peau se déchirer quand le bébé se fraya un passage pour sortir. Il fallait faire vite. Les fesses sortirent en premier avec les jambes, les bras et la tête restaient encore à l'intérieur. La vieille tira et essaya de dégager les bras. Mais elle n'y arrivait pas.

Jania le suppliait du regard. Elle criait maintenant. Elle hurlait de douleur et de peur.

Elles étaient trois femmes maintenant autour de Jania qui essayait de pousser de toutes ses forces pour sortir les bras et la tête de ce petit être. Mais elle n'y arrivait pas. Le bébé avait les bras et la tête coincés.

Le temps semblait s'étirer en longueur.

Jania changea de position pour essayer de libérer le bébé, mais rien n'y faisait. Il fallut la couper encore plus pour que le bébé ait plus de place pour sortir.

La douleur fut atroce. Marc se cacha le visage dans les mains. Il lui était impossible d'entendre et de voir la douleur de sa femme.

Elle hurla encore une fois.

La vieille avait enfin réussi à dégager le bébé, mais toute l'opération avait duré bien trop longtemps au goût de Marc dont le cœur s'était arrêté de battre.

Personne ne semblait se rendre compte qu'il avait fallu beaucoup trop longtemps pour dégager la tête.

Tout le monde tapa dans ses mains. Jania rit et pleura en même temps.

Le bébé était enfin là. Elle le prit dans ses bras et le posa sur sa poitrine.

Aucun cri ne sortit de sa bouche pourtant.

Marc regarda Jania. Il la prit dans ses bras et pleura.

C'était une fille. Le chamane avait raison.

Son visage était bleu, cyanosé. Elle ne bougeait pas.

Cannelle ne respirait pas.

18 avril 2009.

Georges mit son plan à exécution ce jour-là. Il avait tout prévu.

Il avait fallu attendre que le temps devienne clément pour pouvoir circuler correctement sur les routes.

Il avait fallu surtout choisir la bonne date ; un jour où les enfants seraient tous de sortie. Et aussi où Samir, le jardinier, serait en vacances.

Et puis il devait choisir un samedi, jour de repos de son père. Il saurait où le trouver. Et son absence n'attirerait pas trop vite l'attention. Il aurait le temps de faire disparaître le corps sans éveiller trop vite les soupçons.

Ce samedi-là, l'orphelinat avait organisé une sortie à Europa Park, un parc d'attractions situé en Allemagne à une centaine de kilomètres. Pour qu'ils en profitent un maximum, le bus partait du centre vers 7 h le matin. Les enfants étaient tous prêts, heureux, chantaient et criaient.

Georges ne les accompagnait jamais à cette sortie, car il avait toujours énormément de travail de bureau à faire le week-end. Il laissait donc les autres s'en charger. Ça n'attirerait les doutes de personne s'il ne venait pas avec eux.

Une fois les enfants partis, il se prépara. Bottes en caoutchouc neuves, parka vert kaki neuve, corde, bâche, pelle, couteau de chasse. Tout ce dont il avait besoin.

Il partit dans le vieil utilitaire de l'orphelinat.

Tout le temps que dura le trajet, il se nourrit de sa haine envers son père pour s'aider à tenir.

Il devait bien ça à sa mère. Il devait bien ça à sa sœur. Il se devait ça à lui-même.

Lucie l'avait trouvé bouleversé au retour de l'enterrement. Elle n'avait pas posé de questions, car elle savait Georges peu prolixe en cas de coup dur. Ils avaient juste eu une petite discussion au coin du feu. Il avait commencé à ce moment-là la phase une de son plan.

— Comment tes frères et sœurs vivent-ils le décès de ta maman ?

— Comme moi, mal. Mais c'est sans conteste moi qui étais le plus proche d'elle.

— Et ton père ?

— Bah ! il est anéanti. Il adorait ma mère, tu sais. C'est quelqu'un d'extrêmement introverti, sentimental. Il est pudique. Il n'a pas pleuré. On ne l'a même pas entendu, mais je le connais, il cache son chagrin.

— Oui, j'imagine. Ils ont vécu très longtemps ensemble.

— Et ils s'aimaient comme au premier jour.

— Comme nous ? Et elle éclata de rire. Georges, tu aurais pu me prévenir pour l'enterrement. Tu aurais pu me demander de venir, tu sais. J'aurais aimé t'y accompagner.

— Je sais, Lucie. Je suis désolé, mais je n'ai pas pu.

— Il n'y aura jamais rien de vraiment sérieux entre nous Georges, tu le sais ? Pas si tu continues à être comme ça avec moi.

— Oui, Lucie, j'en suis conscient. Pourtant j'essaie de me soigner.

— S'il te plaît. Fais des efforts. Moi je rêve d'une histoire d'amour comme celle de tes parents.

— Je sais.

La discussion était close.

Georges avait fait de son mieux pour dresser un tableau flatteur de son père. Il ne voulait pas attirer l'attention des autres sur lui en racontant partout qu'il détestait son père. Sauvons les apparences…

Il arriva vers 8 h devant la maison de ses parents. Comme il s'en doutait, son père n'y était pas.

Cela faisait bien vingt-cinq ans qu'il avait la même habitude, chaque samedi matin.

Georges sourit. Il était si prévisible, parfois.

Il redémarra et mit le cap vers Altenstadt. Depuis vingt-cinq ans, son père venait pêcher chaque samedi matin dans la Lauter, près de l'élevage piscicole et de l'étang Saint-Rémy. Souvent, il rentrait bredouille, ce qui faisait bien rigoler ses frères et sa mère.

Il emmenait son traditionnel sandwich au camembert et sa glacière avec ses dizaines de bières dedans. Quand il rentrait, il s'affalait sur le canapé du salon, la télécommande dans une main et son entrejambe dans l'autre. Il ronflait alors comme un sonneur et laissait sa petite famille tranquille jusqu'au soir.

Aussi loin qu'il puisse remonter dans sa mémoire, Georges n'avait jamais eu un seul samedi en famille comme ses copains. Bien sûr, il faisait des activités avec ses frères et sœurs et sa mère, mais son père ne faisait jamais partie du tableau familial.

Il roula jusqu'à l'endroit précis où se garait toujours son père. Il était bien là. Assis sur son fauteuil pliant. Il lui tournait le dos.

Georges éteint le moteur et resta un instant dans sa voiture. Il espérait bien avoir le courage de faire ce qu'il avait prévu. Il pensa de toutes ses forces à toutes les nuits où son père était venu lui rendre visite dans sa chambre. Il pensa à sa mère. Il pensa à sa sœur Arlette.

Il fallait qu'il ait la force.

Il sortit de sa voiture, ferma la portière doucement et s'engagea dans la forêt.

Surtout, marcher sans faire de bruit. En arrivant près de la lisière, il ralentit. Surtout, ne pas se faire remarquer. Il regarda bien partout pour s'assurer qu'aucun autre pêcheur n'était dans les alentours. Il prit plusieurs minutes pour s'en assurer. Il scruta la forêt pour voir s'il n'y avait aucun promeneur. On ne savait jamais, un samedi matin.

Apparemment, personne en vue.

Il avança alors vers son père, très doucement.

Il ne réfléchit pas un seul instant. Il n'éprouvait ni peur, ni scrupules, ni haine. Il avait réussi à vider son cœur de tout sentiment.

Il arriva à un mètre derrière lui, leva sa pelle et l'abattit sur la tête de son père.

Paul avait rendez-vous avec Lila le soir même. Il lui avait brièvement raconté sa visite chez monsieur Chérot.

Il passa l'après-midi à y repenser. Il avait tourné la page. Ça avait été aussi simple que ça.

Il avait juste fallu qu'il entende, qu'il voie cet homme.

Il s'était préparé à se trouver face à un être hautain, méprisant, sans remords. Il ne savait pas pourquoi il s'était créé cette image-là. Peut-être pour garder cette haine au fond de lui. Elle lui avait permis de tenir le coup jusqu'à présent. Il s'en était nourri.

Mais, au contraire, il avait eu face à lui un être rongé par la culpabilité, seul, abandonné, détruit.

Paul n'en avait ressenti aucune satisfaction. Ni aucune pitié.

Il avait juste su qu'il avait tourné la page.

Ève et Salomé resteraient la plus belle partie de sa vie. Elles seraient toujours dans son cœur, mais Lila était son futur. Et avec elle il reconstruirait sa vie.

Après cette visite, Paul était passé faire un tour au siège de la société. Il avait quelques dossiers en cours à traiter lui-même. Il resta à son bureau durant une heure et décida sur un coup de tête de s'inviter à déjeuner chez Vincent.

Il sortit du bureau en courant. Il se sentait léger, joyeux, de bonne humeur.

Il entra dans une boulangerie et acheta une orgie de gâteaux pour le dessert (éclairs au chocolat, paris-brest, meringues, mille-feuilles, savarins…) et de bonbons pour les enfants (Dragibus, fraises Tagada, M&M's…).

Il s'arrêta également chez un fleuriste et prit un énorme bouquet de roses blanches pour Lilly et un autre de roses rouges pour Lila ce soir.

Il l'avait invitée à venir dîner chez lui. Une femme chez lui, pour dîner : voilà bien une chose qui n'était encore jamais arrivée ! Il allait falloir faire des courses et trouver comment fonctionnait le four ultradesign qu'il venait d'acheter.

Il se gara donc dans la rue de Vincent, à une trentaine de mètres de son immeuble. Il chargea ses bras avec les fleurs, les gâteaux et les bonbons, et il faisait un pas en direction de chez Vincent quand il vit Lila sortir de l'immeuble de son frère.

Il en resta bouche bée.

Elle ne le vit pas.

Il se cacha derrière le bouquet de fleurs.

Elle traversa et s'engouffra dans la bouche de métro, au bout de la rue.

Aucun doute possible, c'était bien elle.

Mais que faisait-elle là ? Était-ce un pur hasard ?

Non, bien sûr ! Une idée saugrenue surgit dans son esprit mais il la repoussa. Il ne voulait pas que ce soit possible. Et pourtant…

Voilà pourquoi elle ne pouvait pas lui expliquer comment elle connaissait son emploi du temps, ses habitudes, ses goûts... Mais bien sûr ! Quel idiot il avait été !

Tout cela n'avait été qu'une mascarade orchestrée par Vincent.

Paul sentait la nausée le gagner. Il était écœuré. Il avait envie de pleurer comme un gamin.

Il ne voulait pas y croire. C'était peut-être le hasard. Juste le hasard.

Mais il fallait en avoir le cœur net.

Il avait le code de l'immeuble et entra donc seul. Il sonna sur le palier directement et Vincent lui ouvrit.

Son sourire disparut de son visage quand il vit Paul.

—Ah ! c'est toi. Bonjour Paul, comment ça va ?

—Arrête, veux-tu ? Tu croyais que c'était qui ? Lila ? Si c'est son vrai prénom, bien sûr !

—Calme-toi, entre.

—Je me calme si je veux, d'accord ? C'est quoi, cette histoire ?

—Entre et assieds-toi. Je vais tout t'expliquer.

Paul entra dans l'appartement. Il était dans un état de rage indescriptible. Il avait envie de tout casser.

Il posa tout son attirail sur la table de la salle à manger.

—Lilly n'est pas là ?

—Non, elle est allée au marché avec les enfants, mais ils ne vont pas tarder à rentrer pour préparer le déjeuner.

—Vas-y, je t'écoute. C'est quoi ce bordel ?

—Calme-toi. C'est assez long à expliquer. Tu veux boire quelque chose ?

—Non, je ne veux rien. Explique-moi, merde ! Il criait maintenant.

—Voilà. J'en avais assez de te voir souffrir, assez de te voir gâcher ta vie. Ça fait plus de cinq ans qu'elles sont mortes, cinq ans que tu ne vis plus, que tu sombres, que tu es en colère. Tu as aussi le droit d'être heureux.

—Ah ! parce que maintenant tu t'arroges aussi le droit de décider de ma vie ?

—Non, Paul, ce n'est pas ça. Je voulais juste donner un petit coup de pouce au destin. Je voulais que tu aies envie de rencontrer quelqu'un. Tu avais des œillères. Tu n'aurais jamais regardé une femme, aussi belle soit-elle. Je n'ai pas raison ?

—Oui, et alors ? C'est ma vie, non ? Je la mène comme bon me semble.

—Oui, tu as raison, mais les gens qui t'aiment ont mal au cœur pour toi, Paul. Tu as tout ce qu'il faut dans la vie pour être heureux : la beauté, la réussite, l'argent. Il ne te manquait qu'une famille.

—Ah ! oui, j'oubliais, toi tu es un spécialiste en famille. J'aurais dû te le demander, suis-je bête !

—Arrête, Paul. Je voulais juste t'aider. Quand j'ai rencontré Lila, elle cherchait du travail. Elle a postulé chez Caleb pour être réceptionniste, mais quand j'ai lu son CV et que je l'ai eue en entretien devant moi, j'ai su que j'avais un autre boulot pour elle. Elle était aux abois, elle a un garçon à nourrir et elle n'avait plus d'argent.

—Quoi ? Pardon ? Elle a un garçon ?

Vincent baissa les yeux.

—Oui, tu ne le savais pas ?

—Non, ça non plus je ne le savais pas.

—Je suis désolé, Paul.

—Tu parles !

—Laisse-moi continuer. Je disais donc que, pour moi, elle avait le profil parfait pour te séduire : belle, intelligente, raffinée, de la conversation, de l'humour. Bref, tout ce que tu aimes.

—Oui, ça c'est sûr, tu as bien joué !

—Donc, je lui ai parlé de toi et je lui ai dit ce que j'aimerais. Tout d'abord, elle n'a pas voulu accepter. Ce n'est pas du tout son genre. Mais j'ai su la convaincre.

—Ah ! oui ? Et comment ? En lui filant une grosse liasse d'euros, c'est ça ? Une pute de luxe en quelque sorte !

—Non, tu n'y es pas du tout. Je lui ai tout raconté. Elle aussi a perdu son mari. Elle sait ce que c'est.

—Sur ce point-là au moins elle m'aura dit la vérité.

— Oui Paul, et pas que sur ce point. Je lui ai donc donné toutes les indications.

— Tu as monté un petit dossier, comme les détectives privés, avec les contacts, l'emploi du temps, les dates, les lieux, mes goûts, etc. On se croirait dans un mauvais film d'espionnage !

— Oui. C'est clair. Mais ça a marché, non ? Aujourd'hui, tu l'aimes.

— Non ! Je croyais l'aimer. Mais elle n'est pas celle qu'elle prétend être. Elle m'a séduit pour de l'argent ! Pas pour moi !

— Oui, au début peut-être. Mais si elle est venue aujourd'hui, c'est pour me dire qu'elle arrêtait tout. Et ça, tu vois… dit-il en ramassant un morceau de papier sur la table, c'est un chèque qu'elle vient de me faire. Elle veut me rembourser l'argent que je lui ai donné pour l'engager. Plus les intérêts.

Paul regarda le chèque. 20 253 euros.

Il eut un moment d'hésitation. Il prit le chèque, le déchira et le jeta sur la table.

— Pas besoin de te rembourser. Elle mérite bien son salaire ! Elle a très bien travaillé ! Vingt sur vingt !

Et il se dirigea vers la porte d'entrée.

Avant de sortir, il se retourna et dit : « Tu vois Vincent, tu as gagné sur toute la ligne. J'ai rencontré ce matin le meurtrier des filles. Et grâce à ça, j'ai tourné la page. Je pensais aussi avoir retrouvé l'amour.

Mais là-dessus, je me suis trompé. Tu l'avais trouvé pour moi. Bien joué. Sauf que je n'en veux pas, de cet amour commandé et payé par chèque ! »

Et il sortit en claquant la porte.

11 mai 2009.

Cela faisait trois semaines que Pablo était retourné à Salvador de Bahia.

Cali avait eu quelques nouvelles. Un mail un soir pour lui dire qu'il était bien arrivé. Un mail un autre jour pour dire que son père était décédé et que l'enterrement avait eu lieu le matin même. Un mail hier pour lui dire qu'elle lui manquait et qu'il était désolé de rater son anniversaire le lendemain, mais qu'il pensait bien à elle.

Cali fêtait son anniversaire aujourd'hui.

Elle avait commencé par le boulot, le matin. Elle avait acheté des croissants et des chocolatines pour toute son équipe. Ses collègues s'étaient cotisés et lui avaient fait la surprise de lui acheter des produits de beauté bio. Ils connaissaient bien ses goûts.

Sa collègue préférée lui avait, elle, offert une famille de nains de jardin, histoire de compléter la collection commencée l'an dernier. Elle adorait voir la tête de Cali quand elle ouvrait le paquet. Cali détestait les nains de jardin !

Elle avait passé la matinée à répondre aux appels et aux SMS de sa famille et de ses amis pour son anniversaire. Tout le monde avait appelé. Même sa belle-mère.

En partant du travail, elle se dit que Sacha n'aurait sûrement pas le temps de lui préparer un repas, alors, comme on n'était jamais mieux servi que par soi-même, elle décida de faire quelques emplettes au marché et de préparer elle-même le dîner. Avant, elle demanda tout de même à Sacha s'il n'avait pas prévu d'aller au restaurant… On ne savait jamais. Mais elle s'en doutait, il lui répondit que : « Non, avec les enfants, ce n'est pas cool, le restaurant. »

Elle fit donc ses courses et se mit à faire la cuisine : noix de saint-jacques en entrée, foie gras avec un bon gewurztraminer vendanges tardives, saumon fumé, salade verte et en dessert une superbe charlotte aux framboises (pas faite maison, celle-ci).

Elle prit ensuite les enfants à l'école, leur donna le goûter, les baigna et joua avec eux.

Quand Sacha rentra du travail, ils burent un verre de vin.

Il la prit dans ses bras et lui dit : « Joyeux anniversaire, chérie. Je n'ai pas eu le temps d'aller t'acheter un cadeau, mais je te promets que je me rattraperai, O.K. ? »

Pas même un bouquet de fleurs.

Cali eut du mal à cacher sa déception. Ce soir-là se passa comme n'importe quel soir. Sacha dîna avec elle simplement vêtu de son pyjama. Quel romantisme ! Et, bien entendu, les enfants couchés, il s'endormit devant la télé.

Cali se coucha à 22 h, devant se lever tôt le lendemain pour son dernier jour de travail avant les vacances.

Ainsi donc, elle était devenue un vrai meuble dans la maison. Voilà la sensation qui l'habitait depuis des mois.

Sacha la regardait à peine, ou en tout cas plus avec les yeux de l'amour. Elle se souvenait, au début de leur histoire, il la regardait parfois de façon si intense qu'elle pouvait lire dans ses yeux qu'il l'aimait, qu'il l'admirait, qu'il la trouvait belle et désirable. Maintenant, elle ne pouvait plus rien lire dans ses yeux.

Cali était malheureuse. Reléguée au rang de… Elle cherchait le mot adéquat… rien.

Le néant.

Le lendemain, Cali alla travailler, comme si de rien n'était. Quand on lui demandait comment s'était déroulée la soirée, elle répondait : « Super ! » et quand on lui demandait ce qu'elle avait eu comme cadeau, elle répondait : « Il l'a commandé, mais il n'est pas encore arrivé. »

C'était son dernier jour de travail et ensuite elle aurait deux semaines de vacances. Sacha aussi.

Il n'avait toujours pas changé d'avis. Pas de vacances cette année.

Avant de partir du bureau, Cali prit l'enveloppe de Pablo dans son casier et la mit dans son sac.

Le lendemain matin, les enfants étaient à l'école et chez la nounou. Sacha avait juste une dernière réunion de travail et ensuite il rentrerait pour rester à la maison les quinze jours suivants.

Une fois Sacha parti de la maison, Cali prit son sac de voyage et le remplit de vêtements.

Elle avait un vol à 10 h 35 pour Paris puis à 14 h pour Salvador de Bahia. Elle avait fait sa réservation cette nuit même sur Internet. Elle avait également fait un mail pour Pablo, pour le prévenir qu'elle arrivait. Elle lui donnait le numéro de vol et l'horaire et, de toute façon, si jamais il n'arrivait pas à avoir le message à temps, elle se débrouillerait sur place pour trouver.

Elle écrivit aussi un mot pour Sacha et le lui laissa bien en évidence sur la table.

Chéri,

Je pars.

La première des questions que tu te poses est sûrement « Où ? »

En fait, celle que tu devrais te poser surtout est « Pourquoi ? »

Parce que je n'en peux plus. D'être juste un meuble dans cette maison, de ne passer mon temps qu'à vous servir, à tout faire et tout le temps.

Je ne suis pas si vieille ni défraîchie. Je veux encore être aimée et désirée. Je veux encore sentir mon cœur battre et palpiter.

Pour toi, je ne suis plus qu'une mère de famille, une femme de ménage.

Je t'ai pourtant souvent prévenu, peut-être même si souvent que tu n'y croyais même pas.

Tu dois sûrement penser que je ne parle que de moi, que je ne pense qu'à moi. Peut-être. Mais ça ne m'arrive pas si souvent. Alors, cette fois-ci, j'ai envie d'être égoïste.

Sache que j'ai prolongé mon congé de deux semaines. Je pars un mois.

Où ? Tu n'as pas besoin de savoir.

Tu pourras me laisser des mails pour me dire comment vont les enfants. Je les consulterai chaque jour.

Bien sûr, tu devras t'occuper des enfants, de la maison, de tout. C'est ce que je fais chaque jour et, à t'entendre, ça ne semble ni bien compliqué, ni harassant.

Je t'aime Sacha, malgré tout.

Je ne pars pas pour quelqu'un d'autre. Juste pour me retrouver moi-même et vivre MA vie.

Essaie de ne pas trop m'en vouloir. Essaie de penser à nous et de faire le point.

Embrasse les enfants pour moi.

Je vous aime.

Cali

P.-S. Je n'ai pas planifié mon retour. Je te tiendrai au courant.

Elle posa le mot bien en évidence sur la table de la cuisine, prit son sac et ferma la porte de la maison à clé.

Pas une seule fois elle ne se retourna. Pas une seule fois elle ne regarda dans le rétroviseur.

Elle avait trop peur de faire marche arrière.

Elle éteignit son téléphone portable et le rangea dans sa boîte à gants.

La route jusqu'à l'aéroport lui sembla très longue. Elle avait l'impression d'être une fugitive qui essayait désespérément de semer la police.

Elle embarqua pour Charles-de-Gaulle. Là-bas, elle fit le tour des boutiques pour attendre le départ du vol pour Salvador de Bahia.

Une fois installée dans l'avion, elle put enfin ressentir un peu de joie. Un début.

Finalement, elle ne les abandonnait pas. Sacha aurait du temps à consacrer à ses enfants, lui qui se plaignait toujours de ne pas les voir assez.

Elle ne lui avait pas dit si elle reviendrait, ni quand. Elle ne le savait pas elle-même.

Elle essaya de se détendre un peu durant le vol, mais ne réussit ni à manger ni à dormir.

Elle se leva pour discuter avec les hôtesses et les stewards. Elle aimait l'ambiance des *galleys*. Si c'était à refaire, peut-être même qu'elle ferait ce métier-là.

Elle arriva enfin à Salvador de Bahia.

En sortant de l'avion, elle ressentit pour la première fois de sa vie un sentiment de liberté totale. Elle était submergée par tant de bonheur qu'elle en aurait crié de joie. Pas de boulot, pas de mari ni d'enfants, aucune charge, aucune dépense, pas d'impératif d'horaire, de course contre la montre, rien à penser qu'à soi-même ! Pas de repas à préparer, de ménage à faire, de papiers à trier, de vaisselle ou de linge.

Elle avait un immense sourire aux lèvres en sortant de la zone d'arrivée.

Elle tomba nez à nez avec Pablo qui l'attendait et la serra dans ses bras. « *Querida* ! Mon Dieu, je suis le plus heureux des hommes aujourd'hui ! Tu es venue. Tu es magnifique. Je t'aime. »

Elle lui sourit et lui rendit son baiser.

Elle n'était pas venue pour lui, mais pour elle.

Il n'avait pas besoin de le savoir.

Marc ne s'était pas remis de la mort de sa fille. Il allait chaque jour se recueillir sur la tombe qu'il avait lui-même construite. Il avait gravé une roche avec son prénom et sa date de naissance.

« Cannelle, 10 août 2007 »

Il allait la voir chaque jour. Il lui parlait, lui racontait la vie du village, les parties de pêche, de chasse. Il lui parlait de sa sœur et des progrès qu'elle faisait. Parfois même ils y allaient tous les deux et Maïtana essayait de lui dire le peu de mots qu'elle connaissait.

Il lui racontait aussi chaque jour ce qu'ils auraient fait si elle avait été parmi eux.

Il lui parlait de sa mère, qui refusait d'aller sur sa tombe parce qu'elle l'aimait trop et qu'elle était trop malheureuse pour venir la voir.

Il lui disait aussi qu'elle allait avoir un petit frère ou une petite sœur d'ici deux mois.

Jania avait passé des mois entiers à pleurer. Elle ne voulait pas que Marc la touche, la prenne dans ses bras pour la consoler. Elle restait prostrée des heures dans leur case à parler aux dieux.

Elle rejetait totalement Maïtana et lui criait des paroles affreuses.

Marc ne savait plus quoi faire. Il avait fait preuve d'énormément de patience, accomplissant ses quatre volontés. Il avait même accepté de faire case à part.

Mais au bout de six mois, il avait décidé que c'en était trop !

Il prit le taureau par les cornes, emmena sa femme sur la tombe de sa fille et la jeta au sol. Il hurla que ce n'était pas sa faute, que c'était le destin et que si la petite était mal positionnée, elle n'y pouvait rien. Il hurla qu'elle se devait d'honorer sa mémoire, de profiter de la vie qu'elle avait encore, elle ; qu'elle devait se concentrer sur son autre fille et que Cannelle n'aurait pas aimé voir sa mère se laisser mourir petit à petit. Il la gifla quand elle voulut se lever pour partir en courant et la força à écouter tout ce qu'il avait sur le cœur.

Jania pleura sur la tombe de sa fille. Une journée entière.

Marc les laissa seules. Il entendit de loin Jania parler à sa fille, puis même rire.

Elle revint le soir, à la nuit tombée, prit Marc par la main et lui demanda de remettre ses affaires dans leur cabane.

Le soir même, ils recommencèrent à faire l'amour pour concevoir un nouvel enfant.

La vie dans la tribu avait repris son cours, comme si de rien n'était. C'était horrible de se dire qu'un enfant mort-né n'avait pas eu plus d'impact que ça sur la vie des autres membres.

Marc était horriblement déçu. Il trouvait que leur réaction était exactement la même que celle des gens en France ou dans tout autre pays dit « civilisé ». Il pensait qu'ici, au sein de cette tribu dont les membres étaient tous proches, ce décès aurait eu une autre dimension.

Mais il se trompait. C'était même pire en fait, car ils étaient tellement habitués à la violence de la nature à l'état le plus pur. Et cela en faisait partie.

Marc avait encore gardé une mentalité très européenne, finalement. Il avait parfois du mal à s'en défaire même s'il aurait aimé.

Il garda tous ses sentiments pour lui, mais tous les soirs en se couchant, il pleurait.

Maïtana quant à elle faisait quelques progrès. Elle arrivait un peu mieux à marcher et à nager.

Elle disait aussi très bien « papa, maman, manger, dormir, câlin, bisou » et quelques autres mots. Marc avait l'impression qu'elle voyait également mieux. Elle suivait plus facilement des yeux les objets et les personnes. Malgré tout, il devait souvent réfréner son envie de l'emmener voir un spécialiste, ne serait-ce qu'à Cayenne.

Jania ne voulait absolument pas et il avait respecté sa volonté.

Jusqu'à présent.

Il avait rendez-vous avec le responsable de Survival le lendemain et il était bien décidé à emmener sa fille avec lui. En secret, par mail, il avait demandé à ce responsable de prendre rendez-vous pour lui avec le meilleur médecin de Guyane.

Il avait décidé de ne rien dire à Jania et la mettrait devant le fait accompli le jour J.

Le matin même, pendant que Jania dormait encore, il prit son sac et celui de sa fille, qu'il avait préparé la veille, et se mit à marcher dans la forêt pour rejoindre la route où leur chauffeur les attendrait. Ils avaient quatre-vingts kilomètres de petites routes à parcourir pour prendre l'avion jusqu'à Cayenne.

Marc en profiterait pour récupérer l'acte de naissance, le passeport et la carte vitale pour sa fille. Elle avait également une existence aux yeux de la République française, pas seulement dans sa tribu reculée d'Amazonie.

Il avait juste laissé un petit mot à sa femme pour l'informer qu'il emmenait la petite avec lui. Elle serait furieuse à son retour mais ce serait de toute façon trop tard. Et puis, à bien y réfléchir, il était son père et avait aussi son mot à dire sur l'avenir de sa fille !

La marche fut très difficile pour eux. Il leur fallait parcourir vingt kilomètres dans la forêt et, avec

Maïtana qui avait du mal à marcher, cela dura très longtemps. Souvent, pour aller plus vite et pour qu'elle récupère, il la prenait dans ses bras ou sur son dos. Malgré tout, le trajet fut un vrai bonheur pour lui. Il lui chantait des chansons qu'elle essayait de répéter. Il lui apprenait des mots nouveaux, en lui expliquant la signification de chacun d'eux. Il lui racontait des histoires qu'il connaissait ou inventait. Il ne savait pas vraiment ce qu'elle comprendrait ou retiendrait de tout cela, mais ce moment privilégié l'emplissait de joie. Il lui montrait chaque sorte d'animaux, petits ou gros, qu'ils croisaient, chaque sorte d'arbres et ce que l'homme pouvait en tirer.

Il lui apprit qu'il fallait respecter la nature, les animaux, la planète. Et surtout, il lui parla de l'endroit où ils allaient, de comment les hommes y étaient, de qui elle allait rencontrer ; les voitures, les maisons, les bruits, les odeurs… Tout ce qui allait la dérouter en premier lieu.

Enfin, il la rassura en lui disant que dans trois jours elle serait de retour chez sa maman et dans sa tribu. Il n'osa pas lui parler du bébé à venir, ayant trop peur qu'il y ait encore une fois un drame.

Ils arrivèrent enfin à la lisière de la forêt. Le chauffeur les attendait, comme prévu. Il les salua et leur donna à boire et à manger quand ils montèrent dans la jeep.

Maïtana fut surprise par le bruit du moteur qui lui fit peur, le vent dans ses cheveux qui la fit sourire, la vitesse qui la fit se cramponner à son père. Mais elle s'adapta et ne pleura pas.

Ils arrivèrent enfin à Maripasoula.

Là, l'avion les attendait également pour les amener à Cayenne. Maïtana n'avait encore jamais vu de géant d'acier. Elle ouvrit de grands yeux et se jeta dans les bras de son père.

Il lui expliqua à nouveau ce qu'il lui avait déjà dit auparavant. Que le géant volait dans les airs comme un oiseau, qu'il faisait du bruit pour avancer, qu'on pouvait s'asseoir dedans et que la balade allait être sacrément drôle. Ils s'installèrent et, au moment du décollage, la petite hurla. Marc ressentit un mélange de terreur et de fébrilité.

Mais cela ne dura pas longtemps. Rapidement, elle tapa dans ses mains et chanta une chanson avant de tomber littéralement de fatigue.

Ils arrivèrent tous les deux à Cayenne parfaitement endormis !

Comme prévu, Maïtana garda toute la journée ses yeux et sa bouche grands ouverts, de stupéfaction et de plaisir à découvrir les choses nouvelles qui l'entouraient.

Ils s'installèrent à l'hôtel où le représentant de Survival avait eu la délicate attention d'acheter des vêtements à Maïtana. Quelle galère pour lui faire enfiler un tee-shirt et un pantalon ! Ce fut impossible pour les chaussures ! Tant pis, elle marcherait pieds nus.

Marc l'emmena ensuite manger une glace au chocolat puis, devant son air satisfait, lui en prit une autre, parfum vanille. Elle adora tout autant et passa le reste de la journée à dire : « Encore glace, encore glace ». Marc adorait voir sa fille comme cela. Enthousiaste, joyeuse, vivante.

Ils avaient la soirée pour eux puisque l'entrevue avec Survival ainsi que le rendez-vous avec le médecin auraient lieu le lendemain matin pour l'un et l'après-midi pour l'autre.

Après une grande balade où Maïtana découvrit la ville, les voitures, les magasins, la musique, les autres enfants, ils rentrèrent à l'hôtel, fourbus mais heureux. Elle prit un bain, s'amusant avec la mousse, et s'endormit devant la télévision non sans avoir dévoré un steak et des frites.

« Une vraie petite citadine », se dit Marc en savourant son bonheur.

Le matin, après le petit déjeuner source de découverte du Nutella, ils se rendirent au bureau du représentant de Survival dans le centre-ville de Cayenne. Là, Marc fit son rapport annuel et demanda à rester encore sur place. L'organisation connaissait sa situation familiale et en tenait compte pour les affectations. Le représentant, qui s'appelait Jim, lui confirma que l'association avait bien reçu son chèque annuel d'un demi-million d'euros. Il lui apprit également que son banquier cherchait à le joindre pour faire un point avec lui sur ses comptes. Il lui remit son adresse mail.

Ils allèrent faire un tour au marché de Cayenne et à 13 h se rendirent chez le médecin.

Le docteur Blanc avait un bureau qui ne payait pas de mine, dans un vieil immeuble de style colonial. Il le reçut très amicalement et embrassa Maïtana sur la joue.

—Entre, ma belle. Je vous en prie, monsieur. Entrez.

—Merci.

Ils entrèrent dans le bureau et le professeur montra à Maïtana les cahiers de coloriage et les dessins.

—Elle n'en a jamais vus, lui expliqua Marc. Je ne sais pas si la personne qui a pris rendez-vous pour nous vous a expliqué, mais nous vivons chez les Wayanas, à des centaines de kilomètres d'ici. Il n'y a ni école, ni livres, ni coloriages ou feutres.

—Oui, je suis vaguement au courant. Je vais examiner votre fille, mais il vous faudra sûrement faire des examens poussés comme échographie, IRM, prises de sang et d'autres encore. Pour ça, il vous faudra aller à l'hôpital de Cayenne. Mais je vous dirai cela plus tard. Voyons votre fille.

Maïtana fut très coopérative. Le Dr Blanc regarda longuement ses yeux, ses oreilles, ses jambes, sa démarche. La totalité de l'examen dura trois heures.

Au bout de deux heures, le médecin dit à Marc :

Bon, alors, votre fille souffre de plusieurs symptômes dus à une intoxication au mercure. Tout d'abord, elle souffre d'un déficit de l'ouïe et de la vue. L'ouïe peut se corriger par l'implant d'une prothèse et la vue peut s'arranger avec des lunettes. Ce déficit de l'ouïe induit également un déficit de la parole, mais à quelle hauteur, on ne peut le dire sans faire d'IRM. L'IRM nous dira s'il y a des lésions du cerveau ou non. C'est probable, mais non certain. Le souci avec son pied et sa jambe droits ne provient pas de là, par contre. Cela vient simplement d'une luxation faite à la naissance et non soignée. Un corset et une attelle devraient arranger les choses très rapidement. Ainsi que des chaussures orthopédiques. Nous en saurons plus après les examens faits à l'hôpital.

—Merci, docteur. Quand pouvons-nous faire ces examens ?

—Comme j'y exerce et que je connais votre situation, je vous y accompagnerai demain matin si cela vous convient.

— Oui, bien sûr. Merci beaucoup, docteur.

— Monsieur, je sais que ça va être pénible pour vous, mais là nous n'avons abordé que les symptômes. Il va falloir trouver les solutions et je ne pense pas qu'elles vous plaisent.

— C'est-à-dire ?

— En ce qui concerne la cause principale, c'est-à-dire le mercure, il va falloir que vous quittiez l'endroit où vous vivez. Il faut que votre fille grandisse dans un milieu sain si elle veut avoir la chance de vivre longtemps, car le mercure va continuer à s'accumuler dans son organisme. Ensuite, pour faire des progrès, il faut qu'elle soit suivie par une horde de médecins : ophtalmo, kiné, ORL, orthophoniste, neurologue, etc. Avec un tel suivi et les traitements qui vont bien, elle pourra avoir une vie presque normale. Elle récupérera l'usage normal de sa jambe et de son pied, elle entendra presque normalement, idem pour ses yeux. Mais pour tout ça, elle doit également vivre en ville, ou du moins, ne plus vivre dans la forêt.

Un grand silence s'installa.

Marc avait l'impression d'avoir reçu un coup de massue. Pourtant, inconsciemment, il s'en doutait et il avait pris ce rendez-vous en connaissance de cause.

C'était clair. Rien ne remplaçait la médecine et la technologie. Quoi qu'on en dise.

— Sa mère ne voudra jamais.

— C'est à vous, ses parents, de prendre la décision. Mais vous en saurez plus une fois que vous aurez les résultats des examens. Cela mettra environ trois semaines à arriver. Je vous les enverrai par mail. J'y joindrai les traitements et soins à apporter pour chaque pathologie, ainsi que les progrès espérés, et ensuite vous pourrez en parler en toute connaissance de cause avec votre femme. Cela vous convient-il ?

— Oui, bien sûr. Merci pour tout, docteur.

— De rien, c'est mon métier. Je trouve admirable ce que vous faites. Malheureusement, vous vous battez contre plus fort et plus nombreux que vous, vous savez. Je vois de plus en plus de personnes qui, comme votre fille, sont victimes du mercure. C'est le premier fléau de notre pays. Moi, à ma façon, j'essaie d'en réduire les conséquences.

— Oui, et je vous admire aussi pour ça. Contre les orpailleurs, c'est au Gouvernement de faire quelque chose. Or, ils brillent par leur absence sur le terrain.

— Je veux bien vous croire, mais le territoire est si grand, et ils sont si peu nombreux.

— Sûrement. Mais il n'y a pas pire aveugle que celui qui ne veut pas voir, n'est-ce pas ? À demain, docteur.

— À demain Marc, si vous permettez que je vous appelle ainsi. À 10 h.

Marc sortit du cabinet avec Maïtana. Il était totalement anéanti.

Jamais Jania ne voudrait venir avec lui. Or il se sentait une responsabilité en tant que père. Il se devait de donner le meilleur à sa fille. Et même si le meilleur devait se résumer à la civilisation, à ses abus et ses dérives, il le devait à Maïtana qui n'avait rien demandé, elle.

Il allait falloir faire une croix sur un mode de vie qu'il aimait, qu'il respectait. Et puis, il y avait le bébé à venir. Il ne pouvait pas les abandonner.

Il lui faudrait bientôt faire un choix.

Soit sa fille.

Soit sa femme et son bébé.

Il n'y avait aucune fenêtre pour laisser passer la lumière du jour. Aucune ouverture dans le toit non plus. Le sol était fait de terre et de pierres.

L'abri de jardin avait été vidé de tous les outils qui auraient pu permettre de s'enfuir.

Un homme gisait à même le sol, attaché par une corde à une énorme souche de bois qui trônait dans un coin de la remise. Il était là depuis près de douze heures et n'avait eu ni à manger ni à boire.

Il n'avait aucun souvenir de ce qui avait bien pu se passer. Il avait une énorme bosse sur la tête et un filet de sang en coulait. Il avait été bâillonné et son pantalon était souillé.

Il était près de 22 h quand Georges entra dans l'abri de jardin.

Il vit son père assis devant le tronc auquel il était attaché. Il ôta le bâillon de sa bouche. Son père humecta ses lèvres et chuchota :

—De l'eau.

—De l'eau ? De l'eau comment ?

—Pardon ?

—Comment tu me disais quand j'étais petit, et si je n'allais pas assez vite tu m'envoyais une claque ?

—De l'eau, s'il te plaît.

—Ah ! ben voilà, ce n'est pas si dur que ça ! Il lui tendit un verre d'eau. Ah ! oui c'est vrai, tu n'as pas de main libre pour boire tout seul. Tant pis ! Pas d'bras, pas d'eau ! Il vit le visage de son père se décomposer. J'rigole.

Et il le fit boire au verre.

Il s'assit par terre en face de son père et lui dit, calmement :

—Voilà, papa. Nous avons à parler tous les deux.

—Peut-être que tu pourrais d'abord me détacher?

—Non, sûrement pas.

—Pourquoi ?

—Parce que je veux que tu m'écoutes vraiment. Et ensuite je verrai ce que je ferai de toi, mais j'ai déjà ma petite idée.

—Ah bon ? Et c'est quoi, ton idée ?

—Je vais te tuer.

Silence de mort.

Au bout de quelques secondes, son père éclata de rire.

—Ah ! tu as failli m'avoir pendant deux petites secondes. Tu es incapable de tuer qui que ce soit, mon petit Georges. Tu ne ferais pas de mal à une mouche. Tu as toujours été un petit garçon bien trop gentil.

—Non, ne crois pas ça. Ce petit garçon bien trop gentil, tu l'as tué. Il y a longtemps. Tu l'as privé de sa jeunesse.

—Oh ! ce sont de vieilles histoires, ça. Je t'apprenais juste les choses de la vie.

—Pardon ? Tu appelles ça « apprendre les choses de la vie » ? Mais c'est quoi, cette expression ? Plusieurs fois par semaine tu abusais de moi, en pleine nuit. Tu me faisais faire des choses que jamais un enfant de mon âge n'aurait dû faire.

—Tu es mon fils. J'ai le droit de faire de toi ce que je veux!

—Ah ! bon? C'est ce que tu penses? Mais mon corps ne t'appartenait pas. Tu n'avais pas le droit de faire tout ça !

—Arrête, tu veux. Tu vis aux pays des naïfs ? Dans cette maison, c'était moi le chef. C'est moi qui me levais chaque matin aux aurores et qui trimais dans cette usine pour gagner l'argent nécessaire pour vous acheter votre bouffe, vos chaussures ou vos habits. C'est moi qui travaillais dur tous les jours pour vous entendre râler chaque soir parce que vous vouliez ceci ou cela, parce que vous vouliez faire du foot, de la danse ou du judo, que vous deviez ramener de l'argent à l'école pour partir en classe verte ou jaune, ou je ne sais quoi. C'est moi qui avais le dos cassé pour ramener ce qu'il fallait pour décorer vos chambres, acheter vos cadeaux de Noël ou d'anniversaire. Et tu crois quoi ? Jamais un remerciement, jamais un mot gentil, jamais un encouragement. J'avais le droit de vous utiliser comme je voulais ! Ce droit je le payais chaque jour !

—Mais c'est horrible, tu t'entends ? Nous étions des enfants. Nous n'avions pas la connaissance de la valeur du travail et de l'argent. C'était à toi de nous l'enseigner. Mais bien sûr, tu ne nous as jamais rien enseigné. Tu n'étais jamais là le week-end. Tu n'as jamais été nulle part avec nous. Tu n'as jamais rien fait avec nous. Tu ne voulais pas nous voir.

—Oh ! arrête, on dirait un gosse. J'en avais marre du bruit, de vos jérémiades, de vos cris, de vos colères et tout ça. J'avais besoin de calme, j'étais crevé par le boulot. Vous m'avez achevé.

—Oh ! le monde à l'envers, tiens ! Nous n'avons pas demandé à venir sur terre.

—Moi non plus ! Je n'ai jamais voulu autant d'enfants, mais ta mère était une vraie pondeuse. J'en aurais bien étouffé ou noyé plus d'un, moi, si j'avais pu !

Georges en avait trop entendu pour ce soir. Il se leva et prit la direction de la sortie. Il se retourna et dit à son père : « Ce n'est pas la peine d'appeler. Personne ne t'entendra, de toute façon. Ce n'est pas la peine d'essayer de t'échapper. J'ai tout bien vérifié avant de t'enfermer là-dedans. Tu es prisonnier. Quant à te tuer, ne crois pas une seconde que j'hésiterai ! »

Et il sortit prendre l'air.

C'était la haine et la rage qui guidaient chacun de ses mouvements, chacune de ses paroles. Ainsi donc, son père s'était arrogé un droit divin sous prétexte qu'il travaillait et payait tout à la maison ! C'était donc si simpliste. Il n'aurait pas dû en attendre davantage. Son père n'avait jamais été spécialement intelligent, bien éduqué ou lettré.

Georges leva les yeux vers le ciel étoilé. Il avait prévu d'entreposer le corps de son père dans la remise pendant quelques jours en attendant de l'enterrer dans la forêt le week-end suivant. Or, il n'avait pas pu le tuer. Le coup de pelle sur la tête n'avait réussi qu'à l'assommer, sans plus. Georges n'avait pas prévu cela. Le meurtre devait être rapide. Il ne devait pas avoir le temps de se poser de questions.

Or là, son père était enfermé à quelques mètres de lui, des enfants, de Lucie. Samir reviendrait dans six jours et il faudrait que tout soit comme avant dans la remise.

Georges ne savait plus quoi faire. Il était face à son destin et devait choisir. La marche arrière n'était plus possible.

Soit il le tuait comme prévu et l'enterrait.

Soit il le libérait et allait en prison.

Georges était perdu dans tous les cas.

Il rentra dans la maison, se coucha et essaya de trouver le sommeil.

Mais il savait qu'il n'y arriverait pas. Il se levait sans cesse pour regarder la remise de la fenêtre de sa chambre, de peur d'apercevoir son père qui en sortait.

Il ressortit dans le jardin, faisant bien attention que personne ne l'entende. Mais de toute façon, les enfants étaient rentrés de leur journée à Europa Park bien fatigués et ils dormaient tous comme des souches.

Il se sentait mal. Quel exemple donnerait-il à ces enfants s'il tuait son père ? Il était un modèle pour eux. Tous le vénéraient.

Il allait vraiment falloir qu'il réussisse le crime parfait. Les policiers ouvriraient une enquête sur la disparition de son père. Quelqu'un les dirigerait vers l'endroit où il pêchait tous les samedis matins. Ils trouveraient sa voiture, ses papiers, sa glacière, sa couverture et sa chaise intacts sur la berge. Peut-être concluraient-ils à une noyade accidentelle ?

Mais pouvait-il prendre ce risque ?
Oui, il le fallait.
Il n'avait plus le choix.
Il ne pouvait plus reculer.
Il était allé trop loin.

Paul tournait en rond comme une bête en cage. Il fulminait. Il enrageait.

Il s'en voulait d'avoir été aussi bête et naïf. Ils s'étaient bien moqués de lui. Ils avaient bien dû rire en mettant au point tout ce stratagème ridicule.

Il était déçu. Dégoûté. Vexé. Énervé.

Il s'en voulait d'avoir cru en une histoire trop belle pour être vraie.

Mais il n'eut pas trop le temps de réfléchir, car la sonnette venait de retentir. C'était Lila qui arrivait. Il ouvrit.

Il la laissa entrer dans l'appartement, ne lui sourit pas, ne la regarda même pas.

—Bonsoir, chéri.

—Entre et assieds-toi, dit-il.

Sa phrase claqua comme un fouet.

Elle s'exécuta.

—Que se passe-t-il, Paul ?

—Que se passe-t-il ? répondit-il en hurlant. Ce serait plutôt à moi de te demander ça, tu ne crois pas ?

—Ah ! je vois. Comment as-tu su ?

—Ce matin, je t'ai vue sortir de chez mon frère. Il m'a expliqué.

—Ah !

—C'est tout ce que tu as à dire ?

—Je suis désolée, Paul.

— Oui, c'est ça. Tu t'es bien foutue de moi.

— Ce n'était pas le but, crois-moi.

— Bien sûr, je te crois.

— Paul, quand Vincent m'a parlé de toi, j'ai eu mal au cœur. J'ai cru qu'il me racontait ma propre histoire. Moi aussi j'ai vécu la mort de mon mari et ma souffrance a été atroce. Il m'a parlé de toi avec tant d'amour que je n'ai pas pu refuser.

— Oui, tu n'as surtout pas pu refuser le chèque qu'il te faisait.

C'était un coup bas, une méchanceté gratuite, mais il n'avait pas pu s'en empêcher.

Elle baissa la tête, honteuse.

— J'ai cherché un emploi, un emploi normal. Je n'ai rien trouvé. Quand j'ai rencontré ton frère, j'avais vraiment besoin d'argent. Toi, tu ne sais pas ce que c'est de vivre en se demandant quand les huissiers vont venir et saisir tes meubles, comment tu vas finir le mois ou ce que tu vas pouvoir manger. Tu n'en as aucune idée. Tu n'as jamais été dans le besoin. Alors, c'est facile de critiquer. À la mort de mon mari, je n'ai pratiquement rien touché. Il était si jeune ; il n'avait pas souscrit d'assurance-vie. J'avais le crédit de l'appartement à rembourser. Je ne voulais pas le perdre. Cet appartement, c'est tout ce que j'ai.

— Non, encore un mensonge. Tu as un fils aussi. Pas vrai ?

— Oui, c'est vrai.

— Et tu comptais me le dire quand ?

— Je ne sais pas. Tout ça est allé trop vite. Je ne pensais pas que tu tomberais amoureux aussi vite.

— Ah ! bon ? Ce n'était pas le but du jeu, pourtant ?

— Ce n'était pas un jeu, Paul. Enfin du moins au début, oui. Mais pas par la suite.

— Ah ! bon ? Et pourquoi ?

— Parce que moi aussi je suis tombée amoureuse de toi.

— Arrête tes salades, ça ne marche plus.

— C'est pourtant vrai. Au début, je voulais faire renaître le désir physique en toi. Voilà pourquoi le premier rendez-vous était plutôt coquin. Ensuite, tu devais te livrer. Je voulais essayer de te faire parler pour extérioriser ta colère. Puis je me suis laissée guider par mon instinct parce que tu commençais à me plaire. J'aimais t'écouter. J'aimais te regarder. J'avais envie de toi. Et j'avais envie de retomber amoureuse aussi.

— Oui, maintenant tu dis ça pour que je reste. Tu as tiré le gros lot. Tu ne vas sûrement pas le lâcher.

— Crois ce que tu veux, Paul. Sache que j'ai redonné le chèque à ton frère. Je n'ai pas voulu de son argent. J'avais l'impression de te tromper, de me moquer de toi.

— Ça, tu l'as dit, oui. Ton chèque, je l'ai déchiré. Tu peux garder ton argent. Tu l'as bien mérité. Tu as joué ton rôle à la perfection. Bravo !

—Ne dis pas ça, Paul.

—Mais c'est pourtant vrai ! Moi, l'homme écorché vif, le malheureux qui a perdu sa femme et sa fille, qui n'a plus jamais ouvert son cœur. Ben tu vois, tout arrive. J'ai cru retomber amoureux. J'ai cru à nouveau que je pouvais avoir un avenir avec une femme. Et là j'apprends, non par elle mais par hasard, qu'elle m'a menti, manipulé, qu'elle s'est jouée de moi, moquée de moi. J'ai cru en toi. Je t'ai ouvert mon cœur. Je t'ai refait confiance et tu as tout détruit. Plus jamais je ne pourrai te regarder sans me dire que notre histoire a commencé comme une farce. Plus jamais je ne pourrai te donner ma confiance. Pour moi tu n'es rien d'autre qu'une prostituée !

Lila se leva. Elle baissait la tête, le regard éteint. Le dernier mot prononcé était de trop. Il le savait mais il l'avait dit sciemment, pour lui faire mal autant qu'il avait mal lui-même à ce moment précis.

Elle était consciente de ses erreurs, mais ne pouvait plus rattraper les choses.

Elle se dirigea vers la porte et, avant de sortir, se retourna et lui dit : « Pense ce que tu veux, Paul, mais je t'aime réellement. Je n'ai jamais voulu te blesser et j'avais l'intention de tout te dire ce soir. Si jamais ta colère disparaît un jour, tu sais où me contacter. »

Et elle sortit sans se retourner.

Paul s'écroula dans le fauteuil et, pour la première fois depuis des années, se mit à pleurer. Il pleura sa femme, sa fille, ses années de solitude, son cœur refroidi, son parcours de galère mais pensa surtout à Lila, aux moments passés avec elle, et à l'espoir qu'il fondait sur eux deux.

20 mai 2009.

Salvador de Bahia était une ville magnifique.

Cali revivait ; le soleil, la chaleur, tout ce qu'elle aimait ! Elle profitait du farniente, buvait des *caïpirinhas* et se promenait des heures avec Pablo sur la plage. Sa famille avait une maison rose et bleue magnifique, située les pieds dans l'eau, sur la plus belle plage de Salvador, Porto Seguro. La mère et la sœur de Pablo l'avaient accueillie avec le sourire, sans poser de questions, et dans un français impeccable avec une pointe d'accent brésilien.

La villa était de style colonial, avec un escalier menant directement à la plage. Derrière, à l'abri des regards, un immense jardin exotique entouré de palissades en bois blanc et une piscine entourée de teck.

Pablo faisait visiter la ville à Cali et ils partaient chaque matin très tôt avant de subir les assauts du soleil. Ils déjeunaient de sandwichs sur une plage, ou bien rentraient chez lui pour manger avec sa famille.

Pablo ne parlait pas de son père. Cali ne parlait pas de sa famille.

Il ne lui demandait pas non plus quand elle comptait repartir.

Cali n'avait eu aucune nouvelle de Sacha. Il ne lui avait pas envoyé de mail pour lui donner des nouvelles des enfants. Il n'avait pas non plus envoyé de mail pour crier son indignation, sa rage. Il se taisait.

Cali pensait à sa famille tous les jours, du matin au soir.

Elle était là depuis une semaine et, si elle en avait bien profité les trois premiers jours, elle commençait à tourner en rond et à trouver le temps long.

Pablo dut le sentir, et il lui dit un matin au petit déjeuner :

— Tu t'ennuies, *querida*, je le sens bien.

— Non, non, comment pourrais-je m'ennuyer ? Tout est magnifique ici.

— Arrête, Cali, pas avec moi, pas de mensonges. Tu vas finir par dépérir. Est-ce qu'il y a un endroit où tu aimerais aller ?

— Eh ben ! écoute, puisque tu le demandes…

Rires.

— Allez Cali, lance-toi.

— J'aimerais aller voir les chutes d'Iguaçu.

Nouveaux rires.

— Il suffisait juste de le demander, tu sais.

— Ah ! O.K. C'est aussi simple que ça ?

— Bien sûr. Je m'en occupe, d'accord ?

— Très bien, parfait, monsieur !

Cali se sentit mieux. Elle allait bouger un peu. Elle avait l'impression d'être oppressée, comme si elle avait du mal à respirer. Cette sensation ne l'avait pas quittée depuis son départ de France.

Elle essayait de ne pas trop réfléchir, mais elle avait peur d'être partie trop vite, d'avoir agi sur un coup de tête. Cette sensation la taraudait.

Ils se promenèrent dans le centre-ville ce matin-là.

Classé au patrimoine mondial de l'Unesco, le centre de Salvador conservait de nombreux édifices de la période coloniale : le palais municipal, la cathédrale, le Terreiro de Jesus, etc. Les maisons de style colonial arboraient des couleurs chatoyantes et joyeuses, à l'image de l'ambiance régnant dans la ville.

Cali aimait cette ville, mais elle aurait aimé plus que tout partager cela avec ses enfants.

Trois autres jours passèrent et Cali n'osa plus reparler à Pablo de cette escapade à Iguaçu.

C'est lui qui lui en fit la surprise ce matin-là. Au petit déjeuner, elle trouva une enveloppe accompagnant son café. Elle contenait des billets d'avion pour faire Salvador de Bahia-Rio de Janeiro-Iguaçu et retour ; départ le jour même à 12 h.

Elle leva sur lui des yeux surpris et heureux.

— Tu n'as pas oublié ?

— Bien sûr que non ! Je voulais te faire plaisir, Cali. Alors, va vite préparer tes affaires, nous partons à 10 h d'ici.

— Oh ! merci, merci ! Comme une enfant, elle sauta de sa chaise et l'attrapa par le cou pour l'embrasser. Je me dépêche, ne t'en fais pas. Je reviens très vite !

Elle fut prête en deux temps trois mouvements.

Elle rêvait depuis des années d'aller voir les chutes

d'Iguaçu, les plus belles au monde avec celles de Victoria en Zambie.

Le vol de Bahia jusqu'à Iguaçu lui parut très long. Ils étaient obligés de faire escale à Rio de Janeiro, et Cali regretta de n'avoir pas demandé à Pablo de faire une halte de vingt-quatre ou quarante-huit heures dans cette ville. Tant pis, elle reviendrait, se dit-elle en souriant intérieurement.

Ils avaient juste une heure de transit à Rio et durent courir, car l'avion de la TAM qui faisait la liaison Salvador-Rio avait une demi-heure de retard.

Finalement, à bout de souffle mais heureux, ils embarquèrent.

Cali trépignait d'impatience. L'avion commença enfin sa descente vers Iguaçu. La vue était merveilleuse : la forêt vert émeraude s'étendant sur des kilomètres, à perte de vue ; puis la terre rouge, gorgée de fer.

Quand l'avion atterrit et que la porte s'ouvrit, Cali fut choquée par l'extrême humidité régnant dans ces lieux. Elle eut l'impression que ses vêtements se trempèrent immédiatement, au seul contact de l'air ambiant.

Ils sortirent de l'aéroport en nage et se dirigèrent vers un taxi qui les déposa à l'hôtel.

Ils n'y restèrent que le temps de déposer leurs bagages, car ils voulaient profiter à fond des jours à passer dans cet endroit merveilleux.

Le séjour fut inoubliable.

Iguaçu, à la frontière de trois pays, le Brésil, l'Argentine et le Paraguay. Une chaîne de deux cent soixante-quinze chutes dont dix-neuf faisaient entre quarante et quatre-vingt-dix mètres de haut.

Un spectacle unique, merveilleux.

Pablo avait tout bien organisé. Ils virent les chutes du côté argentin (le plus beau panorama), du côté brésilien également. Ils firent de la randonnée dans la forêt amazonienne, passèrent sous les chutes, sur la plate-forme surplombant la plus haute d'entre elles. Ils se baignèrent dans une crique merveilleuse et, pour Cali, le clou du séjour fut le survol des chutes en hélicoptère.

Elle en resta sans voix, n'imaginant même pas qu'une telle beauté puisse exister sur terre.

Ce séjour fut un moment de pur bonheur.

Cali en aurait presque oublié ses enfants. Presque.

Pablo avait beau être aux petits soins pour elle, elle n'arrivait pas à profiter totalement de tous ces bons moments. Elle s'en voulait énormément.

Souvent, la nuit, elle pleurait.

Elle regrettait d'être partie et, petit à petit, dans sa tête s'insinuait l'idée de rentrer chez elle.

Marc et Maïtana passèrent la journée suivante à l'hôpital de Cayenne. La petite fut soumise à toute une batterie d'examens et elle finit par craquer, dans l'après-midi, en larmes dans les bras de son père.

Marc se demanda alors s'il faisait bien ou non.

Il était perdu.

Le soir, pour se faire pardonner, il l'emmena dans un petit restaurant français et lui offrit une tournée de crêpes, au sucre, au Nutella et à la confiture de fraises. Son père se dit qu'elle avait l'air très heureuse de goûter à toutes ces choses sucrées et qu'elle avait bien dû prendre quelques centaines de grammes.

Il appréhendait un peu le retour, mais il décida qu'il serait ferme et que lui et sa femme auraient une discussion sur leur avenir dès son arrivée.

Le lendemain, le trajet lui parut très long.

Plus il avançait vers son village, plus l'étau se resserrait sur son estomac. Il n'aurait trop su expliquer pourquoi, mais il avait à nouveau un mauvais pressentiment. Exactement le même que celui qui l'avait assailli avant le décès de Cannelle.

Avait-il seulement peur de la réaction de Jania ou était-ce autre chose ?

Bien sûr, il avait également peur des résultats des examens de sa fille. Il savait que son avenir le plus lumineux n'était sans doute pas au fin fond de la forêt amazonienne, mais une petite voix lui disait que sa femme ne voudrait jamais partir.

Il avait peur de devoir choisir.

Il avait dans son sac le certificat de naissance et le passeport de Maïtana. Il pourrait toujours s'en servir pour partir en métropole, mais il voulait y emmener toute sa famille. Or, Jania était une véritable Wayana. Elle ne partirait jamais de chez elle.

Il avait beau retourner le problème dans tous les sens, il était inextricable.

Il ne restait maintenant plus que les vingt kilomètres de marche à faire. C'était sûrement la partie du chemin la plus pénible. Maïtana tenait à marcher le plus possible, mais selon les portions de forêt, cela devenait trop dur pour elle.

Marc, comme à l'aller, la porta durant plus des trois quarts du chemin.

Ils arrivaient près du village.

Bizarrement, aucun bruit ne provenait des alentours. Ni animal. Ni humain.

Aucun oiseau ne piaillait. Aucun lézard ne faisait bouger les branches ou les feuilles au sol.

Pas de bruits, de chants, de bavardages, alors qu'il était l'heure du dîner maintenant, et que tous les Wayanas étaient en général réunis pour préparer le repas.

Aucune fumée ne s'échappait du feu sur la place centrale du petit village.

Plus il approchait et plus son estomac se serrait.

Maïtana avait dû elle aussi sentir que quelque chose n'allait pas, car elle caressa sa tête, étreignit sa main et lui dit : « Va bien papa ? Va bien papa ? » sur un ton angoissé.

Ils arrivèrent à l'entrée du village et là, le spectacle était apocalyptique. Presque toutes les cabanes avaient brûlé. Il ne restait que des cendres, des braises, des tas de bois pour les cabanes qui avaient été démolies. La place du village était un véritable champ de fouilles. Tout y était éparpillé ; des vêtements, des ustensiles de cuisine, des armes de chasse ou de pêche, des peaux de bête tannées qui devaient sécher, des jouets d'enfants.

Tout cela contrastait avec le silence assourdissant qui régnait dans le village.

Aucune trace de vie humaine.

Marc fit descendre sa fille de ses épaules et hurla : « Jania ! Jania ! »

Il entendit son écho lui répondre « Jania ! Jania ! ».

Aucun oiseau ne s'envola des arbres.

Il assit sa fille sur une souche de bois et lui ordonna de l'attendre là.

Il courut à travers le village. Il hurlait les noms de ses amis.

Personne ne répondait.

Il sentait la mort rôder.

Il prit le petit chemin menant à la rivière et, au bout de quelques mètres, y découvrit un spectacle atroce. Des corps entassés dans la petite crique où ils pêchaient. Ils devaient tous être là.

En dessous les hommes, puis les femmes et, au sommet, les enfants.

Le silence était déchirant.

Il tomba à genoux et hurla et hurla encore.

Son cœur explosa en milliers de morceaux. Il se leva. C'était plus fort que lui. Il fallait qu'il la trouve.

Il fouilla parmi les cadavres, vérifia qu'ils étaient morts et qu'aucun d'eux ne respirait encore.

Il était à la recherche de sa femme. Peut-être que ces monstres auraient eu pitié d'une femme enceinte.

Il fit glisser les corps d'un côté, puis de l'autre, et il l'aperçut. Elle gisait dans l'eau, calée contre un rocher. Elle avait l'air de dormir et semblait apaisée et sereine. Il la fit pivoter vers lui. Sa tête tomba en arrière. Elle avait juste un petit trou sur la poitrine.

Il la prit dans ses bras et hurla, caressa son ventre. Il lui parla durant des minutes qui lui semblèrent des heures. Il l'embrassa, la caressa, lui tint la main, lissa ses cheveux noirs.

Il la berça, lui dit que tout irait bien dorénavant, qu'il prendrait soin d'elle et de leur enfant.

Il se reprit uniquement quand il vit Maïtana avancer vers lui. Il ne voulait pas qu'elle voie ce spectacle.

Il lâcha sa femme et courut vers sa fille pour l'entraîner loin d'ici. Ils s'assirent sur ce qu'il restait de la place centrale du village et il commença à lui dire : « Maïtana, il va falloir que nous soyons forts tous les deux. Ta maman et le bébé sont devenus des anges maintenant, de beaux anges. Ils prendront soin de nous là où ils sont maintenant. Et tous les deux, nous allons être heureux pour eux. D'accord ? Et plus tard, je te raconterai combien ta maman était merveilleuse. Mais je suis sûr que nous allons très bien nous en sortir, toi et moi, d'accord ? »

Elle ne lui répondit pas mais s'endormit dans ses bras.

Alors, il la posa délicatement sur le sol et retourna à la rivière.

Il fallait qu'il les enterre. Tous. Il fallait également qu'il prévienne les forces de l'ordre.

Mais qui avait bien pu se livrer à un tel acte de barbarie ? Les orpailleurs ? Les braconniers ?

Marc n'arrivait pas à réfléchir. Il était trop bouleversé. Il resta de longues minutes devant ce spectacle de désolation, la tête et l'esprit vides de tout raisonnement, le cœur empli de haine et de douleur.

Puis il se mit au travail. Il fit un grand feu pour s'éclairer et se tenir chaud et il creusa un énorme trou.

Il travailla toute la soirée et toute la nuit. Puis il porta les corps un à un dans la fosse et les coucha les uns à côté des autres. Il les compta. Trente-huit. Il ne manquait personne. Aucun d'entre eux n'avait survécu au carnage.

Les assaillants avaient dû être très nombreux, ou très bien organisés pour faire cela.

Sans doute les orpailleurs brésiliens. Depuis longtemps il les redoutait, et il avait raison.

Marc savait très bien qu'il n'aurait jamais dû les enterrer. Il aurait d'abord dû prévenir les forces de l'ordre qui auraient mené un simulacre d'enquête, pour découvrir des faits dont de toute façon ils se fichaient complètement.

Mais il devait à sa famille une sépulture décente.

Il disposa des peaux pour recouvrir leurs corps. Il posa Jania au-dessus des autres. Il l'embrassa une dernière fois et recouvrit les corps de terre fraîche.

Le soleil pointait à l'horizon quand il jeta la dernière pelletée de terre.

Il alla cueillir des fleurs dans la forêt et les disposa sur la tombe. Il grava une pierre avec cette inscription : « Ci-gît la tribu wayana. Leur âme repose en paix. »

Il attendit que Maïtana se réveille et la prit sur son dos.

Ils devaient retourner à Maripasoula. Sauf que, cette fois-ci, aucun chauffeur ne les attendrait car il n'avait plus aucun moyen de communication avec la civilisation.

Il allait falloir traverser la forêt puis prendre la route. Près de cent kilomètres à pied avec la petite sur le dos. Avec pour simple ravitaillement de l'eau et quelques fruits.

Le jour allait bientôt se lever et Georges n'avait pas fermé l'œil de la nuit. Ce dimanche risquait d'être très difficile à vivre pour lui. Il avait peur que les enfants ne s'approchent de l'abri et n'entendent son père gémir, malgré le bâillon qu'il avait pourtant bien pensé à lui remettre sur la bouche.

Georges était mort de peur.

Il se leva encore une fois et retourna à l'abri. Il avait rajouté une grosse chaîne munie d'un cadenas dont il gardait la clé dans la poche de son jean. Il l'ouvrit, entra et prit bien soin de refermer derrière lui.

Son père essayait de dormir, la tête renversée en arrière. Des excréments avaient coulé le long de sa jambe et l'odeur commençait à devenir insupportable.

Il ouvrit à peine un œil quand Georges entra. Il ne réclama ni à boire ni à manger.

Il dit juste : « Tiens ! Voilà l'autre mauviette qui revient. »

Georges s'assit en face de lui.

—Pourquoi as-tu fait ça, papa ? Pourquoi venir dans ma chambre la nuit et me faire subir tous ces sévices ?

—Pourquoi faut-il absolument qu'il y ait une raison, Georges ? Tu attends que je te dise quoi au juste ? La seule raison c'est que j'avais des besoins et que tu étais là pour les satisfaire et voilà tout.

—Mais tu n'avais pas le droit, papa ! C'est mon corps. On ne fait pas des enfants pour abuser d'eux.

— Mais tu n'as jamais trouvé à y redire, Georges. Tu ne m'as jamais dit : « Arrête, papa ! » Tu étais consentant. Je suis même sûr que tu aimais ça.

Le poing de Georges partit d'un coup et le bruit sec du nez cassé se fit entendre dans la remise.

Georges était dans un état de fureur incroyable.

En réponse à son coup de poing, son père se mit à rire et lui rétorqua : « La violence est l'arme des faibles, Georges. Tu n'as jamais été qu'un faible et tu le seras toute ta vie. Ta mère était bien pareille, tiens ! Tu allais toujours pleurer dans ses jupes. Quel beau tableau ! Ta sœur Arlette était exactement la même. Voilà pourquoi je vous ai manipulés pendant des années ! Ah ! crois-moi, j'ai bien ri. »

Son père était donc bien conscient de ce qu'il avait fait pendant toutes ces années.

Et en plus, il n'éprouvait aucun remords.

Georges se leva, incapable de parler plus longtemps avec ce monstre.

L'heure de le tuer était arrivée. Ensuite, il l'enterrerait dans un trou.

Il y aurait bien quelqu'un qui signalerait sa disparition au bout de quelques jours.

Si on venait l'interroger, il leur dirait qu'il ne le voyait pas souvent et n'avait pas de nouvelles outre mesure.

Personne de toute façon n'allait trop le regretter.

Et pourtant, il serait enterré dans le jardin, juste sous les yeux de Georges.

Il se posta devant son père et commença à lui asséner des coups de pieds dans le ventre, dans l'entrejambe. Il frappa ensuite avec ses poings sur son visage. Le sang éclaboussa ses mains.

Mais son père ne cria pas, ne demanda pas pardon. Il riait. Il lui dit même : « Georges, regarde-toi. Tu es comme moi, finalement ! Mauvais, plein de violence et d'amertume. Tu es une vraie graine de tueur ! J'ai bien fait mon travail en fin de compte ! »

Georges le regarda et arrêta de le frapper.

Il ne valait finalement pas mieux que lui, il avait raison. Il ne se reconnaissait plus.

Il devait à sa mère de rester le même ; gentil, attentionné, dévoué aux autres. Il le devait à sa mémoire. Il le devait à sa sœur. Il le devait aux enfants dont il s'occupait.

Il lui cracha au visage et lui dit : « Tu ne mérites pas mieux que mon mépris, va ! Je ne m'abaisserai pas au même niveau que toi. »

Il sortit de l'abri, referma le cadenas sur la chaîne et monta dans sa chambre. Il se changea, saisit son sac de voyage et mit pêle-mêle dedans des vêtements, son passeport et son permis de conduire.

Il descendit à la cuisine et laissa un mot à Lucie.

Lucie. Je suis parti. Tu comprendras bientôt pourquoi. J'ai besoin de toi une nouvelle fois. Voici la clé du cadenas de la remise du jardin. Ouvre la porte ce soir, quand les enfants seront tous couchés. Tu comprendras vite pourquoi.

Je ne te l'ai jamais dit, mais je t'aime. Tu sais, l'enfance que j'ai eue me poursuivra tout le reste de ma vie. Je ne veux pas t'imposer cela.

Trouve quelqu'un pour me remplacer à l'orphelinat. Si tu peux, toi aussi trouve quelqu'un qui te rendra heureuse. Tu le mérites. Tu as beaucoup fait pour moi.

Embrasse les enfants. Ce sont eux qui ont fait de moi l'homme bon que je pense être.

Ne les laisse pas avoir une mauvaise image de moi.

Merci pour tout.

Au revoir.

Georges

P.-S. : Arlette t'expliquera tout ce qui se passe.

Il monta dans sa voiture au moment précis où le soleil se levait.

Il n'y avait aucune explication aux actes de son père. Il devrait faire avec toute sa vie. C'était tombé sur lui. Ça aurait pu tomber sur n'importe qui, et il était sûrement loin d'être le seul. Cela faisait partie de son histoire.

Malheureusement, il avait fait quelque chose de mal. Dieu merci, il n'était pas allé jusqu'au bout.

Il tourna la clé et prit l'autoroute direction Paris. Il roula jusqu'à Roissy et laissa sa voiture sur le parking.

Il prit un billet sur le premier vol en partance. Loin.

22 mai 2009

Cela faisait près de quatre mois que Paul n'avait pas revu Lila. Il était passé par tous les états d'esprit.

Il avait été en colère, puis déçu, puis vexé.

Il avait revu Vincent, mais les relations entre les deux frères restaient très tendues. Il faisait semblant devant Lilly et les enfants, car ils n'étaient pas au courant. Mais ses visites s'étaient faites un peu plus rares quand même, et Lilly avait fini par lui poser la question, un jour où il était venu déjeuner. Ils faisaient la vaisselle pendant que Vincent jouait avec les enfants et elle lui demanda : « Que se passe-t-il, Paul ? Tu es très froid avec Vincent. Tu penses que je ne l'ai pas remarqué ? »

Il se mit à rire.

—Lilly, c'est une histoire entre lui et moi.

—Paul, s'il te plaît, pas de ça avec moi.

Un silence s'installa entre eux, puis Paul se décida.

—C'est au sujet d'une femme.

—Raconte-moi.

Ils s'assirent autour d'un bon café et il déballa toute l'histoire.

À la fin, elle lui dit :

—Mais bon sang ! Paul, tu l'aimes, cette femme ?

Il ne répondit pas.

—Allez ! dis-moi, tu l'aimes, oui ou non ?

—Oui.

— Alors, qu'est-ce que tu attends pour le lui dire ? Tu as passé cinq ans à être malheureux comme une pierre et là, tu trouves une femme parfaite pour toi, qui t'aime également, et tu la jettes comme une merde, passe-moi l'expression vulgaire.

— Ce n'est pas si facile !

— Comment ça, ce n'est pas si facile ? Pourquoi ? Parce que tu l'as rencontrée, on va dire, de façon bizarre ? Mais tu t'en fiches ! Tu devrais remercier Vincent, même si ce qu'il a fait n'est pas fair-play. Tu devrais remercier Lila pour t'avoir aidé à te reconstruire, à oublier le passé et à repartir de l'avant. Tu devrais sauter dans un taxi et aller la voir et lui dire tout ça !

— Je ne sais pas.

— Tu parles ! Tu es vexé comme un pou, surtout, parce qu'elle t'a un peu roulé dans la farine. Bon, et alors ? Elle allait tout te dire. Elle a même voulu rembourser Vincent, alors qu'elle a besoin de cet argent. Et surtout elle t'aime. Alors cours, fonce, vole !

— Je ne sais pas.

— Oh ! change de disque, veux-tu ? Fais-le. Je suis sûre que tu l'aimes. Et tu oublieras vite ce qui s'est passé. L'important c'est l'avenir, tu le sais maintenant, non ? Chacun a droit à une seconde chance. Toi tu l'as eue, c'est Lila. Et elle a droit également à la sienne.

Il ne dit rien. Il se leva, embrassa sa belle-sœur et partit.

Il réfléchit encore quelques jours. Il hésitait entre l'amour et la raison. Finalement, il demanda à Vincent s'il avait l'adresse mail de Lila.

Il devait repartir le lendemain pour un voyage d'affaires de quelques jours et il lui enverrait un mail. Ce serait plus simple de s'expliquer de cette façon, du moins dans un premier temps.

Il le lui envoya le lendemain. Il l'écrivit dans l'avion. Cela lui faisait penser à leur voyage au retour d'Hanoi.

Paul se rendit compte qu'elle lui manquait, beaucoup.

Il lui écrivit :

Lila. Tu dois être étonnée d'avoir de mes nouvelles après quatre mois.

J'ai passé tout ce temps à réfléchir à moi, à toi, à nous. J'ai aussi beaucoup pensé à tout ce que tu as fait pour moi. Merci. Merci de m'avoir fait tourner la page. Merci de m'avoir réappris à aimer. Merci de m'avoir redonné confiance en la vie.

Lila, je t'attends. J'espère que tu veux toujours de moi. Je t'aime.

Je rentre de voyage dans moins d'une semaine. À mon retour, j'espère que tu m'ouvriras les bras. J'espère rencon-

trer ton fils. Comment s'appelle-t-il ? Quel âge a-t-il ?

Si tu veux toujours de moi, nous aurons une belle vie.

J'ai envie de t'emmener à Capri, à Santorin. J'ai envie d'aller à l'opéra, au théâtre, au cinéma. Je rêve de soirées pizza devant la télé, de week-ends sous la couette.

Lila, dis-moi que je n'ai pas tout gâché. Pardon pour toutes les paroles blessantes que je t'ai dites. Pardon.

Donne-moi des nouvelles, s'il te plaît.

Baisers.

Paul.

Il envoya le mail sitôt arrivé à l'hôtel.

La réponse arriva dans la nuit :

Paul. Je vois que tu as réfléchi, que ta colère s'est apaisée. Je t'attends. Il faudra que nous discutions à ton retour. Je t'aime.

Il passa le reste de son séjour sur un petit nuage. Il n'avait même pas envisagé que cela puisse être aussi simple.

Cali commençait à déprimer. Le séjour à Iguaçu n'avait pas vraiment arrangé les choses.

Elle ne pensait plus qu'à ses enfants et à son mari. Elle regrettait, mais avait peur de rentrer. Elle ne voulait pas non plus abuser de Pablo. Elle allait le faire souffrir et elle ne le voulait pas.

Au retour d'Iguaçu, il lui avait fait la surprise de s'arrêter trois jours à Rio.

Elle s'extasia devant le Christ du Corcovado, le Pain de Sucre. Ils allèrent visiter Maracaña, le mythique stade de l'équipe brésilienne, cinq fois championne du monde.

L'ambiance de cette ville était unique dans le monde. De la musique à chaque coin de rue, une langue chantante, l'odeur de la mer et du sable au pied des gratte-ciel, la mixité du peuple brésilien. Cali s'y sentait bien.

Ils mangèrent de la viande ayant un goût fabuleux dans des restaurants où l'on servait des brochettes à volonté avec du bœuf, du poulet, du porc, le tout assaisonné de sauces sublimes. La carnivore qui sommeillait en elle s'était réveillée.

Ils allèrent rendre visite à des amis de Pablo qui dirigeaient une école de samba à Niteroi.

Cali avaient des étoiles dans les yeux. La musique, le rythme, le dynamisme et l'ardeur dont faisaient preuve les Cariocas la laissaient sans voix.

Elle se serait bien vue vivre dans cette ville. Même si elle buvait un peu trop de *caïpirinhas* à son goût !

Mais il restait toujours l'ombre de ses enfants restés loin et dont Cali n'avait aucune nouvelle.

Ils passèrent des jours très agréables, mais Pablo sentit que le cœur et l'esprit de Cali n'étaient plus là.

— Cali, tu devrais rentrer.

Silence.

— Non, Pablo.

— Si ! Ils te manquent. Tu les aimes. Et même si tu mérites mieux que ton mari, ta place est auprès de lui, car tu l'aimes. J'espère qu'il aura réfléchi et changé. Tu devrais prendre le premier avion en partance pour Paris.

— Mais, et toi ?

— Oh ! ne t'en fais pas ! Je m'en remettrai, tu sais. Je suis un globe-trotter et j'aurai de toute façon une femme dans chaque port.

Il se mit à rire.

— Ne t'en fais pas, Cali, je ne t'en veux pas. Je te comprends, même. Je suis surpris que tu ne sois pas déjà partie, d'ailleurs !

Cali pleurait et riait en même temps. Elle ne savait pas trop quoi faire.

Elle hésitait mais sa famille lui manquait plus que tout.

Elle savait au fond d'elle-même que sa place n'était pas ici, sur Copacabana avec Pablo, mais auprès de sa famille.

Alors elle se leva, embrassa Pablo et courut vers l'hôtel pour préparer sa valise.

Le calvaire de Marc et Maïtana dura plus de vingt-quatre heures. Il parcourut les vingt kilomètres de forêt avec sa fille sur le dos. Il essaya de lui expliquer la situation tant bien que mal, mais il doutait qu'elle comprenne tout. Il avait juste un peu d'eau pour la route, qu'il essaya de garder jusqu'au soir.

Ils arrivèrent sur la route, mais aucune voiture ne passa.

Le soir, à la nuit tombée, ils durent s'arrêter pour dormir. Marc n'avait pas pensé à emmener de couverture et la nuit fut très fraîche. Il essaya de trouver un coin sans trop de fourmis ou d'araignées, avec un peu de mousse pour que sa fille puisse se coucher.

Ils se nourrirent des quelques fruits qu'il avait emportés avec eux.

Pas une seule fois Maïtana ne se plaignit. Elle ne pleura pas, ne demanda rien.

Marc la trouvait très détachée et se demanda ce qu'elle avait saisi de l'horreur de la situation.

Elle avait compris car, avant de s'endormir, elle prit la main de son papa dans la sienne et lui dit :

—T'aime, papa. Maman un ange, papa ?

—Oui mon cœur, maman est un ange maintenant. Je t'aime aussi, ma chérie.

—Bonne nuit, papa.

Et Marc laissa libre cours à ses larmes.

Jamais il n'aurait pensé que son destin basculerait aussi vite. Il n'avait même pas eu le temps de réaliser ce qu'il lui était arrivé. Il avait perdu sa femme mais il lui restait sa fille.

Et il allait bien s'occuper d'elle.

Le lendemain matin, la longue marche reprit sous une chaleur atroce. Marc devait s'arrêter souvent car il n'en pouvait plus.

Ils avaient fait près de cinquante kilomètres quand une voiture enfin apparut au bout de la route.

Ils furent embarqués et emmenés à Maripasoula.

Là, il ne connaissait personne pouvant s'occuper d'eux, puisque le représentant de Survival ne venait que deux fois par an en Guyane.

Il appela alors le médecin qui avait vu Maïtana. Celui-ci allait mettre à leur disposition deux places dans un avion le lendemain pour retourner à Cayenne.

Ils passèrent le reste de la soirée au poste de gendarmerie pour expliquer ce qui s'était passé.

Comme il s'y attendait, les gendarmes ne firent pas grand cas du sort de la tribu wayana.

C'était bien le dernier de leur souci.

Après un bon dîner et une nuit à l'hôtel, ils prirent l'avion pour retrouver le Dr Blanc.

Marc fut surpris par la chaleur avec laquelle le médecin les reçut. Il serra la petite dans ses bras en disant :

—Mon Dieu, je suis vraiment désolé, Marc, pour votre épouse. Vous devez être anéantis tous les deux.

—Merci, docteur. Je ne voulais pas vous embêter avec ça, mais vous êtes vraiment la seule personne que je connaisse ici.

—Mais ne vous inquiétez surtout pas pour ça. Vous allez tous les deux venir à la maison ce soir, vous dormirez dans la chambre d'amis et votre fille sera contente, car en ce moment j'ai ma petite fille en pension chez moi. Mon épouse est ravie de vous recevoir et elle a déjà acheté une foule de sucreries pour la petite. Vous voyez, vous n'avez pas le choix.

—C'est vraiment très gentil de votre part, docteur.

—Appelez-moi Serge, voulez-vous ? Cela nous permettra également de discuter un peu de l'avenir de votre enfant.

Marc avait les larmes aux yeux. Il n'était pas habitué à tant de gentillesse, surtout après la dureté dont avaient fait preuve les gendarmes.

Ils allèrent donc directement à la maison du médecin, où Marc et sa fille passèrent deux semaines reposantes.

Le séjour s'était transformé en vraies vacances, dans une famille accueillante. Marc et le docteur se tutoyèrent rapidement et se rapprochèrent encore davantage quand parvinrent les résultats des analyses de Maïtana. Ils étaient bons, du moins autant qu'on pouvait l'espérer.

Des progrès fulgurants pouvaient être réalisés, autant sur le plan moteur que pour la vue et l'ouïe. Mais pour cela, il allait falloir repartir encore une fois.

Voilà plus d'un mois que Georges s'était enfui de France. Il avait sauté dans le premier avion. Direction : l'Argentine.

Il avait retiré avec sa carte bancaire tout son solde disponible sur ses différents comptes, soit en tout dans les huit mille euros. Cette somme lui permettrait de vivoter confortablement durant quelques semaines, voire des mois.

Il trouva une petite pension tenue par un couple d'un certain âge, dans un petit village éloigné de Buenos Aires d'une cinquantaine de kilomètres.

Là, il essayait de baragouiner l'espagnol mais, le plus souvent, il se débrouillait en anglais.

Si ses journées se passaient bien, ses nuits étaient, elles, terrifiantes.

Il se réveillait souvent en sueur, hurlant comme si on essayait de le tuer. Il voyait des images de sang, de meurtre. Il se voyait sur la chaise électrique. Il voyait les enfants de l'orphelinat en train de lui jeter des pierres, de lui cracher au visage.

Il voyait aussi souvent le regard bienveillant de sa mère.

Georges pensait tout le temps à son père. Il était obsédé et cela lui bouffait la vie.

Il n'avait aucun plaisir à se trouver là, éloigné de tous ceux qu'il aimait. Il n'avait goût à rien, ne mangeait rien, commençait à boire.

Il jouait des journées entières aux cartes avec les petits vieux du village, ou bien se promenait sur les routes avoisinantes.

Il n'aimait pas ce pays. Ce n'était pas le sien.

Il savait qu'en France on l'attendait, on le cherchait.

Mais surtout, il voulait à tout prix savoir si son père était mort ou non.

Il faudrait bientôt qu'il en ait le cœur net.

31 mai 2009.

Son taxi s'arrêta enfin devant l'aérogare. Elle jeta les billets au chauffeur et sortit en trombe récupérer son sac à dos dans le coffre. Elle se mit à courir à la recherche de la bonne zone d'enregistrement. Il était 22 h 05 et l'enregistrement fermait à 22 h. Peut-être qu'avec un peu de chance, le vol aurait du retard et qu'elle pourrait encore s'enregistrer. Cela arrivait souvent.

Elle arriva dans le hall et regarda le grand panneau affichant les portes d'embarquement ainsi que la zone d'enregistrement. Zone 2, banques 23 à 28. Elle courut aussi vite qu'elle put et par chance trouva le bon chemin du premier coup. Peut-être un signe.

Elle se hâta et arriva en sueur devant l'entrée de la zone. Une hôtesse en uniforme l'accueillit avec son plus beau sourire. Elle posa son sac à terre et, essoufflée, dit à l'hôtesse :

—Bonsoir. J'ai fait aussi vite que j'ai pu. Est-ce que je peux encore m'enregistrer pour Paris ?

—Bonsoir madame, je suis vraiment désolée, mais l'enregistrement est clos depuis plus de dix minutes. Nous avons déjà donné les places aux personnes en liste d'attente. Le vol était complet.

La sentence venait de tomber.

—Je suis personnel compagnie. Pourrais-je encore faire une demande de siège service auprès du commandant de bord ?

—Ils ont déjà été accordés. Je suis vraiment désolée, madame. Par contre, vous pouvez voir auprès de la compagnie Varig qui a son comptoir un peu plus loin s'ils peuvent vous prendre. Leur vol part dans deux heures. Et sinon, les vols Air France de demain sont bons.

—Oui, mais moi, j'avais besoin de rentrer ce soir. Tant pis pour moi. Merci beaucoup.

—Je vous en prie. Bonne soirée, madame.

—Merci. Vous aussi.

Cali s'éloigna et, arrivée hors de vue de l'hôtesse, s'effondra sur le sol et se mit à pleurer. Elle avait tout perdu. Son mari, ses enfants. À la poursuite d'un rêve qui n'en était pas un. Car elle avait compris, trop tard, que l'important, c'était l'amour de ses proches, la famille qu'elle avait réussi à construire malgré la fatigue, les coups durs, les cris et les reproches.

Ses enfants lui manquaient ; leur tendresse, leurs câlins, leurs sauts sur le lit au réveil le matin, leurs jeux dans la piscine les après-midi de chaleur. Même les nuits blanches quand ils étaient malades, leurs pipis au lit, leurs reproches ou leurs bouderies.

Son mari lui manquait. Son rire, ses allusions coquines, ses compliments, ses gestes si prévisibles mais tendres. Même ses soupirs quand elle s'énervait, ses remarques sur son travail qui lui prenait du temps ou le ménage qui n'était pas fait lui manquaient.

Elle se releva et décida qu'il lui fallait enfin affronter sa famille. Même si l'avion partait sans elle, tout n'était pas perdu.

Elle chercha un téléphone public situé un peu à l'écart de la foule, à l'extérieur de l'aéroport, et décrocha le combiné.

« Allô ! » répondit une voix ensommeillée.

Il devait être environ 4 h du matin en France. Elle avait arrêté de calculer le décalage horaire depuis longtemps.

« C'est moi », répondit-elle.

Silence.

« Pardon » fut le seul mot qu'elle réussit à prononcer entre deux sanglots. « Pardon ».

Silence.

—Je regrette. Je regrette tellement, si tu savais. Je vous aime, reprit-elle.

—Où es-tu ? demanda Sacha d'une voix parfaitement claire cette fois-ci.

—À l'aéroport de Rio, souffla-t-elle.

Silence.

—Chéri, je suis… commença-t-elle.

—Chut. Je ne veux rien savoir. Rentre. On t'attend, lui dit-il avec tant d'amour dans la voix. Tout le monde peut se tromper. Tu as le droit de te tromper. Je t'aime. Moi aussi je me suis rendu compte que j'avais des torts dans nos histoires de couple. Ton départ a été un électrochoc pour moi. Je me suis beaucoup remis en question et je pense que ça nous fera beaucoup de bien. On en parlera quand tu seras rentrée, O.K. ? On t'attend.

—Oui, oui. Je prends le premier avion que je pourrai trouver. Je t'aime. Merci, dit-elle entre deux sanglots.

Et il raccrocha.

Elle était ivre de bonheur. Elle n'avait finalement pas tout perdu. Sacha connaissait la valeur du pardon. Il lui avait accordé le sien, et c'était son plus beau cadeau. Elle rentrerait et à partir de ce jour-là, elle saurait se souvenir chaque jour que le bonheur tenait à un fil et qu'il fallait le préserver.

La salle d'embarquement était bondée. L'heure de l'embarquement approchait. Le vol était plein. Deux cent seize passagers.

Paul lisait un journal financier en anglais sur un coin du comptoir en sirotant un café. Il avait hâte de retrouver Lila et de lui dire qu'il lui pardonnait. Il avait hâte de la serrer dans ses bras et de lui faire l'amour.

Il allait enfin prendre un nouveau départ dans la vie. Il avait retrouvé la confiance, l'amour, le désir de vivre. Il sentait à nouveau son cœur s'ouvrir. Il se réjouissait de fonder une famille avec elle et son fils et, qui sait, peut-être même voudrait-elle un enfant avec lui.

Marc s'était assis devant la baie vitrée, en face du superbe A330 qui allait les amener à Paris. Il était en transit depuis Cayenne, car son vol direct avait été annulé pour cause de panne technique. Il avait plus de deux heures d'attente à tuer, mais c'était le trajet le plus rapide que la compagnie lui ait trouvé.

Maïtana se tenait à côté de lui. Elle était tranquillement assise sur son siège et semblait très calme pour son premier long voyage dans un aussi gros avion. Son papa lui avait expliqué qu'à partir de maintenant, tout irait bien, que des médecins allaient s'occuper d'elle et qu'elle aurait tout le nécessaire pour progresser et s'épanouir, qu'elle se ferait plein d'amis et aurait une belle vie avec lui en Bretagne, où ils allaient acheter une petite maison.

Marc savait au fond de lui-même qu'il avait fait le bon choix. Maïtana était tout ce qu'il lui restait. Elle avait droit au meilleur.

Georges respira profondément. Il était arrivé de Buenos Aires la veille et en avait profité pour se faire une dernière petite virée avant le grand saut.

Maintenant, il se sentait assez fort pour affronter sa famille, la police et les juges. Il avouerait le kidnapping de son père ainsi que la torture, mais il révélerait aussi toutes les épreuves qu'il avait endurées. Il avait décidé de se battre pour que plus jamais un père ne fasse de mal à son enfant. Il ferait entendre sa voix partout en France pour que son cas fasse prendre conscience à son pays de ce fléau. Assis sur son siège, il se sentait prêt à affronter les épreuves qui l'attendaient. Il avait enfin passé le cap et se sentait soulagé.

Cali entendit au loin l'annonce d'embarquement du vol qu'elle venait de rater.

« Mesdames et messieurs, nous allons procéder à l'embarquement du vol AF447 à destination de Paris Charles-de-Gaulle. »

Paul, Marc, Maïtana et Georges s'avancèrent vers la porte d'embarquement.

1er juin 2009.

Le destin de tous ces passagers allait être scellé dans quelques heures, abîmé quelque part dans les eaux froides de l'Atlantique.

Rio de Janeiro. Tropique du Capricorne. 22° sud 43° ouest.

À la mémoire de tous ces gens, connus et inconnus, qui auraient pu être vous, moi, nous, et qui ont péri dans ce terrible accident.

À leur famille, leurs amis, tous ceux qu'ils ont connus un jour.

À tous les personnels d'Air France, ma deuxième famille.

À tous les voyageurs du ciel.

REMERCIEMENTS

Un immense merci à Éliette Abécassis, présidente du jury du Grand prix Femme actuelle 2012 de m'avoir choisie comme son coup de cœur. Les mots avec lesquels vous dépeignez mon livre sont très touchants. Je suis honorée et émue et je porte vos paroles en moi. Éliette, vous êtes ma bonne étoile. Merci.

Un très grand merci à tous les lecteurs et lectrices du comité qui ont aimé ce roman. Sans vous, je n'aurais jamais vu aboutir cette merveilleuse aventure. Ce prix, je vous le dois et vous le dédie.

Merci à Femme actuelle et aux Éditions Les Nouveaux Auteurs, Jean-Laurent Poitevin. Vous avez développé un concept merveilleux qui fait découvrir chaque année de nouveaux auteurs talentueux. Merci de m'avoir donné ma chance, d'oser et de faire confiance aux lecteurs pour dénicher de nouvelles pépites.

Merci à Isabelle et Chrystèle pour la conception de ce livre.

Merci également aux trois hommes de ma vie, Nicolas, Jules et Benjamin.

À ma mère et ma sœur pour leur soutien.

À mon frère, qui n'a pas lu ce livre et ne le lira sûrement jamais ! (oups ! qui finalement l'a lu depuis).

À Marie et Valérie qui m'ont aidée et soutenue durant l'écriture de ce livre.

À mes premières lectrices, correctrices, amies ou copines : Caroline, Gette, Sarah, Marlène, Delphine, Fanny et Cécile.

À mes amies Sandra et Carine.

À l'ange qui de là-haut veille sur moi et ma famille.

Photo couverture : © Patrick Hermans © Alexey Klementiev - Fotolia.com

Ligne graphique : Chrystèle Ferté

Cet ouvrage a été mis en pages par
Studio Ben
à Argenteuil
et composé en ITC Berkeley Old Style

Studio de fabrication : Flora Bellanger

Impression réalisée sur CAMERON par
CPI
BRODARD & TAUPIN
La Flèche

pour le compte des Éditions
Les Nouveaux Auteurs

Dépot légal : Juin 2012 – N° d'impression : 67424